Omero, le fils caché

Du même auteur

Scènes de crime au Louvre, Le Passage, 2017.
Au 5ᵉ étage de la faculté de droit, Albin Michel, 2018 (Livre de poche, 2020).
Scènes de crime à Orsay, Le Passage, 2018.
Mourir en scène, Albin Michel, 2020.
Qui a tué Lucy Davis ?, Plon, 2022.
Auteur de crimes, Plon, 2023.

Christos Markogiannakis

Omero, le fils caché

Roman

Traduit de l'anglais par Maxime DesGranges

PLON
www.plon.fr

Les personnages et les situations de ce roman sont purement fictifs.

92, avenue de France
75013 Paris
www.plon.fr – www.lisez.com

Mise en pages : Nord Compo
Dépôt légal : septembre 2023
ISBN : 978-2-259-31698-9

À mes parents,
grâce à qui,
à cause de qui,
en dépit de qui
je suis devenu qui je suis.

Ceci n'est pas mon histoire ; je n'en suis que le messager. J'ai été choisi par l'auteur du texte qui suit pour en disposer comme je le voulais. J'ai pris la décision de le publier.

Nous nous sommes rencontrés à Paris il y a bientôt dix ans – « par hasard ou parce que le destin l'a voulu », comme il disait. Mais nous sommes devenus amis par choix. *Cette dualité entre fatalité et choix est d'ailleurs au cœur de son récit et de sa propre vie. Nous avions pris l'habitude de nous voir quand il était en ville, et puis un jour il a disparu sans donner d'explications. Je sais maintenant pourquoi.*

Cela faisait deux ou trois ans que je n'avais plus entendu parler de lui quand, l'année dernière, j'ai été convoqué chez un notaire. Je suis sorti de son cabinet avec la triste nouvelle de la mort de mon ami et une grande boîte en plastique dans les mains. À l'intérieur se trouvaient une paire de clés (qui donnaient accès à un lieu rempli de précieux souvenirs), un numéro de compte bancaire à mon nom accompagné d'instructions, une enveloppe remplie de photos, une petite urne en métal et le manuscrit que vous êtes sur le point de lire.

Je tiens à préciser que, même si je suis écrivain, ce qui suit n'est pas l'une de mes fictions. Ce que vous avez entre les mains est une histoire vraie. La meilleure preuve en est qu'elle paraît justement improbable. Si je l'avais inventée, j'aurais certainement atténué quelques détails pour la rendre plus crédible. Mais, par respect pour la vérité et la mémoire de mon ami, je n'en ai rien fait.

Vous la lirez comme je l'ai lue, à peu de chose près. Le texte, divisé en 109 courts chapitres, était dactylographié en anglais mais contenait certaines phrases en italien, en français et en grec. J'ai choisi de traduire toutes ces phrases pour rendre la lecture plus fluide, et les ai inscrites en notes de bas de page dans leur langue d'origine. Mon intervention sur ce texte s'est limitée à la correction de quelques fautes de frappe. Je n'ai pas touché au style, à la formulation, à la structure ou à la ponctuation.

Aucun nom ne figurait dans le texte, mais je n'en ai pas eu besoin pour reconnaître l'identité des différents protagonistes. Ils ne vous manqueront pas non plus. Une seule fois, mon ami avait écrit le prénom de sa mère. J'ai décidé de l'effacer, convaincu qu'il l'avait mentionné par accident.

Parmi les photos de l'enveloppe, une montrait l'auteur de cette histoire beaucoup plus jeune. En l'observant, je reconnus ses yeux, son nez et ses lèvres – je me souvins aussi de la voix puissante qui en sortait – pour ce qu'ils étaient : des échos de ses gènes, gènes dont il revendiquait désespérément la possession.

L'épigraphe de ce livre est une citation issue de son texte, mais je crois qu'elle s'applique à chacun d'entre nous.

Je ne suis que le porteur de cette histoire, le messager, le ἄγγελος *d'une tragédie grecque. Une de ces tragédies antiques que la vie de mon ami aurait pu inspirer.*

1

Moïra, kismet, destin : il arrivait souvent que mes parents emploient ces synonymes dans leurs discussions privées et leurs déclarations publiques. Ils n'utilisaient pas ces mots à la légère. L'affirmation ancestrale selon laquelle « nul ne peut échapper à sa destinée[1] » était une croyance profondément enracinée, une part indispensable de leur identité grecque. Dans les tragédies antiques, les héros tentaient de tromper les dieux ou de lutter contre les prophéties jusqu'à ce que les spectateurs finissent par avoir pitié ou par s'émouvoir des souffrances et de la mort qui attendaient les personnages. Chez Euripide, Sophocle ou Eschyle, l'ironie veut que ce soient les propres choix des héros, dans leurs tentatives de combattre le destin, qui les mènent invariablement à leur perte.

L'histoire de mes parents aurait facilement eu sa place sur la scène de ces théâtres de marbre. Les

1. En grec dans le texte original : *πεπρωμένον φυγείν αδύνατον*.

spectateurs de leurs mésaventures auraient eu bien du mal à déterminer si ma Mère et mon Père étaient vraiment responsables de la tournure que leurs vies avaient prise, ou s'ils n'étaient au contraire que de simples marionnettes dont se jouèrent certains dieux vengeurs et jaloux.

Si on leur avait posé la question, tous deux auraient probablement opté pour la seconde hypothèse. L'un et l'autre étaient fatalistes, ma Mère étant la pire en la matière. De temps à autre, maintenant que ma quête est terminée, il m'arrive de regarder ou d'écouter ses interviews. J'en chéris une particulièrement : celle de décembre 1970, où elle est plus belle que jamais. Elle porte un chemisier sombre à col roulé et ses cheveux, tirés en arrière par une queue-de-cheval épaisse, encadrent son doux visage dominé par des yeux byzantins et une bouche charnue. Elle fixe le journaliste, le menton haut et fier, les mains serrées sur ses genoux, et déclare d'une voix ferme : « J'aurais préféré avoir une famille heureuse et des enfants. Je pense que c'est la vocation première d'une femme. Mais le destin m'a mise sur une autre voie. Je ne pouvais pas m'en écarter. J'aurais volontiers renoncé à tout, mais le destin est le destin, et il n'y a pas de moyen d'y échapper. »

Si seulement je pouvais remonter le temps et lui faire savoir qu'il y a *toujours* une porte de sortie…

Si seulement elle avait su, avant d'abandonner pour de bon, que tout est toujours question de choix… Ce sont des choix personnels, non des caprices divins, qui ont forgé son destin. Ce sont les décisions de mon Père qui les ont condamnés tous les deux, et moi avec eux.

Le fils de deux fatalistes peut-il espérer ne pas le devenir ? Est-ce que je crois aux *Moîrai*, ces trois sœurs mythiques de la destinée que nul ne peut éviter ? Je n'ai pas encore rendu mon verdict. Mais il y a une vérité que je ne peux contester : c'est que quelque chose de spécial, une rare coïncidence, nous a rassemblés, mon cher ami (j'ose t'appeler ainsi, tu auras été le seul de toute ma vie d'adulte).

Protégé comme un diamant rare pendant toute mon enfance et condamné à rester dans l'ombre comme un secret honteux, je n'ai jamais su aborder les autres, m'ouvrir à eux. Mes proches m'ont toujours été imposés. J'ai donc appris à aimer ma liberté restreinte tel un chien limité à la longueur de sa laisse et à la main qui le nourrit.

Puis, alors que la chaîne était sur le point de rompre, alors que j'allais enfin m'emparer de la liberté de l'âge adulte, la vérité qui me fut révélée annihila toute la confiance que je plaçais en l'humanité. Sans doute le monstre de Frankenstein aurait-il été content d'apprendre qu'il avait quelque part un frère de misère !

Et pourtant la vie nous sourit parfois, comme lorsque tu m'as souri pour la première fois. Ces brefs moments de joie servent-ils à compenser les regrets que nous gardons du passé, ou bien sont-ils de *fausses promesses*[1] qui n'augurent que de chagrins futurs ? Je ne sais pas. Néanmoins me voici, t'écrivant après un long silence.

Te souviens-tu de la façon dont nos chemins se sont croisés ? J'ai la conviction que nous nous sommes rencontrés pour une raison, et peu importe si ces pages en sont la seule. Je vais me confier à toi et je souhaite que tu fasses de ces confessions ce que tu estimeras juste. « Qu'est-ce qui est juste ? », te demandes-tu sans doute. Si je le savais ! Tu choisiras : tu pourras les garder pour toi, comme le souvenir d'un ami ; les publier ; t'en servir comme source d'inspiration pour écrire ton propre livre. Dans ce cas, tu devras peut-être réécrire certains événements pour ne pas susciter l'incrédulité des lecteurs, car ma vérité dépasse bien souvent la fiction.

Tu sais à quel point j'ai toujours été un grand amateur de mythologie. Je ne peux donc m'empêcher de croire que c'est l'impulsif Zéphyr, le dieu du vent d'ouest, qui t'a placé sur mon chemin dans ce café de Paris. Zéphyr était connu pour être le vent fructifiant, le signe annonciateur du printemps à venir. Et

1. En français dans le texte.

en effet, peu à peu, la graine portée par sa bourrasque s'est épanouie en un fruit divin : notre camaraderie.

L'une des feuilles de papier que le vent avait soulevée de ta table avait atterri à côté de ma tasse de café. Je m'en suis saisi avant qu'elle ne s'envole plus loin vers les jardins du Palais-Royal. Tu t'es levé, t'es précipité pour récupérer les feuilles virevoltantes, ce qui m'a laissé quelques secondes pour parcourir celle que je tenais entre mes doigts.

Bien que le texte fût en anglais, quelques corrections manuscrites avaient été rédigées en grec. Autre surprise : les trois phrases que j'avais réussi à lire avant que tu ne viennes réclamer ta feuille parlaient d'une fille lancée à la recherche de ses parents biologiques. Après t'être excusé en souriant, tu m'as pris la page des mains et tu es retourné à ta place.

Si c'était le destin qui avait déposé ta feuille sur ma table, le choix avait tout de suite repris le dessus. Pourtant, ma décision de venir te parler ne correspondait ni à mon caractère introverti, ni, à l'évidence, à ton désir de calme.

« Vous parlez grec ? »

Levant les yeux sur moi, tu as acquiescé d'un sourire aimable mais peu engageant, avant de porter de nouveau ton attention sur les pages que tu essayais de remettre en ordre.

« Et vous êtes écrivain ? »

De nouveau tu as fait un signe de la tête, sans même me regarder, montrant sans ambiguïté que tu n'étais pas d'humeur à converser. Malgré tout, tu as lâché un léger sourire lorsque je déplorai, dans un trait d'humour, que le titre *Autant en emporte le vent* fût déjà pris. Tu as levé les yeux et j'ai osé m'approcher. Nous nous sommes serré la main, puis présentés. Je me suis assis et les choses ont commencé.

Nous avons passé presque deux heures à parler de ton écriture. J'évitais de répondre à tes questions. T'en es-tu aperçu ? Je ne te parlais que de voyages relatifs à des « affaires familiales » (ce qui restait vague, mais vrai). Le café s'est transformé en dîner puis, de fil en aiguille, de jour en jour, j'ai appris à te connaître et à t'apprécier. Après ça, chaque fois que je me trouvais à Paris, j'étais heureux de te voir. Nous étions comme de vieux amis, même si nous nous connaissions à peine, ou plutôt même si tu me connaissais à peine ! J'ai rencontré certains de tes amis et, malgré mes réserves, j'ai commencé à me demander si je n'avais pas eu tort de me tenir à l'écart des autres pendant tant d'années.

Malheureusement, il ne m'a pas fallu longtemps pour comprendre qu'on ne peut se lier avec les vivants quand on est encore enchaîné aux morts. Les histoires familiales que j'avais passé une quarantaine d'années à élucider ne concernaient que des fantômes. Mais cela nourrissait ma vie, lui donnait un but. Aujourd'hui, ces fantômes et l'obscurité qui les entourait ont enfin disparu, et je me retrouve en pleine lumière sans savoir comment l'apprivoiser. Cette liberté est un tourment auquel je n'avais pas été préparé. Est-ce qu'elle me tuera ? Est-ce qu'une fois notre mission accomplie, on expire purement et simplement ?

Nous avons tous une mission. Le roi Œdipe devait trouver le meurtrier de son prédécesseur. Agamemnon devait faire naviguer la flotte grecque vers Troie, Persée tuer la Méduse. La fille dont tu racontais l'histoire dans ton livre devait retrouver ses parents biologiques. La première fois que nous en avons discuté, je t'ai demandé ce qui l'avait motivée à se lancer dans cette quête. Tu m'as répondu qu'elle commençait à perdre la vue et qu'elle voulait savoir si cela était la conséquence d'une maladie héréditaire. Après tout, m'as-tu fait remarquer, c'est souvent notre ADN qui nous tue.

Je t'ai demandé si tes parents étaient encore en vie. Tu m'as répondu, cognant du poing sur la table en bois – un geste typiquement grec –, qu'ils étaient en vie et en pleine forme !

Lors d'un rare moment de confession, je t'ai avoué que les miens étaient morts de chagrin des années plus tôt. Mon Père le premier, après avoir perdu ce qu'il considérait comme le bien le plus précieux de sa vie, puis quelques années plus tard, ma Mère, incapable de s'en remettre.

« Elle devait vraiment l'aimer », en as-tu conclu.

« Ils s'aimaient tous les deux. Ils se sont aimés autant qu'ils ont pu, autant qu'ils *savaient* aimer », ai-je répondu.

Je t'ai alors demandé si tu pensais que la tristesse était héréditaire, si elle se transmettait par l'ADN. Tu as souri d'un air un peu condescendant, et m'as dit : « Si la tristesse est héréditaire, alors l'amour l'est aussi. Et tu as une chance inouïe d'être le fruit d'une si grande histoire d'amour. »

Je ne suis pas certain d'avoir été si chanceux, tu en jugeras par toi-même. Incontestablement, je fus engendré par deux grandes sources de lumière qui s'unirent pour s'aimer autant que pour se consumer. Et pourtant, j'ai été condamné à vivre toute ma vie dans l'obscurité. Voici donc mon histoire. L'histoire d'un garçon qu'on a dit mort à la naissance.

2

Je suis né à Milan le 30 mars 1960, à huit heures du matin. Le prénom que l'on m'a donné est Omero. Celui-ci n'a jamais changé, contrairement à mon nom de famille. Le nom inscrit sur mon certificat de naissance et celui avec lequel j'ai grandi sont différents. Mon véritable patronyme, cependant, n'est ni mon nom de naissance ni mon nom d'usage. Il est plus pesant. Aussi pesant que l'histoire de ma famille.

J'ai grandi en tant qu'Omero Mancini, fils unique[1] de ma *mamma* et de mon *papà*. À vrai dire, pendant de nombreuses années, je fus le seul enfant de mon petit univers. Mes premiers souvenirs sont liés au lac qui se trouvait à côté de la maison : la lumière se reflétait sur la surface, donnant un air calme à cette présence obscure ; les cyprès veillaient sur ce royaume silencieux et liquide, tout comme *mamma* et *papà* veillaient sur le secret de mon existence.

1. En italien dans le texte original : *figlio unico*.

Les bouées rouges du lac délimitaient l'une des frontières de mon tout petit monde. Au-delà de ces marqueurs flottants, on me répétait sans cesse qu'il n'y avait rien que de mauvaises choses : un endroit effrayant et menaçant qui dévorait les petits garçons trop curieux. Même chose pour les hautes murailles qui entouraient les champs de la maison. Mais, de ce monde cruel, je ne savais rien. Debout devant les murs de pierre ou assis au bord du lac, je me demandais avec une excitation mêlée de peur quels monstres pouvaient bien se cacher là-bas. Il me fallut attendre plusieurs années pour que, accompagné de ma première enseignante, je puisse enfin entrevoir ce qui se trouvait au-delà.

Je n'étais qu'un bébé, un « enfant du miracle » comme disaient les parents âgés qui venaient à la maison. Miracle ou pas, j'étais heureux. Sur les centaines de photos de moi rassemblées dans les albums de famille qui entrèrent en ma possession des décennies plus tard, à New York, je souris presque toujours : à l'âge de six mois, sur les genoux de *mamma*, tenu comme une poupée ; à un an, debout dans mon berceau ; à un an et demi, chevauchant un cheval de bois ; à deux ans, regardant l'appareil photo. Un nombre incalculable d'images me montrent en train de jouer, dormir, marcher, manger, ou simplement *être*, comme si je faisais l'objet d'un culte ou si j'étais l'enfant d'une star – ou comme si mes parents s'évertuaient à se prouver à eux-mêmes, ou à quelqu'un d'autre, que l'on prenait parfaitement soin de moi.

Sur certaines photos, un homme et une femme me tiennent la main. Notre maisonnée se complétait en effet d'une femme de chambre et d'un homme à tout faire qui s'occupait du jardinage et de l'entretien. Tous deux étaient beaucoup plus âgés que *mamma* et *papà*. Ils étaient avec moi d'une profonde gentillesse et me traitaient depuis toujours en adulte. Je ne sais pas si cela faisait partie de leurs instructions, ou s'ils ne savaient pas agir autrement.

Il y avait donc quatre adultes et moi dans notre grande demeure à deux étages, au milieu d'un jardin suffisamment vaste pour me faire oublier le monde extérieur. Le principal avantage d'une grande maison, lorsque vous êtes enfant, c'est qu'elle regorge de cachettes. Souvent je jouais à disparaître et *mamma* se lançait à ma recherche. Seulement ça n'avait pas toujours l'air d'être un jeu pour elle ; son visage affichait de l'inquiétude quand elle me découvrait, comme si elle avait craint qu'en me glissant sous le lit je puisse disparaître pour toujours. Ce sentiment d'affection teintée de stress et de moiteur, mêlé à l'odeur sucrée de la menthe à l'eau, est le souvenir que je garde de ma petite enfance.

Mamma était toujours présente. Quand je fis mes premiers pas. Quand je commençai à courir dans notre immense jardin. Quand je sautai dans le lac – toujours près du rivage et avec un gilet de sauvetage, cela va de soi (elle ne savait pas nager, je n'avais donc pas le droit de m'aventurer trop loin).

Papà, quant à lui, était toujours plus ou moins de passage. Même quand il était présent, il donnait l'impression d'être ailleurs. Je ne me souviens pas qu'il m'ait pris dans ses bras. Je ne me rappelle pas un seul après-midi où nous aurions joué ensemble ; je n'avais que quelques souvenirs un peu flous : je me voyais chevaucher son dos, ou bien lui me tenant par la taille alors que je tentais de grimper à un citronnier. Mais en revoyant les photos obtenues à New York, je me suis aperçu qu'il s'agissait en fait du vieux majordome.

Nous avions une photo, encadrée sur la cheminée du salon, montrant *papà* à côté de moi. La date inscrite au verso indiquait 1963. J'ai trois ans. Sa main flotte à quelques centimètres au-dessus de mes cheveux noirs. Son visage est sans expression, sa posture celle d'un soldat au garde-à-vous. Il était toujours aussi rigide quand nous étions l'un à côté de l'autre. Chaque matin, il partait vêtu d'un costume sombre au volant d'une Alfa Romeo Giulia noire rutilante. À mes yeux, il ressemblait à un chevalier montant un étalon noir, prêt à affronter tous les dangers du monde. Mais je ne m'inquiétais jamais pour lui : il revenait toujours. Il était le héros à qui je voulais plaire, chose qui se révéla impossible. Je ne savais pas ce qu'il pouvait bien faire à l'extérieur de notre forteresse – trucider des monstres, peut-être ? – mais il ne faisait aucun doute qu'il était « très important[1] », comme disait *mamma*, dont les yeux vert olive s'illuminaient lorsqu'elle parlait de lui.

Ils s'aimaient d'un amour authentique, d'un amour qui n'admettait personne d'autre. Du moins, c'était le cas pour *papà*. Il était souriant et plein d'affection avec *mamma*. Il la pinçait, l'étreignait ; ensemble ils riaient aussi fort qu'ils se disputaient parfois. Pourtant, dès l'instant où j'étais là, *papà* se refermait aussitôt. Il me demandait comment s'était passée ma journée, mais l'attitude froide et condescendante qu'il manifestait contrastait totalement avec l'enthousiasme de ma réponse.

Qu'on se comprenne bien, je ne me sentais pas pour autant négligé. Je me rappelle avoir été un enfant heureux, probablement parce que je n'avais aucun élément de comparaison pour juger leur comportement (il n'y avait pas de télévision ni de radio dans la maison). Ce n'est que bien plus tard, après avoir appris la véritable nature de ma situation, que je vis les choses telles qu'elles étaient en réalité. Mais avant, pour moi, tout était normal.

1. En italien dans le texte original : *molto importante*.

Le souvenir des cinq premières années de ma vie est celui de ces quatre adultes vivant en orbite autour de moi comme des planètes autour du soleil, certains plus proches, d'autres plus éloignés. Il ne faisait aucun doute que j'étais le centre de ce microcosme.

Et pourtant, dans ces premiers souvenirs déjà, la présence d'une autre figure imprégnait la maison. Celle d'un homme que je ne connaissais que par son titre : *il mio padrino*, mon parrain. Quand j'étais sage, on me disait qu'*il padrino* était content. Quand j'étais dissipé, on me disait qu'il était déçu. Tout semblait mis en œuvre pour plaire, apaiser ou éviter d'ennuyer cette divinité absente dont je ne savais rien. Je ne l'avais jamais vu en vrai, ni en photo, et n'avais jamais entendu le son de sa voix. Lorsque je fus plus grand, on m'indiqua que je devais l'appeler *nonós*, ce que je fis lorsque, quelques années plus tard, je sus écrire et fus obligé de lui envoyer une lettre chaque mois. Il ne répondait jamais. *Mamma* disait qu'il était occupé. Pourtant, malgré son silence, sa présence s'accroissait d'année en année, se faisait de plus en plus imposante – du moins c'est ainsi que je le ressentais.

Cet homme, qui a marqué ma vie par son omniprésence diffuse, n'a longtemps été rien d'autre qu'un fantôme. Et, à bien des égards, c'est encore ce qu'il est aujourd'hui.

3

La routine de mon enfance se brisa à l'âge de cinq ans. Jusque-là, j'avais fait partie d'un foyer dont les quatre autres membres étaient nettement plus âgés que moi. Malgré cela, ils me traitaient en adulte avec cette distance affectueuse que j'avais fini par considérer comme naturelle.

Seule différence entre eux et moi : j'avais une pièce attenante à ma chambre où les adultes pouvaient venir me rendre visite à l'occasion mais qui était entièrement à moi. La salle de jeux. Loin du fils unique que l'on pourrait s'imaginer, protégé comme la perle d'une huître, je partageais volontiers mes jouets avec eux, puisque j'en avais un grand nombre. Avant même que j'aie le temps de me lasser de l'un d'eux, d'autres m'étaient déjà livrés.

J'étais un enfant plutôt insouciant, je grandissais dans un environnement serein, sans autre camarade pour rivaliser avec moi ou m'influencer négativement. Pourtant, ce cadre paisible n'empêchait pas les crises de colère que je faisais parfois. Je ne m'en souvenais pas, mais j'en ai visionné quelques-unes sur des films. Ça aurait pu être drôle, si ce n'était pas si triste, en réalité, de remarquer que *mamma*, plutôt que de me calmer, préférait m'enregistrer en train de hurler et de me tirer les cheveux. Manifestement, cela faisait partie de l'accord, et elle se contentait de suivre la procédure prévue.

C'est à cause de ce comportement occasionnel mais violent (pour ne pas dire hystérique), que la femme de chambre me surnomma *tigrotto*, le petit tigre. Coïncidence ou destin, j'ai découvert plus tard que « tigresse » était le surnom donné à ma Mère par certaines personnes incapables de comprendre son perfectionnisme à toute épreuve. Fils d'une tigresse, j'étais donc moi aussi un véritable *tigrotto*.

De même qu'un bébé tigre né en captivité, je n'avais aucune raison de penser que ma vie était anormale. *Mamma* me réveillait tous les matins et dormait de temps à autre dans ma chambre sur un canapé à côté de mon lit. Après le petit-déjeuner, si le temps le permettait, nous allions nous promener dans le jardin. Elle me montrait les arbres et les plantes, m'apprenait leurs noms : pins, châtaigniers, cyprès, etc. Les jours chauds et ensoleillés, nous nous arrêtions près du lac et nous nous asseyions sous une pergola en bois. J'avais le droit d'y jouer avec un bateau miniature, à condition que l'eau ne dépasse pas mes chevilles.

Nous prenions une *colazione*, généralement un sandwich maison, du pain beurré recouvert de sucre, ou mon préféré, le *salame dolce*, une sucrerie en forme de saucisse au chocolat.

De retour à la maison, après le déjeuner, il m'arrivait souvent d'épier le vieux majordome, cherchant de nouvelles cachettes dans la maison ou l'observant dehors pendant qu'il s'occupait des arbres et des fleurs, auxquels il donnait parfois des noms différents de ceux de *mamma*. J'aimais bien l'accompagner quand il allait nourrir les poules et ramasser leurs œufs.

Si je n'étais pas d'humeur à le suivre, ou lorsque la météo n'était pas au rendez-vous, je restais dans ma salle de jeux. Outre le cheval à bascule, les animaux en peluche, les soldats de plomb, les robots en étain et la pâte à modeler multicolore, je me souviens que de nouveaux bateaux et des avions de toutes tailles faisaient fréquemment leur apparition. Ça allait du simple planeur en bois ou des avions à élastique (que je cassais très vite), des navires en plastique, aux avions en étain à déclenchement par gâchette et aux cuirassés en acier autopropulsés avec des missiles de tir. Ces nouveaux jouets ne cessaient de m'impressionner par leurs couleurs et leurs fonctionnalités novatrices.

Bientôt, je donnais des noms à ces navires. Mon paquebot transatlantique bleu et gris se dénommait

Blue Omero, mon voilier rouge et jaune était le *Yellow mamma*. J'avais nommé le plus grand, un cuirassé étincelant qui portait ses propres avions, chars et soldats, en associant *papà* et la couleur grise.

Dès l'instant où j'entendais le moteur de la voiture de *papà*, je me précipitais à la porte. Il se contentait alors de hocher la tête et de sourire – rarement s'abandonnait-il à un contact physique – mais cela ne m'empêchait pas de recommencer chaque fois comme un chien en attente d'un os que son maître ne lance jamais.

Je retournais ensuite dans ma salle de jeux pendant que mes parents discutaient, assis dans le salon. Après que la domestique m'ait donné mon bain, l'heure était venue de me coucher. Je m'endormais en serrant l'un de mes bateaux, en général le plus récent. Comme ils étaient souvent des cadeaux de *nonós*, j'avais pour obligation d'en nommer un certain nombre en son hommage. Je ne comprenais pas pourquoi je devais leur donner le surnom de quelqu'un que je n'avais jamais rencontré, et dont je ne connaissais pas même le prénom. Et comment étais-je censé savoir sur lequel arrêter mon choix ? *Mamma* répondait que mon préféré conviendrait très bien. Plus tard, quand je commencerais à étudier la mythologie et la Bible, j'aurais le pénible sentiment de sacrifier ma fille ou mon plus beau mouton en l'honneur d'un dieu invisible. Parmi les centaines de photos découvertes à New York, beaucoup me montrent en train de faire voler un avion dans les airs ou de faire flotter un bateau dans la baignoire ou sur le lac, avec *nonós* écrit en évidence sur le côté.

Chaque jouet était accompagné de notices explicatives que *mamma* me lisait à voix haute. Ces différents aspects mécaniques semblaient l'ennuyer, mais je les trouvais aussi excitants que l'auraient été des contes de fées pour d'autres enfants. Ces navires et ces avions m'entraînaient dans un monde où des gens volaient par-dessus les murs, survolaient les monstres, et naviguaient bien au-delà de ma frontière de bouées.

Bientôt, aux jouets mécaniques et à leurs détails spécifiques, *nonós* ajouta des livres. Ceux-ci contenaient des images de grandes personnes qui accomplissaient des tâches très spéciales et importantes, m'expliquait *mamma* avant d'éteindre la lumière. Je sais maintenant qu'elle ne me lisait pas ce qui était inscrit dans le livre. Elle ne pouvait pas le faire.

Les livres que *nonós* envoyait n'étaient pas écrits dans la langue de *mamma*, mais dans une langue qui allait bientôt devenir la mienne : le grec.

C'est là qu'entre en scène Renata.

4

Renata.

Je n'exagère pas en disant que je fus hypnotisé la première fois que j'ai posé les yeux sur elle. Elle était sortie de la voiture de *papà* avec une petite valise à la main. J'étais à la porte, comme d'habitude, remuant la queue dans l'espoir d'obtenir un sourire et un signe de tête paternels, ou peut-être un nouveau cadeau de *nonós*. Mais cette fois son cadeau était quelque chose que je n'avais jamais vu. La femme était grande, comme tous les autres, mais d'un air différent. Elle faisait plus jeune que ses vingt-sept ans, et cet âge-là la distinguait de mes parents, tous deux proches de la quarantaine.

Ses cheveux, d'un blond foudroyant, coupés en un carré séparé au milieu, n'avaient rien à voir avec les longs cheveux noirs de *mamma* ou le chignon grisonnant de la domestique. Sa robe jaune ne ressemblait pas à leurs vêtements sombres et austères.

Cela provoqua en moi un tel choc que je courus me réfugier derrière les jambes de *mamma*.

Depuis là-bas, je l'observai avec émerveillement. Elle posa sa valise et échangea quelques mots avec *mamma*. Puis, se penchant vers moi, elle m'offrit sa main. « Tu dois être Omero », dit-elle.

Sa voix aussi était inhabituelle. La façon dont les mots sortaient de sa bouche, même en italien, n'était pas semblable à celle de mon entourage. Je me souviens avoir pensé que cela devait être dû à ce marqueur rouge qu'elle avait sur les lèvres. J'acquiesçai, tout timide. *Mamma* me tira doucement de ses jupons en me disant que je devais donner ma main à la dame. Il y a tellement de choses que l'on n'apprend pas en grandissant isolé ; comment saluer en fait partie.

« Je m'appelle Renata. Nous allons devenir de bons amis, tu verras. Ensemble, nous apprendrons beaucoup de choses merveilleuses », me dit-elle avec un grand sourire.

Depuis ce jour, elle devint membre à part entière de notre foyer, inaugurant une nouvelle phase de ma vie. Celle de mon instruction. Mieux que ça, je me rendis compte qu'au-delà du périmètre restreint de mon monde, il y avait autre chose que le danger : il existait aussi des gens comme Renata. Très vite, ma salle de jeux acquit une nouvelle fonction. À côté des paniers en osier remplis de jouets surgirent un petit bureau et une chaise, un tableau noir et un siège plus grand pour Renata (bien qu'elle préférât s'asseoir sur le tapis). Bientôt, les étagères toutes neuves seraient remplies de livres – de manuels pour apprendre à lire et à écrire, mais aussi de cours d'histoire, de géographie, d'astronomie et de mythologie.

Après mon propre nom, le premier mot que j'appris à écrire dans les deux langues que j'apprenais fut son prénom : Renata. *Ρενάτα.* Une fois encore, si notre vie n'est rien d'autre qu'une farce écrite et dirigée par les dieux, le fait suivant peut être vu comme un clin d'œil sarcastique, digne des plus grandes tragédies de Sophocle : la femme qui m'a aimé et façonné plus que n'importe qui portait le prénom de la plus grande rivale de ma Mère.

Même si *ma* Renata n'avait pas une « voix d'ange[1] », elle était pour moi un ange incarné. Un ange qui apporta avec elle de nombreuses révélations.

1. En italien dans le texte original : *voce d'angelo.*

5

Renata était née en 1938, sur l'île de Léros, en mer Égée, qui était alors un territoire italien. Elle y avait grandi, mais l'avait quittée à l'âge de neuf ans. En 1947, Léros, ainsi que le reste de l'archipel du Dodécanèse, fut rattachée à la Grèce après plusieurs siècles d'occupation étrangère. Chez nous, personne ne parlait jamais de la Seconde Guerre mondiale pendant laquelle l'Italie et la Grèce s'étaient affrontées. Pourquoi l'aurait-on fait ? De toute façon, je n'y aurais rien compris. Même adolescent, je continuais d'appréhender tous les conflits à travers le prisme de la guerre de Troie.

Peu de temps après la fin de la guerre – pas celle de Troie, évidemment –, le père de Renata étant décédé, sa mère avait décidé de quitter l'île. Elle avait emmené Renata et son petit frère vivre chez leur grand-père maternel, près du lac de Varèse. Renata me raconta tous ces détails de sa vie passée au fil du temps.

J'avais cinq ans et Renata était la plus belle créature du monde à mes yeux. Recrutée pour assurer mon enseignement, je sus grâce à elle qu'il y avait tout un tas d' « enfants » dans mon genre par-delà les frontières de ma maison, et qu'ils pourraient un jour devenir mes amis. Ainsi Renata m'apprit tout ce qu'on enseignait aux autres enfants de mon âge à l'école, malgré quelques variations significatives.

Je découvris les bases des mathématiques, l'italien, la physique, la géographie et l'histoire. Mais notre attention se porta aussi sur l'histoire de la Grèce et la langue grecque que ni mes parents ni le personnel de maison ne parlaient. C'était apparemment le souhait de mon parrain, figure d'autorité que nul ne contestait. *Νονός* (*nonós*) fut l'un des premiers mots que j'appris à écrire. Je le mettais au vocatif derrière *Αγαπητέ* (« cher ») sur chacune des lettres que je lui envoyais. Lettres auxquelles il ne répondait pas.

Je surmontais la complexité de cette nouvelle langue par mon désir de plaire à Renata, dont les félicitations étaient plus douces encore que mon *salame dolce*. Étirant les voyelles, elle m'apprenait à prononcer des mots composés de sons auxquels mon oreille n'était pas habituée. Aujourd'hui encore, lorsque les Grecs m'entendent parler, ils me demandent si je suis originaire du Dodécanèse. L'existence de Renata persiste dans mon accent.

Grâce à son enseignement, alors que je commençais à reconnaître les lettres grecques et à assembler des phrases, je réalisai que l'histoire de la mythologie était bien plus riche que ce que *mamma* m'en avait raconté. Avec Renata, j'arrivais à saisir les véritables destins de ces héros mythiques. Avec ces récits en tête, les monstres du monde extérieur prirent très vite des formes aussi effrayantes que celles de Méduse ou Cerbère. Quant à *papà*, que mes fantasmagories avaient déjà fait chevalier, il était désormais devenu un Persée ou un Hercule combattant ces ignobles créatures.

De tous les héros, Ulysse était de loin mon préféré, en partie parce que Renata me lisait une version illustrée de *L'Odyssée* chaque soir avant de me coucher. J'entendis tellement parler de ses aventures, de ses complots, de ses voyages, qu'il ne me fallut pas longtemps pour en réciter des passages entiers par cœur. Et même si *mamma* n'en comprenait pas un mot, elle applaudissait toujours.

Une autre raison me fit préférer Ulysse : le nom du poète qui narrait ses aventures. Homère. J'étais fier de partager un prénom aussi illustre, encore plus depuis que je l'écrivais en grec. Renata aussi s'en réjouissait. Et chaque fois qu'elle était contente, j'avais droit à un câlin.

Je n'étais pas habitué à ce contact physique. Comparé à celle de *mamma*, l'étreinte de Renata me semblait plus forte. *Papà*, lui, me tenait à peine la main. Renata me serrait fort, me chatouillait, et quand elle m'attrapait après m'avoir pourchassé dans les jardins, ou après avoir joué à cache-cache, elle m'étouffait de ses baisers.

Elle m'était dévouée, et je le lui étais en retour. Chaque fois qu'elle passait la nuit hors de la maison, j'attendais impatiemment son retour ; parfois, son absence provoquait l'une de ces crises qui m'avaient valu le surnom de *tigrotto*. Elle partait toujours le vendredi soir et revenait tôt le dimanche matin. *Mamma* répétait avec insistance que Renata devait voir sa famille et ses amis. Mais si je n'avais aucun problème à partager mes jouets, je n'acceptais pas de partager Renata, surtout depuis que je savais qu'il existait d'autres enfants ! Mon aversion pour les week-ends, qui perdure encore aujourd'hui, trouve sans doute ses origines dans ces douloureuses absences.

Le dimanche, le retour de Renata signalait le début de son tour de garde et, dès son arrivée, *mamma* et *papà* partaient à l'église, la « maison de Dieu ».

« Pourquoi je ne peux pas aller avec eux ? », lui demandai-je un jour.

« Ton Dieu se trouve dans une maison différente. Peut-être qu'un jour nous nous y rendrons ensemble », répondit-elle en passant sa main dans mes cheveux en bataille.

« Est-ce que *ton* Dieu habite dans la même maison que le mien ? »

« Non, le mien se trouve dans la même maison que celle de tes parents. Le tien est dans celle de ton parrain. »

« Mais je ne veux pas du sien, moi, je veux le même que toi ! », criai-je. Elle rit puis me chatouilla si fort qu'en un instant, tout était oublié.

6

Au sujet de Dieu, je remarquai assez vite qu'il y avait d'autres différences entre mes parents et moi. On m'avait appris à grouper trois doigts ensemble pour faire le signe de croix, en commençant par la droite, plutôt que par la gauche comme tout le monde. C'est à peu près au même moment que nous avions commencé à parler du Bien et du Mal, des gens vertueux qui allaient au Paradis et des pécheurs condamnés à l'Enfer.

J'avais demandé à Renata s'il existait deux Paradis, un pour chaque maison de Dieu, mais elle m'avait assuré qu'il n'y en avait qu'un seul. Renata avait essayé d'arranger les choses en expliquant qu'à part les deux églises, tout était à peu près identique : le même Dieu veillait sur nous, les mêmes saints nous protégeaient. Pour preuve, elle m'avait partagé sa prière d'enfance, qu'elle avait apprise sur son île grecque et qu'elle récitait tous les soirs.

Ensemble, avant de dormir, nous nous mettions à genoux à côté de mon lit et nous murmurions en grec : « Agenouillé, je fais le signe de croix. J'ai un chariot à mes côtés, les serviteurs de Dieu me protègent, et je ne crains personne[1]. » Elle se signait à sa manière, moi à la mienne, puis elle me bordait. Aujourd'hui encore, je récite la dévotion nocturne de Renata. Même si je ne crois pas en Dieu, cela me permet de rester connecté au souvenir que j'ai d'elle.

Plus tard, cependant, j'ajoutai quelques phrases à cette prière grecque rudimentaire, quelques mots plus réalistes, plus adultes, que ma Mère récitait : « Dieu, donne-moi ce que tu veux ; bon ou mauvais, je n'ai pas le choix. Mais donne-moi également la force de pouvoir le surmonter. »

Malheureusement, *sa* prière n'a pas été exaucée. Elle ne fut pas capable de surmonter les pertes et les trahisons qu'elle a subies. Pour ma part, j'ai été pourvu de suffisamment de volonté pour faire face aux épreuves qui se sont présentées sur mon chemin. Et – plus important encore – il m'a été donné la capacité de distinguer les faits et les mensonges pour découvrir la vérité.

Souvent les gens pensent que découvrir la vérité consiste à mettre les choses au jour, mais

1. En grec dans le texte original : *Πέφτω κάνω τον σταυρό μου, άρμα έχω στο πλευρό μου, δούλοι του Θεού φυλούνε και κανέναν δεν φοβούμαι.*

parfois la vérité nous plonge dans une plus grande obscurité.

Mais le temps des vérités et des épreuves n'était pas encore venu ; ces premières années baignaient dans une ignorance heureuse. À l'époque, les seuls monstres que je craignais étaient mythologiques et vivaient au-delà des frontières de mon monde. Ceux qui avaient joué avec *ma* vie m'étaient totalement inconnus, ils n'effleuraient même pas mon imagination.

Même si j'étais toujours le centre de ce petit univers, Renata me traitait comme n'importe quel enfant et non comme un adulte ou une poupée de porcelaine risquant de se briser à tout moment. Elle ne s'étranglait pas de peur lorsque je tombais et m'écorchais les genoux ; elle ne criait pas mon prénom avec frénésie quand elle me perdait de vue ; elle ne me surveillait pas pendant les repas comme si j'allais m'étouffer à chaque bouchée. Son comportement normal avec moi était dû au fait qu'elle ignorait tout de ma véritable histoire. Autrement, elle aussi se serait sans doute laissé gagner, comme *mamma*, par cet état constant de vigilance anxieuse.

C'est Renata qui m'apprit à nager, malgré les objections de *mamma* (*papà*, plus pragmatique – ou distant – avait fini par la convaincre). Mais même si je devins très vite un « petit dauphin[1] » (c'est le surnom que Renata me donna), je n'étais toujours pas autorisé à dépasser la frontière de bouées.

Après chaque baignade, tous les deux mouillés et couverts par la même serviette, Renata et moi nous allongions sur le rivage sous la pergola. Elle me parlait alors de son île. Elle me décrivait la lumière qu'il y avait, la chaleur du soleil, les plages magnifiques et le paysage aride. Là-bas se trouvait son village natal, des rues à l'architecture ordonnée que les Grecs n'aimaient pas, mais où elle rêvait de retourner un jour. Je ne comprenais pas son désir de revenir dans un endroit que sa famille avait été forcée de quitter, surtout que les souvenirs qu'elle en avait lui faisaient invariablement monter les larmes aux yeux.

Ayant passé ma vie à courir après le souvenir de ceux qui m'avaient dépouillé de ma propre identité, je peux enfin la comprendre.

---

1. En grec dans le texte original : *δελφινάκι*.

7

Renata devint très vite mon bien le plus précieux, car évidemment je la considérais comme étant à moi, et à moi seul.

« Un jour je t'épouserai », lui dis-je à six ans. Elle rit et me chatouilla encore.

« Je serai trop vieille pour toi. »

« Je m'en fiche ! Je t'aimerai et te protégerai de tous les monstres. »

D'une voix tremblante, je lui promis qu'une fois mariés, je ne la laisserais plus jamais sortir de la maison. Elle n'aurait plus affaire aux cyclopes ou au sphinx. Avec moi, elle serait en sécurité.

« Quand on aime quelqu'un, on ne peut pas le garder prisonnier », me répondit-elle. « Tu comprendras quand tu seras plus grand. »

C'était la première fois, je crois, qu'elle se rendait compte de l'étendue limitée de mon monde, circonscrit aux murs du jardin et aux bouées. Tout ce dont j'avais besoin était là, de mon éducation à mes soins médicaux. Et, pour être honnête, comme je n'avais encore jamais fait l'expérience de la liberté, je n'en ressentais pas le manque.

Pour tenter de m'expliquer cette existence recluse qu'on m'imposait, Renata me raconta que mes parents m'aimaient tellement qu'ils voulaient me garder à tout prix en sécurité. Le monde extérieur pouvait être dangereux pour quelqu'un d'aussi jeune, et de bons parents ne laissaient pas leurs enfants sortir seuls comme ça. Pourtant, elle m'apprit aussi qu'il n'y avait pas que des monstres de l'autre côté des murs. Il existait aussi de bonnes personnes, avec qui je me lierais d'amitié, qui m'apprécieraient et, quelque part, peut-être, une fille qui un jour m'aimerait et m'épouserait.

« Mais si tu étais avec moi, est-ce que je pourrais sortir d'ici ? »

Elle me caressa les cheveux.

« Je dois d'abord demander à ta *mamma.* »

Nous n'abordâmes plus le sujet. Elle-même n'y revint pas et moi, attaché au confort de ma routine et toujours méfiant envers ces monstres, je ne lui reposai jamais la question. J'étais sûr que la réponse de *mamma* aurait été un « non » catégorique, un non qui me garda confiné encore quelques années supplémentaires.

8

Il n'y avait pas que le monde extérieur auquel je n'avais pas accès. Je découvris un jour que d'autres choses m'étaient dissimulées dans cette cage dorée. À la fin de l'été 1966, ma routine et ma vision du monde furent bouleversées d'une manière très « lyrique », pourrait-on dire.

Entre le déjeuner et les leçons de l'après-midi, on m'obligeait à faire une sieste, un *riposo*. Sachant que je n'avais pas le droit de me lever, je m'allongeais et je restais immobile, sans m'endormir. Quel enfant a envie de faire des siestes ? Un jour, je sortis de mon lit, ouvris doucement la porte et, dans le silence absolu de la maison, me glissai sur la pointe des pieds jusqu'à la chambre de Renata, de l'autre côté du couloir. Sa porte était fermée, mais je ne frappai pas. Je l'ouvris et entrai sans bruit. Elle me tournait le dos, les mains posées contre la fenêtre qui donnait sur le lac.

Alors qu'elle tapotait en cadence la vitre du bout des doigts, les mots qui sortaient de sa bouche, bien qu'en italien, me semblaient… étranges. C'était comme si son accent avait pris pleinement possession d'elle. Des phrases s'échappaient de ses lèvres avec fluidité, d'une manière si surprenante que cela me fit l'effet d'un enchantement :

« … ed io mi son trovata,
a un tratto già abbracciata a lui…
Perdono, perdono, perdono !
Io soffro più ancora di te[1]*… »*

Ces paroles étaient plus murmurées que prononcées et, accompagnées de doux tapotements sur la fenêtre, elles flottaient avec une simplicité et une vivacité que je n'avais jamais entendues jusqu'à présent. J'étais incapable de bouger, hypnotisé.

« Perdono, perdono, perdono !
Il male l'ho fatto più a me[2]*… »*

Un hoquet s'échappa de mes lèvres.

Elle se retourna et me vit debout dans l'encadrement de la porte. Surprise, elle se tut et porta sa paume devant la bouche. Je me souviens avoir pensé

---

1. *« … et je me suis soudain retrouvée,*
déjà dans ses bras…
Pardonne-moi, pardonne-moi, pardonne-moi !
Je souffre encore plus que toi… »
Paroles de la chanson *Perdono* de Caterina Caselli, 1966.
2. *« Pardonne-moi, pardonne-moi, pardonne-moi !*
Je me suis fait plus de mal à moi-même… »

qu'elle voulait par ce geste faire revenir ses paroles fiévreuses à l'intérieur. Elle se précipita vers moi, me prit dans ses bras, m'embrassa la joue et me dit d'arrêter de pleurer. C'est à ce moment-là seulement que je réalisai que des larmes coulaient sur mes joues.

Après m'être calmé, je lui demandai ce qu'étaient ces *bruits*. Elle sourit, puis me supplia : « Promets-moi que ce sera notre petit secret, tu veux bien ? Tes parents ne doivent pas savoir. C'était une chanson, mais ta *mamma* et ton *papà* détestent la musique. »

9

Pourquoi mes parents détestaient-ils cette chose si belle que Renata appelait la « musique » ? À la maison il n'y avait rien qui aurait pu m'exposer à quelque mélodie que ce soit. Pas de rossignols dans le jardin non plus – évidemment, ça ne dépendait pas d'eux –, que des moineaux qui gazouillaient, donnant davantage l'impression de discuter. Personne dans la maison n'avait jamais fredonné la moindre mélodie en ma présence. Alors pourquoi ?

Renata avança plusieurs hypothèses pertinentes. La musique pouvait faire ressurgir des souvenirs qu'ils s'efforçaient d'oublier. Ou bien tout simplement ils ne l'aimaient pas, de la même façon que je n'aimais pas les anchois. Mais moi je n'aurais jamais interdit aux autres d'en manger ! La domestique pouvait en prendre toute la journée – et d'ailleurs elle ne s'en privait pas –, je ne voyais pas bien ce que ça aurait pu me faire.

Ma propre théorie sur leur aversion pour la musique me vint quelques mois plus tard, et me fut inspirée par *L'Odyssée*. Renata me lisait une nouvelle fois le chapitre dans lequel Ulysse demandait qu'on l'attache au mât afin de pouvoir entendre le chant des sirènes sans risquer de succomber à leur envoûtement mortel. C'était ça ! *Mamma* et *papà* redoutaient que je perde la tête si une chanson arrivait à mes oreilles, que je fasse une crise de colère et que je quitte le navire – la maison, en l'occurrence – pour aller m'écraser contre les rochers du monde extérieur. Je fis part de mes déductions à Renata qui, touchante jusque dans son indulgence, me répondit que j'avais peut-être raison.

Dans mon esprit, ma théorie tenait la route. « Est-ce que je devrais leur en parler ? », lui demandai-je, espérant leur prouver que j'étais un enfant solide, et peut-être même obtenir enfin l'approbation de *papà*.

Elle insista pour que nous gardions notre secret pour nous. Avec le recul, c'était sûrement l'un des secrets les plus infimes et les plus anodins que renfermait notre foyer.

Finalement, mon initiation à la musique ne resta pas très longtemps un secret.

Pendant des mois, dès que mes parents s'absentaient, Renata me chantait les chansons qu'elle appréciait. Je les apprenais en l'imitant. Elle disait que ma voix était mélodieuse et robuste, à tel point que je devais prendre garde à en contrôler le volume, sinon la domestique et le majordome allaient nous entendre et le répéteraient à *mamma*. Les chansons étaient souvent des succès du moment, italiens, américains ou français. Quand les paroles n'étaient pas en italien, je ne les comprenais pas mais je les apprenais quand même. Il y avait aussi cette chanson grecque qu'elle tirait de son enfance, un tango au rythme lent que nous faisions parfois semblant de danser :

« *Tu es arrivé comme le printemps,*
Et tu m'as apporté ce que je désirais tant,
Des roses et des œillets,
Cet amour que je convoitais depuis des années,
Tu es venu, mon doux amour,
Et tu étais celui que je voulais,
Le rêve que je cherchais, tout ce temps-là[1]... »

Cette chanson fut la première que j'interprétai devant *mamma*, bien qu'il soit plus exact de parler d'une *attaque* à son encontre. C'était un jour d'automne, j'avais sept ans et demi. Les premières pluies fortes de la saison commençaient à tomber mais la température restait agréable. Je voulus aller nager mais *mamma* refusa, de peur que j'attrape froid.

1. En grec dans le texte original : « *Ήρθες σαν την άνοιξη και μου 'φερες αυτό που καρτερούσα, ρόδα και γαρύφαλλα, τον έρωτα που χρόνια λαχταρούσα, ήρθες αγαπούλα μου και ήσουνα εκείνος που ποθούσα,τ' όνειρο που ζήταγα να βρω τόσον καιρό...* » Chanson de Stélla Gréka, 1946.

Je me mis à pleurer et très vite, en raison de son intransigeance, mes larmes dégénérèrent en une crise de *tigrotto*. Entre deux hurlements, je pris soudain une profonde inspiration et expulsai… le vers de la chanson grecque, frondeur et triomphant.

Malgré ma voix aiguë, la mélodie fut correcte et je chantai si fort que je n'entendis même pas Renata dévaler les escaliers. Lorsque j'aperçus son visage terrifié, je m'arrêtai d'un coup. C'était trop tard. *Mamma* avait blêmi. Elle me regarda, puis Renata, puis moi à nouveau, et d'une voix à peine audible, elle dit que j'avais de la chance que *papà* ne soit pas là, car il aurait été indigné.

« Mais pourquoi ? », implorai-je avant d'être renvoyé dans ma chambre.

Renata ne vint pas me lire de livre ce soir-là. J'entendis sa porte s'ouvrir et se fermer, mais je n'osai aller la voir. Avant que le sommeil ne s'empare de mon âme épuisée, j'eus une pensée terrifiante : Renata allait être renvoyée et, pour avoir trahi notre secret, j'en serais le responsable. Mais si cela arrivait, j'étais déterminé à la suivre. Je trouverais un moyen de m'enfuir et j'irais la rejoindre. Après tout, elle m'avait bien confié qu'il n'y avait pas que des monstres au dehors ; il y avait aussi des gens bien. De plus, j'avais maintenant une nouvelle arme pour me défendre contre n'importe quelle brute : *ma voix*. À en juger par la pâleur et la stupéfaction de *mamma*, mon chant était un moyen puissant et efficace de tenir mes ennemis à distance.

Au matin, Renata était toujours là. Elle me dit que je n'avais rien à craindre, mais qu'il n'y aurait plus de chant. Soulagé qu'elle reste, je ne me souciai plus beaucoup des chansons ; c'était un prix à payer négligeable pour la garder auprès de moi.

Je pensai alors à mon parrain invisible, à cette divinité qui surveillait notre foyer à distance. Est-ce que l'interdiction de la musique venait de lui ? Si ce n'était pas le cas, peut-être pouvait-il m'aider ? Il ne faisait aucun doute qu'à ce moment-là, il avait déjà été informé de ma prestation. Quelqu'un l'avisait constamment de ce qui se passait dans ma vie, y compris ce que j'avais tendance à omettre dans ma propre correspondance. On m'informait régulièrement qu'*il padrino* était satisfait que j'aie terminé mon assiette, que je sois sage pendant les cours ou que j'aie progressé dans mes études – ou qu'il était contrarié si l'inverse s'était produit. Alors, que pouvait bien penser *il padrino* du fait que j'avais chanté ?

Puisque mon apprentissage du grec avançait bien, je décidai de tenter ma chance. Deux mois après l'épisode du chant, entre quelques phrases l'informant de mes dernières découvertes littéraires et de ma santé, j'ajoutai deux vers du refrain de cette chanson grecque. Je m'assurai de rédiger la lettre et de la donner à *mamma* de sorte qu'elle l'envoie un vendredi soir, afin que Renata ne puisse pas savoir ce qui s'y trouvait. Et puisqu'elle n'était au courant de rien, on ne pourrait pas la tenir pour responsable de ma mauvaise conduite.

Pour la première fois de ma vie, je reçus une réponse, ou du moins quelque chose qui s'en rapprochait. Quelques semaines plus tard, un colis volumineux arriva. Il contenait une platine vinyle accompagnée de cinquante disques ! La plupart étaient en grec : des chansons pour enfants, de la musique folklorique traditionnelle, des morceaux populaires du moment ou des années passées.

Au sommet de la pile se trouvait un disque avec une pochette blanche et rouge tout usée. À côté de la photo d'une femme, entourée d'immenses notes de musique rouges, et sous le nom de Stélla Gréka, était inscrit le titre : « Tu es venu comme le printemps[1] ».

Il y avait également une petite note manuscrite, attachée au disque avec un trombone, qui disait en grec : « *À Renata, pour s'être occupée d'Omero.* »

1. En grec dans le texte original : *Ήρθες σαν την άνοιξη.*

10

Ainsi donc, la musique fit son entrée officielle dans ma vie. La collection originale envoyée par *nonós* avait été complétée par les tubes préférés de Renata, remplissant d'un coup la maison de mélodies contemporaines. À Mános Hadjidákis, Nana Mouskouri, Yórgos Zambétas et The Olympians[1], elle avait ajouté Patty Pravo, Mina, Elvis Presley, les Beatles et les Rolling Stones. Même *mamma*, autrefois terrifiée par la chanson qui était sortie de ma bouche, fredonnait désormais.

Un seul genre faisait défaut à mon nouveau monde musical, un genre dont je fis la découverte au même moment que celle de mes origines. Il n'y avait pas de musique classique, pas d'opéra. Cela te semblera peut-être normal – quel enfant est familier avec l'opéra ? Mais nous étions en Italie du nord, à seulement 80 kilomètres du centre de l'univers lyrique. Dans

1. Un groupe de *pop music* grec des années 1960.

cette partie du monde, au sein de chaque théâtre, de chaque conservatoire et sur chaque grande scène, l'opéra résonnait aussi fréquemment que n'importe quel autre genre musical, et pour toutes les classes sociales. Là-bas, il s'agissait d'un héritage commun à tous, de la bourgeoisie urbaine à la classe ouvrière rurale. Mais Rossini et Puccini, Bellini et Donizetti, tous furent tenus à l'écart de mon enfance car ils représentaient un personnage bien plus important encore, dont ma vie fut amputée.

11

La lettre de remerciements que j'avais adressée à *nonós* pour la platine et les disques resta sans réponse, comme toujours. Mais de nouveaux vinyles, en plus des cadeaux habituels, ne cessaient d'arriver. Et leur nombre se démultipliait sans mesure pendant les vacances et les fêtes de fin d'année.

Noël et les festivités du Nouvel An comptaient parmi les moments les plus excitants. Les premières années, je me souviens que *papà* coupait des branches de genévrier du jardin pour faire notre traditionnel sapin de Noël. J'aidais *mamma* et Renata à le décorer, malgré les nombreuses piqûres que ses épines provoquaient. Très vite cependant, les branches naturelles furent remplacées par un cadeau de *nonós* : un *albero di Natale* (sapin de Noël) artificiel, à la symétrie parfaite, et qui en plus ne piquait pas. Ce que je préférais était la décoration du *presepio*, la crèche. *Papà* sortait du grenier une boîte en bois contenant des figurines en argile colorées : Marie, Joseph, le petit Jésus, les

Rois mages, des animaux, des bergers, des musiciens et des spectateurs assortis. Je me souviens encore de l'odeur de cette boîte, du papier humide, de l'argile, du bois, le tout combiné avec de la cannelle : pour une raison inconnue, *mamma* mettait toujours un bâton de cannelle dans la boîte avant de la ranger pour l'année suivante.

Nous sortions les figurines une à une avec précaution pour éviter de les casser. J'allais ensuite dans le jardin, soit avec le majordome, soit avec Renata, récupérer des petits bâtons, des pierres et des mousses vertes pour décorer notre crèche en papier kraft. La scène confectionnée avec soin prenait vie lorsque *papà* éteignait les lumières et que l'ombre des bougies – bientôt remplacées par des lumières électriques multicolores – tamisait la pièce. On prenait ensuite la photo traditionnelle : moi debout devant l'arbre entouré de Renata et de mes parents.

Renata n'était jamais avec nous lors de notre dîner du réveillon. Elle devait être avec sa propre famille. Son absence écornait un peu ma joie, mais une deuxième ou troisième portion de *pinza* ou de *panettone* m'aidait à y faire face. Elle revenait le jour de Noël puis repartait à nouveau du réveillon du Nouvel An jusqu'au 2 janvier. Le matin du 1er janvier, on m'interdisait de voir Renata, *mamma* et la domestique, parce que le vieux majordome estimait qu'être en contact avec une femme le premier matin de l'année portait malheur. Aujourd'hui, de toute façon, je ne vois plus personne, que ce soit pour le jour de Noël ou pour le Nouvel An…

Mais à l'époque cela ne faisait rien, car les cadeaux de *nonós* arrivaient à ce moment-là. Dans le salon, nous avions un voilier de décoration placé à côté de notre arbre de Noël. Il était peint en bleu foncé et décoré de guirlandes et de lumières, sa coque mesurait environ un mètre de long et son mât s'étendait à plus d'un mètre de haut, un drapeau grec attaché à son sommet. La veille du Nouvel An, je laissais une paire de chaussures en dessous. Dès que j'ouvrais les yeux le lendemain, je descendais en courant et trouvais les chaussures débordant de toutes sortes de friandises : des chocolats suisses, des *pastelia* grecques[1] et des bonbons de toutes les couleurs, officiellement de la part de *Άγιος Βασίλης* (saint Basile[2]), entourés de nouveaux livres, de petites voitures et de plein d'autres choses.

Puis, quelques jours plus tard, pendant la nuit du 5 au 6 janvier, c'était la Befana, la sorcière du folklore italien, qui m'apportait encore plus de cadeaux ! Ces derniers venaient cette fois de *mamma* et *papà*, de Renata, de la domestique et du majordome. Ils étaient moins extravagants que ceux de saint Basile, mais

1. Des barres de sésame et de miel.
2. En Grèce, jusqu'à récemment, on recevait les cadeaux après le jour de l'An pour la Saint-Basile, et non à Noël.

ce n'est pas pour ça que je ne faisais pas confiance à Befana. On m'avait raconté qu'elle volait sur son balai au-dessus des maisons et qu'elle lançait par la cheminée des cadeaux pour les gentils enfants ; et des morceaux de charbon pour ceux qui étaient désobéissants. Comme je n'étais jamais certain de m'être bien comporté, j'avais toujours des doutes sur ce que je recevrais chaque année. De fait, je n'ai jamais reçu de charbon. *Mamma* et *papà* n'auraient jamais osé me décevoir à ce point, quand bien même j'aurais été difficile voire ingérable. Je suis convaincu qu'ils se disaient alors que c'était eux qui méritaient de recevoir le charbon de Befana, plus qu'un enfant, aussi difficile celui-ci ait-il pu être par moments.

Ces dernières décennies, il n'y eut plus de bateaux, de figurines en argile, de repas faits maison, de cadeaux sous le sapin de Noël factice ou de friandises dans mes chaussures onéreuses. Et tout l'argent du monde ne pourra plus me procurer ce sentiment de bonheur.

12

Trois mois après Noël venait le temps des cadeaux d'anniversaire – ce qui ne signifie pas qu'il n'y avait pas d'autres cadeaux entre-temps. J'en recevais si fréquemment que je n'avais jamais le temps de m'ennuyer. Une petite voiture était remplacée par un bateau, puis un avion, ou un vélo étincelant que j'avais brièvement utilisé le long des allées pavées du jardin et mis de côté.

Et tous ces livres ! En grec, en italien, bientôt en anglais et en français, les aventures de héros mortels confrontés à des dieux furieux ou jaloux et à des monstres à plusieurs têtes firent place à d'autres histoires plus sombres – si c'était encore possible – d'enfants traqués par des sorcières, ou de belles damoiselles qu'une malédiction forçait à dormir d'un sommeil éternel dans des forêts menaçantes.

Aujourd'hui je sais que tous ces cadeaux étaient destinés à remplir un vide et à apaiser une conscience coupable.

C'est à l'occasion de mon neuvième anniversaire que j'entendis par hasard mes parents parler de « culpabilité ». J'avais reçu un petit bateau rouge à moteur avec mon prénom peint en blanc sur la coque, un bateau suffisamment grand pour que je puisse m'asseoir dedans avec un passager. *Mamma* dit alors à *papà* que ce bateau était un « cadeau de culpabilité » pour ce que *nonós* avait fait quelques mois plus tôt. C'était la première fois que j'entendais le mot *vedova*[1], bien que je ne susse pas encore à l'époque à quoi ou à qui il faisait référence.

Depuis ce jour, j'embarquai dans mon bateau à moteur et naviguai… sur l'herbe du jardin. *Mamma* ne m'autorisait pas à l'utiliser sur le lac, même avec un gilet de sauvetage et Renata assise à côté de moi. Mon petit *Omero* rouge remplit finalement son véritable objectif quelques mois plus tard lorsque *mamma* partit en Turquie pour le « travail ». Je ne savais même pas qu'elle travaillait – elle ne quittait presque jamais la maison. Mais, bien qu'elle m'eût manqué pendant le mois et demi où elle était partie, son absence se révéla utile malgré tout.

Papà avait engagé un instructeur pour m'apprendre à naviguer avec mon petit bateau. Le jour de son arrivée, tout en muscles et en sourires, semblable au héros d'un de mes livres, il avait construit un petit

1. *Veuve* en italien.

toboggan en bois à partir duquel nous avions lancé l'*Omero* sur le lac. Ce fut une véritable cérémonie. *Papà*, Renata et le majordome poussaient des cris de joie et applaudissaient ! On me fit même briser une bouteille de champagne sur la coque pour le baptiser officiellement. J'eus besoin de trois tentatives hésitantes, inhibé par la peur d'endommager la surface rouge de l'*Omero*. Mais, comme la bouteille était enveloppée dans une chaussette, l'instructeur m'assura qu'il n'y avait aucun danger. Bien au contraire : l'asperger de champagne était l'assurance de lui porter chance.

Et en effet, le bateau ne subit aucun dommage. Cela dit, j'aurais souhaité recevoir moi aussi un peu de sa bonne fortune. Même si j'aimais naviguer, même si j'avais chéri cette liberté nouvelle qui me permit de dépasser pour la première fois les bouées du lac, j'avais fini par haïr ce bateau.

Il allait devenir la raison pour laquelle, trois ans plus tard, je perdrais Renata.

13

D'après Renata, il y avait en Grèce un jour plus important que notre anniversaire : notre fête, ce jour où l'on célèbre le saint patron dont on porte le prénom. Elle ne savait pas quand était la mienne ; elle n'était même pas sûre que j'en aie une. Chez les Grecs, beaucoup de prénoms anciens n'ont pas de fête. Prenons Clytemnestre, par exemple : quel genre de sainte ferait une femme ayant assassiné son mari ? Je me demandais par quel moyen j'aurais pu savoir si j'en possédais une ou non. L'homme qui m'avait baptisé et avait choisi mon prénom devait probablement le savoir ! J'écrivis donc une lettre à *nonós* pour lui poser la question.

Sa réponse arriva par la bouche de *mamma*. J'avais un jour de fête : le 10 avril. Petit être avide que j'étais, je demandai pourquoi je ne recevais pas de cadeaux à cette occasion, puisque ce jour était censé être plus important que mon anniversaire. Elle répondit qu'il était trop proche de ma date de naissance, le 30 mars, et que j'avais déjà suffisamment – voire trop – de présents tout au long de l'année. Elle avait raison.

En plus de Noël et de mon anniversaire, il y avait une autre célébration pour laquelle *nonós* m'envoyait des cadeaux, bien que sa signification ne voulût pratiquement rien dire pour moi pendant les premières années : Pâques. Ce n'était pas toujours à la même date, mais je savais qu'un colis arriverait pendant le mois d'avril.

Il était constitué d'un panier d'œufs rouges (je n'avais jamais vu nos poules pondre des œufs rouges – *quelles drôles de poules ils doivent avoir en Grèce !*, pensais-je) ; d'une bougie de couleur bleue avec un petit cachet en forme d'ancre ou de croix ; et d'une paire de chaussures neuves. Je ne venais jamais à bout de mes chaussures – la marche et la course en plein air se limitaient aux jardins, et j'étais toujours pieds nus dans la maison – mais, comme tous mes vêtements, elles devenaient rapidement trop petites.

« C'est un grand garçon », avais-je entendu dire *papà*, l'été suivant mon dixième anniversaire. « Il le tient de sa mère. »

« Ses poumons et ses crises de colère aussi », répondit *mamma*.

Je fus perplexe. Jusqu'à preuve du contraire, *mamma* était plutôt calme et fragile…

14

Souviens-toi que je n'avais pas encore posé mes yeux sur le monde extérieur et que cela ne me dérangeait pas, sauf quand Renata était en retard de dix ou quinze minutes le dimanche matin. Les monstres l'avaient-ils attrapée ? Mon agonie prenait fin dès que j'entendais la porte s'ouvrir ; il ne serait donc pas nécessaire que je vole à son secours.

Au début de l'année 1971, je quittai enfin notre propriété pour la première fois. C'était en janvier, peu de temps après la visite de la Befana. J'avais repris les cours avec Renata mais quelque chose n'allait pas. J'étais moins attentif, moins intéressé. Je ne voulais pas lire au tableau, j'évitais les livres, prétextant des maux de tête. Je n'en avais parlé à personne mais, au cours des mois précédents, tout m'avait semblé un peu flou. Quelque chose n'allait plus avec mes yeux mais je le gardais pour moi. J'avais lu dans un livre que l'on ne pouvait pas piloter un avion si notre vue n'était pas parfaite. Aussi ridicule que cela puisse paraître, piloter un avion signifiait, dans mon esprit, la même chose que d'en être simplement passager. Je ne voulais donc pas qu'on apprenne que ma vue baissait, de peur qu'on m'interdise pour toujours l'accès à ces oiseaux métalliques qui survolaient les monstres et les pays dont j'avais entendu parler en géographie.

Mon secret ne fit pas long feu. Le frottement persistant de mes yeux et les grimaces que je faisais en regardant les livres tenus trop près de mon visage me trahirent rapidement. On m'annonça que j'avais besoin de lunettes. Renata m'assura que beaucoup d'enfants en portaient, même des adultes.

Jusqu'à présent, chaque fois que mon état nécessitait des soins médicaux – même lorsque j'étais tombé d'un arbre et que j'avais eu besoin de points de suture au bras – un médecin était venu à la maison. Mais, apparemment, il était impossible pour un ophtalmologue de se rendre à domicile avec tout son équipement ; je devais donc aller à son cabinet. Découvrir le monde extérieur pour la première fois ! Le vaste monde ! Bien que le mot *extérieur* ne puisse pas tout à fait décrire la réalité de cette première escapade.

Mamma et moi étions assis à l'arrière de la voiture de *papà* pour aller chez le médecin de la ville voisine. C'était un jour de février pluvieux, et je collai mon visage à la fenêtre, essayant d'enregistrer tout ce que je voyais – ou plutôt : essayant de discerner quelque chose car la pluie et ma myopie ne m'aidaient pas vraiment.

Les arbres ressemblaient à ceux du jardin, la plupart étaient dépourvus de feuilles. Il y avait des voitures comme celles de *papà* ou de ma collection miniature. Des personnes dont les figures floues présentaient des traits similaires à d'autres que je connaissais déjà. Il y avait aussi des enfants. Lorsque nous arrivâmes en ville, des groupes entiers d'enfants sortaient d'un bâtiment en se tenant par la main, habillés de chemises grises tombant au-dessus du genou, avec quelques détails blancs que je ne distinguais pas.

Ce n'est pas leur existence qui m'impressionna mais leur nombre. À cette époque, j'avais déjà joué plusieurs fois dans la maison avec des cousins de Renata, deux garçons de mon âge. Je m'étais donc accoutumé à l'idée qu'il y avait d'autres enfants. Mais ce qui me frappa, c'était leur absence de peur. Ils se précipitaient dehors en courant, riant dans un brouhaha joyeux, comme si les monstres n'existaient pas.

Peut-être était-ce le cas. À vrai dire, pendant tout le trajet, je n'en vis aucun. Mais en raison de ma myopie, je n'étais pas vraiment le juge le plus fiable.

Papà se gara devant un grand bâtiment, nous ouvrit la portière et nous sortîmes. Un ascenseur nous amena jusqu'au cabinet du médecin, un homme gentil qui ne me fit pas mal du tout – à la différence de celui qui m'avait fait les points de suture.

Je me souviens qu'il avait demandé à *mamma* et *papà* s'ils étaient myopes eux-mêmes, car la myopie est généralement héréditaire. Je ne les avais jamais vus porter de lunettes, mais pour une raison qui m'échappa, *mamma* répondit que mes deux parents étaient effectivement myopes.

Nous repartîmes sans lunettes mais avec une sucette en prime. Une nouvelle fois, je collai mon visage à la vitre de la voiture. C'était donc ça, le « monde extérieur » ? Si oui, il n'y avait pas grand-chose d'excitant à voir. Du moins c'est ce que j'avais pensé jusqu'à la fois suivante.

Les nouvelles lunettes arrivèrent avant mon onzième anniversaire ; je ne me souviens pas de la date exacte, mais j'étais content de voir clair à nouveau. Je reçus également une paire de lunettes de soleil avec des verres correcteurs ainsi que des lunettes de natation. Quand mon anniversaire arriva, on m'annonça que cet été-là, on allait m'apprendre à nager, avec un véritable entraîneur, le même qui, deux ans plus tôt, m'avait appris à naviguer sur mon bateau rouge. Renata avait fait de son mieux pour que je devienne un nageur digne de ce nom, mais s'éclabousser dans des eaux peu profondes et tenir ma respiration sous l'eau pendant vingt secondes n'était apparemment pas suffisant.

En plus des cadeaux habituels, mon anniversaire apporta une autre nouvelle excitante : j'allais sortir à nouveau, pour Pâques. Le dimanche de Pâques tombait cette année-là le 9 avril, un jour avant ma fête, et *nonós* avait décidé qu'il était temps que j'aille à l'église.

« Il sera là-bas ? », fut ma première question, à laquelle on répondit par la négative.

« C'est un homme très occupé. »

Ma question suivante fut de savoir si *papà* et *mamma* viendraient avec moi. Mais non, j'irais à l'église accompagné de Renata.

Ce fut lors de cette Semaine sainte orthodoxe d'avril 1971 que je me retrouvai pour la première fois entouré de personnes qui partageaient ma religion, des dizaines de visages inconnus.

15

Depuis un moment déjà, en plus des mythes et des manuels scolaires, je lisais des récits de la Bible. Ils étaient souvent plus horribles que les histoires de la mythologie grecque. Des femmes décapitaient des hommes, des pères sacrifiaient leurs enfants, des frères tuaient leurs cadets – il était évident que le monde était un endroit monstrueux depuis la nuit des temps. La seule différence avec les mythes était que, dans la Bible, les bons l'emportaient toujours.

Si la mort survenait – idée inconcevable pour un enfant, surtout quand il n'y a jamais été exposé – la vie continuait quand même. J'avais appris que, de la même manière que le foie de Prométhée repoussait, Jésus était mort puis revenu à la vie. C'était cela, Pâques : le passage de la mort à la vie nouvelle. Et j'allais le célébrer pour la première fois.

C'était le soir du Grand Jeudi. J'étais tiré à quatre épingles, en costume cravate comme ceux que portait *papà*. Renata avait mis une robe gris foncé, loin de ses vêtements si colorés habituellement. Elle m'expliqua que pour les croyants, aller à l'église cette semaine-là, c'était comme assister à l'enterrement d'un être cher. *Papà* nous conduisit vers la grande ville, Milan. Cette fois, durant les deux heures de trajet, je m'assurai de ne rien rater. J'avais mes lunettes et apercevais nettement les maisons, les arbres et les gens.

Je ne vis pas de monstres. Je compris alors qu'ils n'existaient pas vraiment, ou tout du moins pas sous la forme que j'avais imaginée.

Quand la voiture s'arrêta, je regardai à travers les vitres pour repérer le bâtiment où nous nous rendions. Cette maison de Dieu, ce Dieu qui unissait mon parrain et moi, ne pouvait être que majestueuse, aussi grandiose que les églises orthodoxes que j'avais vues en photo. Je m'attendais à une bâtisse semblable à celles de mes livres d'histoire grecque, aux grands temples byzantins avec leurs coupoles colossales, leurs porches, leurs sols en marbre et leurs mosaïques dorées de la Vierge Marie, de Jésus et des saints. À défaut, je me serais satisfait d'une de ces petites églises immaculées de la taille d'une chapelle qui peuplent les îles grecques, toutes blanches et brillantes au soleil comme sur les cartes postales que me montrait Renata.

En sortant de la voiture, je me souviens avoir pensé que nous allions devoir marcher, car il n'y avait aucune église en vue, ni petite ni grande. *Papà* repartit avec la voiture et Renata resserra ma cravate, défroissa sa robe et me prit la main pour entrer dans un immeuble ordinaire qui se trouvait face à nous. Il ressemblait ni plus ni moins à celui du cabinet de l'ophtalmologue. M'avait-on tendu un piège pour m'envoyer à un nouveau rendez-vous médical ?

Nous avions commencé à monter les escaliers, et mes narines furent aussitôt conquises par l'odeur légèrement agressive de l'encens brûlant que j'associerais rapidement aux églises. En arrivant au premier étage, on entendait le murmure des chants qui s'échappait d'une porte entrouverte et emplissait le couloir.

Nous entrâmes et ma déception devint aussi palpable que la pièce qui s'offrit à moi était obscure. Non seulement il n'y avait pas de dôme qui s'élevait vers le ciel, mais le plafond semblait plus bas encore que celui de ma chambre ! Du sol de marbre blanc aux murs vides, à l'exception de quelques icônes accrochées çà et là, cela ressemblait plus à la salle d'attente d'un médecin qu'aux églises de mes livres[1] ! La seule chose qui indiquait la fonction de cet endroit banal

1. Les Grecs de Milan avaient acheté un terrain pour construire une église au début des années 1930, mais après la Seconde Guerre mondiale, en raison d'un manque de financements, ils avaient décidé de le céder à un promoteur et de conserver, au titre de *valeureuse considération,* le premier étage du bâtiment pour l'utiliser comme église.

était une sorte de templon[1] du pauvre, illustré avec Jésus, Marie et quelques autres saints.

La plupart des chaises étaient occupées : à droite, des hommes en costumes sombres ; à gauche, des femmes en robes opaques, avec parfois des foulards noirs couvrant leurs cheveux. Je m'assis avec Renata sur les deux derniers sièges libres à l'arrière, sur la gauche. Quelques têtes se levèrent, se tournèrent dans notre direction et nous fixèrent un moment. En raison de ma taille – j'étais presque aussi grand que Renata – ils pensaient peut-être que ma place était du côté des hommes. Peut-être vérifiaient-ils simplement l'identité de ces nouveaux venus, qui s'étaient introduits dans ce cercle fermé où ces personnes se connaissaient probablement toutes. Mais assez vite, leurs visages se replongèrent dans leurs livres.

La première impression que j'eus ne fut rehaussée ni par l'extravagante robe dorée et mauve que portait le prêtre ni par ses chants. Entre ses babillages et les voix disharmonieuses des chantres, je ne compris que quelques mots. Et ça ne s'arrangea pas lorsque Renata me tendit un des livres que *nonós* m'avait envoyé avec la bougie et les chaussures neuves. Ce

1. Dans les églises orthodoxes, le templon est une barrière habituellement en bois, marbre ou autre matériau précieux, qui sépare les laïcs, rassemblés dans la nef, des prêtres qui préparent les sacrements à l'autel. Trois portes (une large porte centrale et deux plus petites sur les côtés) conduisent au sanctuaire.

livre vert, compact mais épais, avec une image plastifiée de Jésus sur la Croix en couverture, s'appelait un synaxaire et contenait tous les chants de la Semaine sainte. Mais ses phrases, écrites avec les mêmes lettres et les mêmes accents que ceux que j'avais appris, avaient une apparence et une sonorité différentes. Je reconnaissais les mots et les conjugaisons mais, contrairement au grec de Renata, qui était plein de soleil et de joie, le grec du synaxaire était formel et grave – surtout accompagné par les tristes mélodies des barytons.

« C'est une vieille forme de grec, me dit Renata. On l'utilise seulement pour les écrits officiels. »

« Vieille comment ? Plus vieille que notre majordome ? »

Renata laissa échapper un rire. « Environ dix fois plus ! Vieille de sept cents ans au moins. »

Mon hochement de tête masquait le fait que je ne pouvais pas imaginer une période aussi longue.

« C'est la même langue pourtant, dit-elle en chuchotant. Comme un enfant qui grandit reste la même personne, tout en changeant. L'essentiel reste semblable mais la forme évolue. Tu seras toujours Omero dans vingt, trente ou soixante ans. La même personne mais différente. »

Je me demande si je suis la même personne aujourd'hui. Puis-je être le même alors que je ne savais pas qui j'étais *réellement* ?

J'essayai de comprendre ce grec étrange quand soudain, les lumières s'éteignirent. Je serrai la main de Renata qui me sourit pour me rassurer. Oh, comme ce sourire me manque ! Comme j'aurais souhaité l'avoir à mes côtés quand tout a commencé à s'effondrer…

Le prêtre quitta l'autel. Les chants s'arrêtèrent, tout le monde se leva et la pièce ne fut plus éclairée que par les petites bougies que tenaient les fidèles. De jeunes garçons de mon âge sortirent des portes de chaque côté du templon, des cierges dans les mains, avec des lanternes et des éventails dorés en bois sculpté. Ils se rassemblèrent dans l'allée, formant une ligne devant la porte centrale. Quand le prêtre se montra à son tour, il portait un grand crucifix en bois où se trouvait le corps mortifié de Jésus.

« Aujourd'hui est suspendu sur le bois celui qui a suspendu la Terre au-dessus des eaux[1] », se mit à psalmodier un chantre, et le prêtre commença à s'avancer.

La brutalité de la phrase me fit frissonner. Alors que la croix passait devant moi et que l'encens irritait mes narines, je fis le signe de croix comme tout le monde autour de moi, trois doigts unis, de droite à gauche. Pour la première fois, je me sentis en accord avec ma religion. Ce n'était plus celle de Renata ou

1. En grec dans le texte original : *Σημερον κρεμάται επί ξύλου ο εν ύδασι την γην κρεμάσας*.

de mes parents, mais la mienne, celle qui me reliait, à travers les frissons de mon corps et les odeurs brûlantes, à mon parrain inconnu et invisible, comme aux personnes autour de moi.

Le même verset du psaume fut répété trois fois : « Aujourd'hui est suspendu sur le bois… » Je commençai à unir mon chant à celui de l'assemblée. Renata se joignit à nous. Je ne pus détacher mes yeux de la procession. Je continuai à me signer tout au long de la cérémonie. Et je fis de même chaque fois que je voyais quelqu'un d'autre le faire au cours des deux messes suivantes auxquelles j'assistais. Aujourd'hui encore, je me signe dès que je passe devant une église ou une chapelle, tout comme je cogne du bois ou crache sur le sol quand on m'annonce une bonne nouvelle. On m'a éduqué de façon à devenir un véritable adepte de la tradition, comme ma Mère et mon Père, mais contrairement à eux, je ne suis jamais devenu un grand croyant.

16

Mon souvenir le plus cher de cette première Semaine sainte est la cérémonie de la Résurrection, qui eut lieu le samedi soir. Nous allions célébrer le retour du Christ d'entre les morts. Arrivés à l'église plus tard que d'habitude, vers vingt-deux heures, nous trouvâmes l'endroit encore plus peuplé que les jours précédents. Vêtu d'un nouveau costume bleu et d'une cravate rouge, tenant ma bougie beige avec un gobelet en papier pour que la cire ne tombât pas sur mes chaussures neuves, je demandais à Renata toutes les cinq minutes si je pouvais l'allumer. Toujours la même réponse : « Sois patient ! Tu sauras bientôt quand. »

Mais comment le saurais-je ? C'était ma première fois. Et si je ne faisais pas comme il fallait ? Et si je me ridiculisais ? Et si j'échouais à acquérir la part de « lumière sainte », dont m'avait tant parlé Renata, celle qui émanait du tombeau de Jésus à Jérusalem ? Je ne me le pardonnerais jamais, et je n'étais pas sûr que Jésus ou mon parrain, à mes yeux aussi puissant que le fils de Dieu, acceptent mon erreur.

Finalement, les choses furent assez simples. Le prêtre sortit du hiéron avec trois bougies allumées dans chaque main. Tous ceux de la première rangée s'avancèrent pour allumer la leur à partir des siennes. Puis ils firent volte-face et partagèrent la lumière avec ceux de la deuxième rangée, et ainsi de suite, jusqu'à ce que toute la salle ressemble à une forêt aux branches enflammées. « C'est la lumière qui ne s'éteindrait jamais », les entendais-je chanter.

Quelques minutes plus tard survint le moment tant attendu : le Christ était ressuscité ! Pendant que nous chantions l'hymne de la Résurrection, que j'avais appris par cœur, je ressentis de la joie – du moins jusqu'à ce que m'atteigne l'haleine fétide de la dame à côté de moi. Elle avait à peu près l'âge de *mamma*. Elle m'embrassa sur la joue, comme tout le monde dans l'église le faisait, et me dit : « Le Christ est ressuscité[1] », à quoi je répondis : « Il est vraiment ressuscité[2] ». Puis se tournant vers Renata, elle demanda en italien : « C'est ton fils ? Je ne t'ai jamais vu avant, tu es nouveau ? » Sans attendre de réponse, elle ajouta : « Je dirais plutôt un jeune frère ! C'est ton frère ? »

1. En grec dans le texte original : *Χριστός Ανέστη*.
2. En grec dans le texte original : *Αληθώς Ανέστη*.

Renata répondit que j'étais effectivement son petit frère. Elle me fit un clin d'œil. Son visage étincelait, irradié par son sourire autant que par la bougie. Ce visage heureux contrastait fortement avec son humeur de la veille, le Vendredi saint. Pendant le service de l'autel et les chants d'un chœur de femmes autour de l'épitaphios décoré[1], je l'avais vue pleurer. J'avais pris sa main, qu'elle n'avait reprise que pour essuyer ses larmes par moments. Sur la route du retour, elle m'expliqua – en grec bien sûr, pour que *papà*, qui conduisait, ne comprenne pas – la raison de ses pleurs.

Le chœur avait chanté l'hymne le plus déchirant de l'office de la Semaine sainte, qui raconte le moment où la Vierge Marie voit son fils mort. S'adressant à la dépouille, elle pleure : « Oh, mon doux printemps, mon enfant le plus doux, où ta beauté a-t-elle disparu ? »

Essayant de retenir ses larmes dans la voiture, elle me demanda si je pouvais imaginer quelque chose de pire que de voir le corps sans vie de son enfant.

À l'époque, je n'avais rien répondu.

Aujourd'hui, je peux dire qu'il y a pire.

1. Tissu brodé signifiant la mise au tombeau de Jésus.

17

Ma première Semaine sainte s'avéra être la seule que je n'aie jamais partagée avec Renata. La fin de l'année 1971 et l'année suivante furent marquées par des changements significatifs.

D'abord, un brin de liberté supplémentaire me fut accordé. Je sortais une ou deux fois par semaine, toujours accompagné – chaperonné, pour être plus précis – par Renata ou *mamma*. J'allais dans une *gelateria* ou une librairie de quartier de la ville voisine où je rencontrais d'autres enfants de mon âge. Pendant quelques mois, je rejoignis les scouts.

Je pus même inviter des enfants – autres que les cousins de Renata – à la maison de temps en temps. Nous passions la journée près du lac à pique-niquer, ou nous amusions dans la maison avec mes jouets, qui suscitaient l'envie de tous. Cependant, en raison de mon caractère introverti, il me fut presque impossible de nouer des amitiés durables. C'est un handicap que je ne parvins jamais vraiment à surmonter.

Un autre changement survint à mes douze ans : une télévision, cachée depuis des années dans la chambre de mes parents, fut sortie de l'armoire. Après mes cours, tard dans l'après-midi ou tôt le soir, on me permettait de regarder *TV dei ragazzi*[1] sous la supervision de *mamma*.

Ma joie d'avoir accès à ces libertés inédites fut altérée – pour ne pas dire anéantie – par la perte de Renata début 1972. Je n'utilise pas le mot « perte » à la légère, car ce fut l'événement majeur de mes années préadolescentes, un prélude à la tristesse et au sentiment d'abandon qui définiraient bientôt mon existence. De toutes les expériences que j'avais vécues jusque-là, celle-ci, par l'impact qu'elle eut dans ma vie, fut la plus proche d'une mort violente, même si l'événement qui survint fut d'une toute autre nature. Au contraire, ce fut un moment heureux pour tout le monde, sauf pour moi, car, préoccupé par ma propre personne, je m'attendais à ce que chacun continue de tourner autour de moi.

Renata et l'homme qui avait été à la fois mon instructeur de voile et mon professeur de natation étaient tombés amoureux à mon insu. Ils s'étaient rencontrés chez nous et avaient éprouvé une attraction mutuelle. Ils étaient beaux et libres. Ils avaient commencé à sortir ensemble pendant les jours de

1. Les émissions pour enfants, en italien.

congé de Renata, puis leur relation était devenue sérieuse. Après que *mamma* m'eut annoncé leurs fiançailles, je compris soudain pourquoi Renata avait toujours assisté à mes leçons de natation au lieu de se reposer, pourquoi elle nous avait toujours attendus sur la plage avec des sandwichs faits pour nous, pendant que nous naviguions à bord de l'*Omero*. Dans mon innocence égocentrée, je n'avais pas saisi ce qui se tramait.

Mon parrain avait envoyé une certaine somme qui servit de dot à Renata pour sa nouvelle vie. C'était sa manière de la remercier d'avoir bien pris soin de moi. Comment *nonós* avait-il pu me faire ça ? Tout cela était de *sa* faute, j'en étais persuadé ! C'est lui qui m'avait offert ce satané bateau et qui avait fait venir cet homme qui me volait *ma* Renata. Et voilà que maintenant, il lui offrait même une *compensation* pour me quitter ?

J'étais donc allé dans la petite maison au bord du lac qui abritait l'*Omero* pendant l'hiver, et avec une hache trouvée à côté d'une pile de bois de chauffage, j'avais donné de grands coups sur la coque, en pleurant et en criant. Des cloques s'étaient rapidement formées sur mes mains et s'étaient mises à saigner, des éclats de bois m'avaient blessé au visage, mais rien ne m'avait arrêté. Renata m'avait trouvé endormi là-bas, la hache à la main et le visage abîmé par les larmes, la poussière de bois, le sang et la sueur. Elle s'était allongée à côté de moi et m'avait réveillé en me caressant les cheveux.

« Cela ne veut pas dire que je ne t'aime plus, mon Omero ! », avait-elle chuchoté. « Je t'aime et je t'aimerai toujours. Tu seras toujours mon petit frère, mais tu dois comprendre… Je vais avoir mes propres enfants, et toi, tu seras leur oncle, et tu leur apprendras tout ce que je t'ai appris. »

Je ne répondis pas. Ce n'était pas le fait qu'elle se marie qui me faisait le plus mal. J'étais prêt à l'accepter du moment que cela la rendait heureuse, ce qui était le cas. Ce qui me rendait furieux, c'était qu'elle s'éloigne de moi.

« J'aimerais pouvoir rester, mais… »

Avec l'argent qu'il avait économisé de son travail et la dot de mon parrain, son fiancé voulait monter son entreprise dans sa ville natale, à environ 300 kilomètres de là. Pour moi, une telle distance représentait un exil lointain dans un pays étranger.

« Je viendrai te rendre visite, je t'écrirai et t'appellerai aussi souvent que je le pourrai », m'avait-elle promis. Et il est vrai que, les premiers mois, je reçus des lettres signées de sa main chaque semaine. Mais je ne lui répondais jamais. Je voulais qu'elle se sente coupable : à cause de sa trahison, j'étais seul. Elle essayait d'appeler de temps en temps, mais je refusais de lui parler. Drapé dans ma souffrance, j'agissais comme un amant trompé. Peu à peu, les lettres se raréfièrent puis cessèrent, comme les appels téléphoniques.

Je n'ai jamais revu Renata, ni entendu à nouveau sa voix ensoleillée. Au début des années 1980, alors que je m'étais égaré dans le labyrinthe étourdissant d'une nouvelle vie et que j'avais besoin de conseils d'une personne de confiance, j'ai essayé de la recontacter.

J'ai alors découvert qu'elle était décédée dans un accident de voiture en 1979, rejoignant le panthéon de mes disparus les plus chers.

18

En 1972, Renata n'était encore morte *que* pour moi. Depuis le jour où elle me quitta, rien ne fut plus pareil. Avec le recul, je vois son départ comme un indice laissé par Dieu, les dieux, l'univers – quel que soit le responsable – annonciateur des montagnes russes émotionnelles que j'allais connaître plus tard.

Les tuteurs qui remplacèrent Renata furent tous aussi ennuyeux les uns que les autres. Ils partirent très vite, incapables de venir à bout de mon silence et de mon manque d'intérêt. Leurs méthodes d'enseignement, leurs personnalités ou leurs accents grecs empruntés, ne rivalisaient pas avec le rayonnement de Renata. Mon amour pour cette langue, qui était autrefois notre code commun, disparut avec elle.

Les monstres avaient gagné. Le grec était désormais la langue de la colère et de l'abandon.

À partir de ce moment-là, quand je me disputais avec *mamma* ou *papà*, mes accès de rage, renforcés par les hormones de l'adolescence, se firent régulièrement en grec. Je les regardais dans les yeux et leur criais dans cette langue qu'ils ne comprenaient pas. Pour quelqu'un d'extérieur, la scène aurait semblé hilarante : on aurait vu un grand garçon et un ou deux adultes faire de grands gestes et s'époumoner dans des langues différentes. Un vrai dialogue de sourds !

Assez vite cependant, le plaisir que je prenais à les rendre fous s'estompa, et je revins à l'italien pour mes crises de colère. Le grec ne me semblait plus approprié.

Je cessai également d'écrire des lettres à mon parrain, car dans mon esprit, il était la cause de mon malheur. Je réaliserai bien plus tard la noblesse de ses intentions : il voulait simplement aider une jeune femme à commencer sa vie d'épouse. Mais à l'époque, j'estimais qu'il était aussi coupable que le jeune fiancé de m'avoir privé de Renata.

Les vêtements et les livres continuaient d'affluer mais je n'ouvrais plus les colis. J'étais en grève émotionnelle. Je refusai d'aller à l'église pour la Semaine sainte cette année-là. Les chaussures neuves et la bougie restèrent dans leur boîte.

Il ne fallut pas longtemps à *mamma* et *papà* pour comprendre. Ils essayèrent de me consoler, mais leurs efforts furent vains. Il me sembla qu'ils cherchaient avant tout à éviter de contrarier leur dieu invisible et omniprésent : *nonós*. Cela ne faisait que renforcer ma colère. Quand, au début du mois de décembre 1972, *mamma* entra dans ma chambre avec une carte de Noël pour que je lui écrive, j'explosai de rage.

Ma décision était prise : je ne parlerai plus jamais le grec ! « Je me fiche de cette langue stupide, de ce pays stupide que je n'ai jamais vu, et de cet homme stupide dont je ne sais même pas s'il existe ! J'en ai marre ! »

Puis, sous ses yeux ébahis, je courus jusqu'à mon bureau et commençai à jeter par terre tous les livres en grec et tout ce qui se trouvait sur les étagères, avec la même fureur que le jour où je détruisis le bateau *Omero*. *Mamma* savait que tenter de m'arrêter alors que je la dépassais déjà d'une tête était inutile. Elle resta là, à me regarder devenir fou. Des pages volaient, des couvertures étaient arrachées, des copies en plâtre de bustes et de statues antiques furent fracassées contre les murs. À la fin, elle se contenta de refermer la porte derrière elle, et partit.

Le lendemain, les livres qui avaient survécu au massacre étaient de retour sur mes étagères. Pourtant, mon vœu semblait exaucé : il n'y eut plus de leçons de grec et on n'évoqua plus mon parrain. Malgré ce qui m'apparaissait comme une victoire, son absence devint pesante, voire menaçante – comme si Zeus n'avait battu en retraite que pour mieux recharger ses éclairs.

Mais aucune attaque ne vint. Comme Zeus, il avait des moyens plus astucieux pour me faire changer d'avis. Trois semaines plus tard, le jour de Noël, on m'intima de répondre au téléphone. Était-ce Renata qui s'efforçait de me joindre à nouveau ? Si c'était le cas, je la laisserais parler et raccrocherais sans dire un mot. Cela faisait au moins deux mois qu'elle n'avait pas appelé ; elle avait sûrement compris que je ne souhaitais plus lui parler. Mais là, c'était Noël. Peut-être devais-je lui accorder mon pardon et lui marmonner quelques vœux de bonheur. Pendant les dix mètres et dix secondes qui me séparaient du téléphone, je débattis avec moi-même sur ce qu'il convenait de faire.

Mais ce ne fut pas la voix ensoleillée de Renata que j'entendis de l'autre côté du combiné. C'était la voix rauque d'un homme. D'un ton agréable et profond, il s'exclama : « Bonjour mon petit ! C'est *nonós* ! Joyeux Noël[1] ! »

Il existait donc bel et bien ! Mon souffle, si fort qu'il dut l'entendre de l'autre côté de la ligne, le fit rire.

« Tes parents m'ont dit que tu voulais voir la Grèce. Et si tu prenais des vacances avec eux cet été ? »,

1. En grec dans le texte original : *Καλημέρα μικρέ ! Ο νονός είμαι. Καλά Χριστούγεννα !*

me demanda-t-il. « Si je ne suis pas trop occupé, je pourrai même vous y rejoindre. Tu pourras visiter tous les endroits où les grands héros ont vécu. On pourrait commencer par Ithaque. Qu'en penses-tu ? »

J'acquiesçai rapidement. Et soudain, je me sentis heureux. La promesse de ce voyage me fit tout oublier et tout pardonner en quelques secondes, comme n'importe quel enfant de douze ans.

« En attendant, retourne dans ta chambre. Il y a quelque chose pour toi. J'ai pensé que tu pourrais avoir ton cadeau avant le Nouvel An. Écris-moi pour me dire ce que tu en penses. »

Il raccrocha et je courus dans ma chambre. Par terre, à côté de mon lit, je vis un avion télécommandé flambant neuf ! Son nom, *Ulysse*, était inscrit le long de son fuselage bleu et blanc. Je n'avais pas été aussi heureux depuis que Renata m'avait abandonné. Je touchai l'avion du bout des doigts avec précaution, craignant qu'il ne se casse ; puis je le caressai et le pris dans mes bras. J'étais sous le charme ! Et, comme tout amoureux éperdu, je ne pouvais pas attendre de consommer ma passion en faisant voler mon avion. Malheureusement j'allais devoir compter les jours jusqu'au printemps que le ciel s'éclaircisse. D'ici là, frustré mais patient, je pouvais le faire rouler sur le sol ou voler en le tenant à bout de bras.

L'*Ulysse* n'a jamais conquis les cieux. Je n'ai pas non plus passé mes vacances en Grèce l'été suivant.

Les événements du début de l'année 1973 ont tout changé. Au cours de celle-ci, j'ai enfin rencontré l'homme mystique de mon enfance que j'appelais *nonós*. Ce fut la première et la dernière fois que je le vis. Et cette rencontre fut très loin de ce à quoi je m'attendais.

19

Tandis qu'un ciel orageux de janvier menaçait notre jardin, au nord de l'Italie, un Icare contemporain s'écrasait en Grèce. Les ambitions, les rêves et les projets dynastiques furent réduits en morceaux comme son lobe temporal. La nouvelle de la chute parvint chez nous le lendemain et donna un autre cours à mon existence. L'accident m'offrit un aperçu de la vérité, mais il me fallut quatre années supplémentaires et plusieurs autres décès pour compléter entièrement le puzzle.

En un instant, l'obscurité s'abattit sur notre maison. Le fils de mon parrain – mon frère de baptême (aussi appelé « *godbrother* », ce terme se révélait douloureusement juste !) – était mort dans l'accident. Tout ce que je savais de la vie familiale de *nonós* jusqu'alors, c'était qu'il avait des enfants. Il me fut précisé à cette occasion qu'il avait une fille et un fils, celui qui venait de mourir. J'imaginai alors un jeune homme volant haut dans le ciel, près du soleil, et un dieu vengeur faisant fondre les ailes de son avion, projetant ce dernier vers la Terre. Qu'il n'ait pas été lui-même aux commandes de l'avion importait peu ; il payait les conséquences de son *hubris*, ou de celle de quelqu'un de sa famille.

En parcourant chaque page des manuels d'aviation que j'avais reçus de *nonós*, je me demandai quel genre d'avion avait tué son fils. Les informations que je réussis à glaner dans les journaux m'amenèrent à un hydravion de cinq places avec une aile « en mouette » surmontée de deux moteurs propulseurs : un Piaggio P.136-L2.

Des années plus tard, lorsque ma fascination pour les avions se concrétisa et devint mon métier, je trouvai les causes de cette catastrophe : un pilote inexpérimenté, une paire de câbles inversés par négligence et… l'inévitabilité du destin, comme auraient dit ma Mère et mon Père. Trois décennies plus tard, un autre Icare volant trop près du soleil allait s'écraser, accident qui fermerait un chapitre ultérieur de ma vie. Un crash d'avion dont certains penseront que j'étais le responsable…

Mais chaque chose en son temps.

Mon parrain était dévasté ; il en perdit jusqu'à la volonté de vivre. Avant cela, il était déterminé à mener jusqu'au bout une chasse à l'homme qui lui livrerait les « coupables ». Il était convaincu que ce n'était pas un simple accident, mais que quelqu'un en avait après lui et s'en était pris aux gens qu'il aimait.

Je découvrirai plus tard que cette paranoïa fut la raison qui conduisit au retrait brutal de mes rares libertés. À nouveau je n'avais plus le droit de sortir, même accompagné de *mamma* ou *papà*. On me présenta cela comme une mesure temporaire en attendant que les choses se calment. « Quelles choses ? », demandais-je en vain. Maintenant que le monde extérieur m'était devenu familier, m'en voir refuser l'accès me donnait une vague sensation de claustrophobie.

Mon petit monde changea tout autant. Je fus contraint de porter un brassard noir sur la manche de ma veste pendant quarante jours. On me dit qu'il n'y aurait plus d'escalade aux arbres, plus de baignade en été et plus de visiteurs chez nous. Pire, mon précieux *Ulysse*, qui attendait toujours de prendre son envol, disparut avec toutes les maquettes d'avions, manuels et livres sur l'aéronautique. C'était comme si la mort de cet Icare avait condamné tout ce qui avait trait à l'aviation, de la même manière que la mort d'Orphée avait fait taire la musique.

Je demandai à les récupérer, sans aller jusqu'à la crise de colère. La sombre atmosphère qui régnait dans la maison me submergeait, l'humeur invisible de *nonós* était toute-puissante. Qu'il fût heureux ou malheureux, le contrôle divin qu'il exerçait sur nos vies ne faisait aucun doute. Je suis aujourd'hui convaincu que c'est cette *hubris* qui l'a finalement détruit, lui et son entourage.

Une semaine après l'accident, *mamma* me demanda d'écrire une lettre pour présenter mes condoléances à *nonós* et lui dire à quel point je l'aimais. Au cas où tu t'interrogerais sur la possibilité d'aimer quelqu'un que l'on n'a jamais rencontré, je peux t'assurer, sans la moindre hésitation, qu'on peut aimer quelqu'un, le détester, l'admirer, le respecter, le craindre et le mépriser en même temps. J'en sais quelque chose.

En repensant au chant qui avait fait pleurer Renata, j'écrivis « *Oh mon doux printemps, mon enfant le plus doux, où ta beauté a-t-elle disparue ?* » parmi mes phrases de condoléances et de réconfort. Dix jours après, la lettre n'avait toujours pas été envoyée : je l'aperçus sur le bureau de *papà* avec le reste du courrier. Je suppose qu'elle est arrivée à destination à un moment ou un autre.

Je ne sais pas ce qu'en a pensé mon parrain mais en tout cas, quatre mois plus tard, on m'a dit que je partirais pour la Grèce.

J'allais enfin le rencontrer.

20

L'excitation du voyage, la hâte de prendre l'avion et de visiter la terre des héros et des monstres me tint éveillé pendant des jours et des nuits. Cette période marqua le début de l'insomnie chronique qui me tourmente toujours. Je me demande si elle sommeillait dans mes gènes dans l'attente de se déclencher, car j'ai découvert plus tard qu'elle était un phénomène récurrent dans la famille.

Allongé dans mon lit, yeux grands ouverts, je laissais mon imagination envahir mes pensées. Je n'avais aucune idée de l'itinéraire ni de la durée de notre séjour. Le fait que mon parrain ait perdu son fils m'était quasiment sorti de la tête. Je l'aurais d'ailleurs complètement oublié s'il n'y avait pas eu ce discours préparé que j'allais devoir prononcer devant lui. Je devais embrasser sa main et lui dire – en grec bien entendu – combien j'étais navré de cette disparition, combien j'étais honoré de le rencontrer et reconnaissant pour tout ce qu'il faisait pour moi.

Mamma me prépara deux petites valises, une avec des vêtements décontractés pour me balader et une avec des pantalons et des vestes « habillés ». Le matin du départ, elle me vêtit comme si j'allais à l'église pour Pâques, en costume sombre et en cravate. À cause de ma taille, je paraissais plus âgé, et *mamma*, toute fière, fit remarquer que dans mon costume je ressemblais à un gentleman. Si seulement elle avait pu imaginer les réactions qu'allait susciter mon apparence physique, elle m'aurait accoutré différemment.

Papà ne venait pas avec nous en Grèce, mais il nous conduisit jusqu'à l'aéroport, aux abords de Milan. Il embrassa *mamma* sur la joue et me donna une tape dans le dos – j'étais déjà plus grand que lui – en guise d'au revoir. Contrairement à ce qu'avait suggéré *nonós* lorsqu'il avait émis l'hypothèse de nous faire venir pour des vacances d'été, notre destination était Athènes et non Ithaque. Je n'étais pas déçu pour autant. J'avais hâte de découvrir toutes les merveilles antiques sur lesquelles j'avais lu tant de choses au fil des ans. Comme nous n'avions aucune idée de notre programme, *mamma* devait appeler *papà* une fois qu'elle aurait connaissance de la date de notre retour, afin qu'il puisse venir nous récupérer à l'aéroport.

J'étais étourdi d'excitation à l'idée d'être dans un aéroport pour la première fois. Des dizaines d'images de mon grand ensemble aéronautique (récemment disparu) se matérialisaient sous mes yeux, de la même façon que je m'attendais à ce que les livres d'histoire prennent vie en Grèce. Je regardai avec émerveillement les avions décoller et atterrir. Je pus en reconnaître la plupart et lister toutes leurs spécificités à *mamma*. Son sourire nerveux semblait plus condescendant qu'impressionné, et elle insista pour que je n'aborde pas ce sujet en présence de mon parrain, à moins qu'on ne me le demande. Je me rendis compte que je n'avais pas pris toute la mesure de la tragédie aérienne encore récente. Je me tus et me mis à écouter attentivement les communications publiques qu'on passait au micro. À chaque nouvelle annonce, je me figurai les destinations des futurs voyages que je ferais un jour.

Notre vol ne fut pas annoncé mais *mamma* sut où aller. D'un coup, nous nous retrouvâmes dehors à marcher sur le tarmac en direction de notre avion, qui stationnait à quelques centaines de mètres de là. L'appareil que nous étions sur le point de rejoindre était imposant (les avions de taille modeste devaient désormais sembler dangereux à *nonós*, pensai-je). Je l'identifiai au premier coup d'œil : un NAMC YS-11. Son nom était *Ithaca* ! Même si notre destination n'était pas l'île de mon héros préféré, ce me semblait un bon présage.

Arrivés en haut de l'escalier d'accès, nous étions seuls, excepté deux hôtesses de l'air avenantes. Nous prîmes nos sièges dans la première rangée. Il n'y avait aucun autre passager dans les 65 sièges restants. Cet avion était pour *mamma* et moi seul, sans compter les deux pilotes et les quatre hôtesses magnifiques qu'on aurait dit sorties des magazines de mode de *mamma*.

Elles me rappelaient Renata, dont l'image commençait à s'éclipser de mon esprit. Enveloppées dans leurs robes blanches serrées par de larges ceintures bleues aux boucles dorées, et vêtues de bottes clinquantes, elles m'évoquaient aussi Circé. Pourtant ces enchanteresses n'étaient pas là pour empêcher notre voyage mais le faciliter. Souriantes, et pleines de vivacité comme les oiseaux bavards des chansons folkloriques grecques, elles gazouillaient entre elles quand elles ne s'occupaient pas de nous. Leurs voix étaient douces, mais leur accent différait de celui de Renata.

Je me demande encore si elles cherchaient à savoir qui nous étions et pourquoi nous étions autorisés à avoir un avion entièrement à notre disposition. De toute façon, elles n'auraient jamais pu imaginer la vérité. Je le découvrirais plus tard, mais *nonós* utilisait souvent ses avions pour transporter des amis ou des personnes qui avaient besoin d'un sauvetage d'urgence. Fidèle à cet esprit de charité, son fils Icare était capable de risquer sa vie pour sauver celle des autres, pilotant son petit avion vers des îles isolées, quelles que soient les conditions météorologiques, pour transférer ou aider des personnes malades.

Pendant la majeure partie du vol, je regardai par la fenêtre. Les montagnes, encore couvertes de neige, cédèrent rapidement la place au bleu de la Méditerranée. Assise à côté de moi et tendue depuis que nous avions quitté la maison, *mamma* m'adressait de temps en temps des sourires forcés. Elle n'avait pas mangé la nourriture délicieuse qui nous était offerte, pas même les sucreries, collantes dans leur sirop épais. Elle regardait par la fenêtre par-dessus ma tête et serrait ma main, déjà deux fois plus grande que la sienne. L'adolescence avait transformé mon embonpoint d'enfance en une hauteur maladroite, et, maintenant que je faisais un mètre soixante-dix, je dominais déjà tous les membres de ma famille.

Mamma ne rompit le silence que pour décliner la proposition que me fit le pilote de visiter le cockpit. L'hôtesse de l'air sembla désarçonnée, mais hocha la tête avec un sourire professionnel et toucha mon épaule.

« Une autre fois », me dit-elle.

À l'évidence, la purge qui avait commencé à la maison était encore en vigueur, je devais avoir le moins de contact possible avec tout ce qui pouvait concerner l'aviation.

21

Lorsque nous commençâmes à descendre vers Athènes, j'aperçus l'Acropole. J'essayai de distinguer autant d'éléments que possible sur le rocher sacré : l'Érechthéion, le Parthénon, le temple d'Athéna Nikè…

La Grèce m'était étrangère, mais j'eus la sensation curieuse de rentrer chez moi. C'était le pays où Renata était née, où les héros avaient régné et massacré, celui où vivait et se matérialiserait enfin le « Dieu invisible » qui avait été si gentil et généreux – la plupart du temps – avec moi pendant mon enfance. J'avais hâte de le rencontrer bien sûr mais, plus encore, j'étais impatient de passer des jours, voire des semaines, à découvrir cette terre. Au moment où je me tournai vers *mamma*, elle me regarda avec des larmes aux yeux – larmes qui allaient s'intensifier lors de notre vol retour, moins de vingt-quatre heures plus tard.

Le choc, le rejet, les points d'interrogation… Ce que nous avons vécu lors de cette brève journée amorça la spirale de ma nouvelle vie. Une vie lancée à la recherche de mes racines, d'une langue, d'un pays, d'une famille à laquelle appartenir. Chercher, toujours, sans jamais trouver.

Notre avion atterrit à l'aéroport d'Ellinikon. Une limousine noire nous attendait dehors. Le chauffeur était habillé exactement comme *papà* quand il quittait la maison pour aller travailler. Dans l'excitation du moment, l'éventualité que *papà* ne fût pas *importante* mais un simple chauffeur pour quelqu'un de *molto importante*, comme mon parrain, m'échappa. Ce n'est que plus tard que je verrais *papà* pour ce qu'il était : le modeste pion d'une partie d'échecs où les cavaliers et les tours avaient déjà commencé à tomber les uns après les autres.

Le soleil éblouissant d'Athènes se glissait par ma vitre entrouverte et me caressait le visage alors que nous roulions en direction de la maison de *nonós*.

22

Il n'y avait pas de site archéologique le long de notre court trajet vers la banlieue de Glyfada, située en bord de mer. J'avais espéré apercevoir l'Acropole une nouvelle fois, sans succès. Cela dit, nous aurions assez de temps pour découvrir Athènes et tous les endroits dont *nonós* m'avait parlé lors de ce fameux appel de Noël.

Notre destination n'était pas sur le littoral, mais un peu plus en retrait, à l'intérieur des terres. Le bruit d'ouverture du portail métallique fut accompagné d'une longue exclamation de *mamma*, qui se transforma en mutisme à mesure que nous avancions le long de l'allée majestueuse conduisant vers la maison. Les plantes qui nous entouraient étaient aussi belles que celles de notre jardin, mais la maison devant laquelle nous nous étions arrêtés – l'une des deux qui occupaient le terrain – était une construction contemporaine à deux niveaux, beaucoup moins charmante que la nôtre. L'église grecque de Milan m'avait cependant appris que les dieux résidaient parfois dans les endroits les plus quelconques.

Je m'étais attendu à ce que *nonós* soit là pour m'accueillir, me prendre dans ses bras, après quoi j'aurais commencé à réciter le discours que j'avais répété une centaine de fois ces derniers jours. Mais non. Rien. Personne.

Nous avions monté quelques marches et étions arrivés devant une porte entrouverte qui donnait sur un couloir sombre et lugubre. Dans l'entrée se tenait une petite femme maigre vêtue d'une robe gris foncé. Sous ses sourcils fins, des yeux perçants me dévisagèrent d'un air que je perçus comme colérique. Pourquoi était-elle en colère contre moi ? Qu'avais-je fait ? Qui était-elle ? À l'évidence, elle n'était pas une domestique – son corps minuscule donnait trop l'impression d'une totale mainmise sur l'organisation de la maison, et sa façon de nous jauger pour voir si nous étions dignes d'être là le confirmait.

Quelques secondes passèrent avant que je n'ose dire bonjour en baissant timidement la tête. Elle marmonna quelque chose de similaire puis nous laissa entrer. Le sourire qui s'esquissa sur son visage cireux n'avait rien de chaleureux ; il lui donnait un air agressif pendant qu'elle m'examinait de la tête aux pieds. Mon malaise fut accentué par l'obscurité déconcertante de la maison. Tous les volets étaient fermés, les rideaux tirés ; la lumière douce et printanière n'était pas la bienvenue en ces lieux. Des lampes disposées çà et là sur des tables ne parvenaient pas à éclairer l'endroit. On avait le sentiment de pénétrer dans le royaume des morts, chez Hadès, et qu'elle en était le chien de garde, Cerbère.

Contrairement aux mythes grecs, les monstres de mon histoire, je te l'ai dit, sont tous ordinaires – parfois même minuscules – comme cette femme, qui fut parmi les auteurs principaux du sinistre scénario de ma vie, prête à fondre sur mon destin comme un vautour sur un lionceau. Si elle n'avait pas été un monstre mais une déesse de l'Olympe, nul doute qu'elle aurait été Héra, veillant jalousement sur son ménage et prompte à se venger contre quiconque le menaçait.

Il s'avéra qu'elle n'était pas une épouse mais une sœur et qu'elle portait le nom d'une autre déesse grecque tout aussi impitoyable.

Elle leva ses mains fines et remit ma cravate en place. Ses gestes n'avaient rien de bienveillant. *Mamma*, les yeux fixés sur nous, semblait tiraillée entre la laisser faire et intervenir, au cas où elle…

Après avoir resserré le nœud de ma cravate, elle se saisit des lunettes foncées que j'avais en main et les posa sur mon nez. Elle recula, m'observa avec précision et son rictus sardonique s'élargit davantage. D'un sifflement, elle m'ordonna de ranger mes mains dans mes poches. J'obtempérai. Puis, dans un geste dégoûtant, elle cracha sur ses doigts et s'en servit pour remettre en ordre une mèche de cheveux tombée sur mon front. Elle fit un signe de tête par-dessus son épaule, indiquant l'arrière de la maison.

Nous la suivîmes jusqu'au bout du couloir et, sans frapper, elle fit coulisser une porte en bois sombre.

Après un rauque « Il est là », elle s'en alla.

23

J'entrai dans un bureau, *mamma* à ma suite. Ici aussi, les volets étaient fermés ; seule une faible lumière venant d'une lampe de bureau brisait l'obscurité. La pièce empestait la sueur rance et le cigare. Depuis, cette combinaison d'odeurs a toujours signalé pour moi un danger imminent.

Derrière le bureau, enveloppé d'une épaisse fumée, et tenant dans sa main droite un verre presque vide, était assis le dieu lui-même. Pourtant, malgré l'ambiance d'église que créaient les ombres, le brouillard et l'odeur, sa présence n'avait rien d'imposant. J'étais face à un vieil homme qui ressemblait davantage au bossu de Notre-Dame qu'à Zeus. Son visage semblait émacié ; ses cheveux presque blancs, en désordre, couvraient une partie de son front. La peau autour de son cou ressemblait à un chiffon usé tenu par un cintre, et s'étira de manière alarmante quand il avança la tête comme une tortue sortant de sa carapace pour m'observer. Je fis à contrecœur quelques pas vers lui. De sa main libre, il manipulait ses lunettes larges et sombres.

C'était donc *ça*, la personne qui avait dirigé chaque aspect de ma vie ! J'étais mal à l'aise, mais pas vraiment impressionné. Je sortis la main de ma poche et lui tendis en m'approchant de son bureau. Le hoquet de *mamma* résonna dans le silence de la pièce lambrissée comme un coup de tambour. À voix basse, je commençai mon discours bien préparé. J'eus tout juste le temps de dire « Mon cher et bien-aimé... » que je vis ses lèvres se rétrécir, avant de s'ouvrir soudainement pour laisser échapper un rugissement dont la profondeur me frappa. Zeus lançait bel et bien des éclairs, en fin de compte.

« Qu'est-ce que c'est que ça ?! Comment t'as pu l'habiller comme ça[1] ? »

Bien que *mamma* ne comprît pas le grec, le ton de la voix avait suffi à l'avertir que quelque chose n'allait pas. Au moment où il cria « Tu te fous de moi, espèce de *putana*[2] ?! », elle m'attrapa par le col de ma veste et commença à me tirer en arrière. Mais j'étais trop choqué pour bouger. Elle dut utiliser toutes ses forces pour me sortir de la transe cauchemardesque dans laquelle j'étais plongé. De toute évidence elle

1. En grec dans le texte original : *Τι 'ν'τούτο ; Πως στο διάολο τον έντυσες έτσι.*

2. En grec dans le texte original : *Μου κάνεις πλάκα, παλιοπουτάνα;!*

avait compris *putana*[1], mot dont je ne connaissais pas encore le sens. Ces deux phrases violentes, les seules que je l'ai jamais vu prononcer, restèrent gravées dans ma mémoire pour toujours.

Comme le son du verre qui se brisa à mes pieds. Ce fut le premier objet qu'il lança. Je ne sais pas s'il avait eu l'intention de l'atteindre elle, ou moi, ou nous deux, mais son lancer manqua de force. Nous nous précipitâmes vers la porte, *mamma* criant « *Scusi, scusi !* » alors qu'elle ne comprenait rien à ce qui se passait. Mais devant un dieu en colère, la seule chose que vous puissiez faire est d'implorer son pardon ; plus tard peut-être, vous découvrirez ce que vous avez fait de mal.

La deuxième chose qui explosa sur le sol fut un lourd cendrier en cristal. Alors que *mamma* me tirait en arrière, mes yeux restaient fixés sur lui. Debout désormais, agitant les bras comme une pieuvre en furie, il attrapa un nouvel objet et tenta de nous attaquer une dernière fois. Des éclats de verre atteignirent le dos de ma main. Je regardai par terre où se trouvait un cadre brisé en morceaux.

Sous les bris de verre, je vis une photo de mon parrain qui paraissait en bien meilleure forme que ce jour-là, en pleine discussion avec un homme plus

---

1. *Pute* en italien. Le mot est aussi utilisé en grec, avec la même signification.

jeune. Alors que *mamma* ouvrait la porte coulissante, je ne pus m'empêcher de penser que ce jeune homme, avec son costume sombre et sa cravate, ses cheveux noirs et ses lunettes teintées, une main dans la poche et l'autre sur sa hanche, me ressemblait beaucoup.

24

Quand nous fûmes sortis de la pièce, nous vîmes la femme qui nous avait accompagnés juste derrière la porte du bureau. Elle ne cherchait même pas à cacher le fait qu'elle avait espionné la conversation, ni qu'elle était satisfaite de ce qui venait de se passer. Son sourire était aussi mince et tordu que les sourcils qui dominaient son regard. Sans dire un mot, elle nous fit signe de la suivre. *Mamma*, toute tremblante, avait du mal à marcher ; je dus la prendre par les épaules pour l'aider à atteindre la sortie.

Dans le jardin, les larmes qui coulaient sur ses joues brillaient à la lumière du jour. À bout de souffle, elle cherchait de l'air. Le chauffeur approcha la voiture et ouvrit la portière. J'entendis la sinistre femme lui donner l'instruction de nous conduire au « Grande-Bretagne ». L'idée que nous allions être emmenés en Angleterre ajouta à ma confusion. Si je n'avais pas été accaparé par l'effondrement de *mamma*, et senti qu'elle avait besoin de mon soutien, j'aurais été moi-même anéanti par la violence de ce rejet. Que s'était-il passé ? Pourquoi mon parrain avait-il réagi de cette façon, nous avait renvoyés et même agressés ? J'examinai ma tenue et observai le reflet de mon visage dans la vitre de la voiture. Pourquoi mon apparence avait-elle provoqué un tel déchaînement de violence ?

Nous avons roulé pendant trente minutes jusqu'au centre d'Athènes, dans un silence que seuls les sanglots irréguliers de *mamma* venaient interrompre. Je lui tenais la main. Une seule fois je détournai les yeux de son visage, au moment où nous passions devant d'immenses colonnes antiques et une porte de marbre, quelques minutes avant d'arriver au « Grande-Bretagne ».

Bien sûr, il ne s'agissait pas du pays mais de l'hôtel. J'étais frappé par le caractère contradictoire de *nonós* : il nous avait jetés dehors dans un fracas d'éclats de verre, mais il décidait de nous loger dans le lieu le plus beau et le plus luxueux que je n'avais jamais vu. Onéreux aussi, sans aucun doute. Mais l'argent n'était pas une chose à laquelle je pensais – pour la simple et bonne raison que je n'avais pas conscience du coût de la vie, n'ayant encore jamais eu à me préoccuper de l'argent. Je me doutais bien qu'une voiture coûtait plus cher qu'une glace, mais je n'aurais pas su dire combien. En règle générale, *mamma* insistait pour placer directement à la banque l'argent de poche que *nonós* m'envoyait de temps en temps.

Le chauffeur indiqua nos noms à la réception et partit sans un mot. S'était-il demandé pourquoi la femme qu'il conduisait avait pleuré tout le long du trajet dans sa voiture ? S'en souciait-il ? Je ne crois pas. Il était sans doute habitué à prendre sur lui et à ne rien exprimer, comme cela arrive souvent à ceux qui travaillent pour des maîtres puissants et capricieux. Nous étions montés dans notre chambre, et dès que le groom ferma la porte, *mamma* se rendit dans la salle de bains. Elle aspergea son visage avec de l'eau fraîche, puis redescendit dans le hall de l'hôtel, afin d'appeler *papà* pour lui faire savoir que nous rentrerions le lendemain.

J'avais interdiction de quitter la chambre. Seul, je tirai les rideaux pour laisser entrer un peu de lumière. La journée touchait déjà à sa fin. Là, dehors, presque à portée de main, derrière la vitre et le balcon, se trouvait l'Acropole ! Les couleurs orange et rose du coucher de soleil rendaient la vue plus belle que tout ce que j'avais pu voir. Je savais que ce serait l'unique occasion pour moi de l'admirer, tout du moins durant ce voyage. Les yeux fixés sur la roche sacrée, je ressentis sa beauté et l'épuisement de la journée pesant sur mes paupières. Quand *mamma* revint, elle me trouva endormi sur le balcon, la tête posée sur mes bras contre la balustrade de marbre blanc.

En peu de temps, du balcon jusqu'à mon lit, de la salle du petit-déjeuner à l'aéroport et ensuite dans l'avion, une puissante sensation de vide se mit à assaillir mon âme. Ainsi débuta ma période d'athéisme : la perte de croyance en *nonós*, déchu de son statut divin de protecteur et de dirigeant de ma vie.

Je ne me souviens pas de grand-chose du retour, seulement des yeux fermés de *mamma* et du nom de l'avion, un Boeing 727 qui nous était une nouvelle fois réservé : *Le Mont Parnasse*. C'est ce même avion qui ramènerait à Athènes, presque deux ans plus tard, le cadavre de l'homme qui nous avait agressés à coups d'injures, de verre de whisky, de cendrier et de cadre photo.

25

« La misère a fait de moi un démon. » Cette citation de la créature de Frankenstein décrit parfaitement l'état dans lequel était cet homme quand je le vis. Le désespoir avait ressurgi en lui cet après-midi-là, à Glyfada, car ma présence lui avait rappelé son fils défunt. Je lui ai pardonné cet épisode. D'autres ne l'ont pas été et sont encore des plaies ouvertes.

Aujourd'hui je ne le déteste plus comme à l'époque. Mais en montant les escaliers de l'avion pour Milan, je m'abandonnai à un sentiment de haine – envers sa présence, ses cadeaux, son absolutisme, sa langue et son pays.

Les jours qui suivirent, personne ne parla de l'incident. *Mamma* s'était retirée dans sa chambre, et *papà* n'avait rien dit. Il fallut attendre une semaine pour qu'il me demande une traduction exacte en italien de l'attaque verbale de mon parrain. J'obtempérai et décrivis la scène, bien que *mamma* l'eût sûrement déjà fait. Il hocha la tête et resta silencieux. Sans me regarder, il expliqua que les personnes touchées par la douleur sont souvent en colère – contre la vie ou contre elles-mêmes – et qu'elles le font parfois payer aux autres. « C'est humain », ajouta-t-il. Mais comment étais-je censé comprendre et pardonner les failles humaines de quelqu'un que j'avais toujours considéré comme un dieu ? *Papà* répondit que je ne devais pas en vouloir à *nonós*, car il allait forcément se rendre compte de sa mauvaise conduite. Avait-il exprimé des remords ? S'était-il excusé ? Je n'en savais rien. J'en doute.

Je n'ai jamais reçu d'excuses de sa part. Je n'ai plus jamais eu de coup de téléphone. Il n'y avait plus de jouets, de livres, de chaussures, ni de bougies à Pâques. Je ne lui envoyais plus de lettres non plus. On me demandait parfois de lui écrire, mais face à mon refus, ni *papà* ni *mamma* n'insistaient. Que lui dire ? Que je le haïssais de nous avoir jetés comme des malpropres ?

Au cours des deux années suivantes, entre mes treize et quinze ans, je recommençai à sortir et repris la natation. Ces petites victoires s'accompagnèrent d'un changement radical de *mamma*. Elle ne souriait plus que rarement. Elle mangeait peu et semblait plus fragile et chétive. Elle restait enfermée, se désintéressait même de ses fleurs. Sa pâleur ressemblait à celle des roseaux qui poussaient sous la fenêtre de sa chambre. La rencontre avec *nonós* avait épuisé toute son énergie vitale. Comme si les éclats de verre avaient atteint une de ses veines et l'avaient fait saigner lentement, inexorablement.

Enfermé dans le narcissisme de ma jeunesse surprotégée, je pris son effondrement psychique comme un manque d'intérêt à mon égard. Puis je compris, fin 1974, en entendant le majordome dire à la domestique que si rien ne changeait, il ne lui resterait plus beaucoup de temps à vivre, que quelque chose de grave se jouait.

Allait-elle passer Noël ? Allait-elle survivre jusqu'au Nouvel An ? Me verrait-elle devenir adulte ? La mort, qui était encore pour moi quelque chose de lointain, que je ne n'avais mesuré qu'à travers le crash aérien d'Icare, s'approchait dangereusement de ma maison. Je devais faire quelque chose. Mais quoi ? Lui parler ? Parler avec *papà* ? Je ne savais pas comment m'y prendre. Je n'avais jamais appris à communiquer avec mes parents. Un mur s'était érigé en silence, et je n'avais aucune idée de comment le surmonter.

Je ne réussis jamais à initier une telle discussion, ni ne cherchai à en savoir davantage sur les causes de son état ou les moyens de la réconforter. Quoi qu'il en soit, vers l'été 1975, elle commença à aller mieux, comme si le voile noir qui l'enveloppait avait été retiré.

Paradoxalement, ce fut grâce à un autre décès.

26

C'était un matin de la deuxième semaine de février 1975. Je sentais une présence à quelques mètres de moi. J'espérais que ce serait *mamma*, mais elle n'était pas sortie de sa chambre depuis le réveillon du Nouvel An. J'ouvris les yeux pour trouver *papà* debout à côté de mon lit. Je sus que quelque chose n'allait pas, car il ne venait jamais dans ma chambre. Sans me dire bonjour, il me demanda d'être fort. Naturellement, *mamma* me vint aussitôt à l'esprit. Mes yeux commencèrent à s'emplir de larmes, prêts à ouvrir les vannes une fois que l'inévitable aurait été prononcé. Voyant ma réaction, il me rassura en disant qu'elle allait bien, ou du moins pas plus mal qu'avant. C'était *nonós*. Il avait été hospitalisé.

Et il avait demandé à me voir.

Mon orgueil, combiné à la peur d'être à nouveau victime de sa violence, me fit refuser. Je ne rendrais pas visite à ce monstre, même s'il était malade ! *Papà*, d'une voix ferme mais calme, me dit que je n'avais pas mon mot à dire. Tant que je vivrais sous *son* toit, je devrais faire ce qu'il me disait - une injonction paternelle plutôt standard, mais je sais aujourd'hui que la maison appartenait en réalité à mon parrain, comme tout ce qui concernait ma vie. Et quand il demandait, on s'exécutait.

Aucune date de voyage n'était encore fixée. Dans un état de vigilance constante et agitée, nous attendions l'appel qui nous donnerait le signal du départ, non pas pour la Grèce, cette fois, mais pour Paris. Notre visite devait rester secrète, car l'entourage de *nonós* ferait tout pour l'empêcher. Quand on est immobilisé sur son lit de mort, dépendant des autres pour tout, que ce soit la nourriture, l'eau ou les ablutions quotidiennes, les secrets sont un luxe qu'on ne peut plus se permettre, quelles que soient sa richesse ou sa puissance passée.

Quand l'appel retentit enfin, presque une semaine plus tard, nous nous précipitâmes à la gare de Milan. *Papà* m'accompagnerait cette fois. Il était hors de question que *mamma*, fragile et traumatisée par la première visite, prenne à nouveau ce risque. Nous prîmes le train de nuit. En proie à une intense anxiété, je restai éveillé, espérant que le train tombe en panne pour que ma visite soit reportée. Mon vœu ne fut pas exaucé : tôt le lendemain matin, nous arrivions à Paris.

Ce ne furent pas seulement la compagnie de *papà* et le mode de transport qui distinguèrent ce voyage du précédent. Cette fois, je fus contraint de porter une tenue plus adaptée à un jeune garçon qu'à un adolescent de quinze ans. Pourtant, malgré mon acné, ni mon short marron, ni mon tricot orange, ni mes cheveux ras fraîchement coupés, ne pouvaient dissimuler que j'étais maintenant un jeune homme davantage qu'un garçon. Mais *papà* ne voulait rien laisser au hasard.

Paris était gris et froid, l'exact opposé de l'impression que m'avait faite Athènes. Une fois encore, aucune visite touristique n'était prévue. En l'absence de limousine, nous prîmes un taxi depuis la Gare de Lyon jusqu'à l'hôpital américain, à Neuilly-sur-Seine. L'excitation que j'avais ressentie deux ans auparavant en allant voir *nonós* était remplacée par une peur paralysante. *Papà* était tout aussi nerveux, bien qu'il ne le montrât pas. Dans la voiture, je continuai de répéter mon discours réarrangé pour l'occasion. Allais-je pouvoir le prononcer cette fois-ci ? Aurais-je la chance de dire ces quelques mots réconfortants à un vieil homme malade ? Même si cela ne figurait pas dans mon scénario, je me demandais si j'aborderais la façon dont il m'avait traité la première fois. Je serais ferme, calme et juste. Je lui montrerais que je n'avais pas peur, que j'étais digne de respect et que *mamma* et moi méritions des excuses. Oh, je n'aurais rien dit ! Mais fantasmer à ce sujet me redonnait confiance.

Le taxi s'arrêta devant une entrée latérale, sous un panneau indiquant le chemin de la chapelle et de la morgue. Je me souviens avoir pensé : si vos prières ne donnent rien dans la première, vous finirez dans la seconde. *Papà* prit mes mains dans les siennes – pour la première fois de ma vie – et, me regardant dans les yeux, il me supplia de rester calme quoi qu'il arrive. Ses paroles n'avaient rien de rassurant. Il me promit que tout se passerait bien, et s'il y avait quelque chose que je ne comprenais pas, il m'expliquerait plus tard.

Ce jour, me promit-il, allait être le plus crucial de ma vie.

27

Si j'avais réussi à le voir ce jour-là à l'hôpital, ma vie et celle de plusieurs autres personnes auraient radicalement changé. Mais « le destin est le destin », comme disait ma Mère ; et il est sans échappatoire. Il n'y avait pas non plus de sortie de la chambre 217 pour *nonós*. Sous une couverture Hermès rouge, il attendait de pouvoir accomplir son dernier devoir : réparer ses torts avant de rencontrer son créateur.

Depuis, j'ai imaginé mille fois comment la scène aurait pu se jouer, chaque fois avec une légère variation, allant du pire au meilleur. Dans chaque version néanmoins – froide, affectueuse, crue, embarrassée, coupable, sentimentale, même violente – le résultat aurait été le même : une révélation.

Et puis, après le choc initial, j'imagine toujours un coup de téléphone ou une visite à une certaine adresse dans Paris, et, plus tard, la réunion de trois personnes rassemblées pour la première fois, et probablement la dernière aussi. Il y aurait eu de la colère, bien sûr, une fois les mensonges et la trahison révélés ; mais qui aurait pu rester en colère contre un dieu mourant et déchu, surtout s'il apportait avec lui un cadeau précieux ? En tout cas, je sais que malgré la rage initiale, il aurait été impossible pour ma Mère de le haïr, car elle lui avait déjà tout pardonné ; elle n'avait jamais eu le cœur à détruire le piédestal sur lequel elle l'avait placé, pas même après sa plus grande trahison. Après les reproches et les remords, le bonheur émergerait enfin – quelques derniers moments heureux pour lui ; et une vie plus heureuse, plus longue aussi, pour elle.

Ah, mais regarde comme je parle d'*elle*, de cette rencontre qui n'a jamais eu lieu, de tous ces « si » ! Toutes mes excuses, le fil de mon récit s'est un peu égaré. Tu comprendras tout, en temps voulu.

Pour l'instant, nous étions arrivés devant l'entrée latérale de l'hôpital. *Papà* dit à un gardien, dans un mélange d'italien et de français, que nous étions attendus. Il donna un nom et le numéro de la chambre située dans l'aile Eisenhower. J'avais grandi en l'appelant *nonós*, ou *il padrino*, et bien que *papà* essayât de parler à voix basse, j'entendis pour la première fois son véritable nom. Il avait une résonance exotique, me faisant penser à « une oasis » au milieu d'un désert.

On nous demanda d'attendre dans le hall. Quelqu'un allait venir nous chercher pour nous conduire à sa chambre. Les minutes passaient. Des gens venaient et repartaient, mais personne pour nous. Les minutes se transformèrent en heures. *Papà* insista auprès du gardien pour qu'il nous rappelle. Sa réponse était toujours la même : « Patientez. » Pourquoi cela prenait-il autant de temps ? Je regardai *papà*, qui hocha la tête de manière rassurante. Sachant que notre visite devait rester secrète, il se disait peut-être que trouver le bon moment pour entrer en douce, à l'insu du personnel, devait prendre du temps. Mais il devint vite évident que personne n'était dupe.

Papà eut l'air troublé lorsqu'une heure et demie plus tard, trois femmes marchèrent vers nous, côte à côte. Trois femmes d'âges, de tailles et de corpulences différentes, habillées de vêtements sombres. Pas de doute, c'étaient les trois Furies[1]. Elles n'avaient pas de serpents en guise de cheveux ; du sang ne coulait pas de leurs yeux, mais le masque de fureur couvrant leurs visages leur aurait valu une place dans n'importe quelle tragédie grecque.

Elles étaient venues pour me chasser d'ici. J'étais leur Oreste. Mais contrairement à lui, je n'avais commis aucun crime.

1. *Ερινύες* (Érinyes) dans le texte original.

28

La plus âgée et petite d'entre elles était celle qui nous avait accueillis puis jetés hors de la maison de *nonós* deux ans auparavant. C'était l'Alecto du groupe, la Furie de la colère implacable. Elle semblait encore plus maigre que dans mon souvenir, comme si ses pommettes cherchaient à s'échapper de sa peau cadavérique. Malgré sa fatigue et son âge apparents, elle galopa droit vers *papà*, passant sans un mot devant moi après m'avoir jeté un coup d'œil de folle. Après ça, elle ne posa plus jamais les yeux sur moi.

À côté d'Alecto marchait la plus jeune Furie, d'une tête plus grande que la première. J'ai découvert plus tard qu'elle était la fille de *nonós*. Bien que je l'aie nommée Tisiphone, la voix de la vengeance, il y avait plus que cela dans ses yeux – de la crainte, de la stupéfaction et de l'incrédulité, une sorte de rancœur douloureuse. Habillée d'une robe bleu foncé qui épousait parfaitement sa ligne, elle ne prononça pas un mot.

Se tenant par le bras avec Tisiphone, et un peu plus grande encore, se trouvait la troisième Furie : Mégère, l'envieuse. J'ai découvert plus tard qu'elle avait reçu d'autres surnoms tout au long de sa vie. Certains étaient bienveillants, comme « la reine de Camelot » ; d'autres péjoratifs comme « la pie » ou « jinx » (le « chat noir »), ou simplement descriptifs, comme « la Veuve » (celle que mes parents appelaient *vedova*), car à quarante-six ans, elle était déjà veuve et sur le point de le devenir à nouveau.

Presque aussi maigre qu'Alecto, vêtue d'un pantalon gris et d'un col roulé noir sur lequel tombait un long pendentif jusqu'à son nombril, Mégère n'était pas spécialement belle, mais je ne pouvais détacher mes yeux d'elle. Son demi-sourire et son air calme et décidé me captivaient. Elle ne semblait ni en colère ni décontenancée, comme si elle était immunisée contre les états émotionnels d'Alecto et de Tisiphone. Elle lâcha le bras de cette dernière et s'approcha de moi. Puis, après avoir pris ma main et scruté mon visage quelques secondes, elle me salua d'une voix basse et hypnotique. Enfin, elle rejoignit Alecto, qui avait déjà attiré *papà* dans un coin.

Tisiphone restait immobile. Ses yeux fixés sur moi étaient grands ouverts, comme sa bouche le devint peu à peu. Mais quelques instants plus tard, obéissant à l'ordre sévère d'Alecto, elle rejoignit à son tour les deux Furies entourant *papà*.

Il leur fallut peu de temps pour prononcer leur verdict, après quoi elles repartirent en procession, la plus âgée devant. Pas un mot pour moi, juste un dernier regard perplexe de Tisiphone et un rictus équivoque de Mégère.

Je me tournai vers *papà*. Avec un sourire aussi forcé qu'il le pouvait, il me dit que nous devions partir. *Nonós* ne se portait pas assez bien pour me voir, et cela ne servait à rien d'attendre qu'il se sente mieux.

Je sais aujourd'hui que c'était un mensonge. Il était malade, c'est évident, mais alors qu'il était sur son lit de mort – à moitié conscient, les yeux ouverts à l'aide de ruban adhésif –, il m'attendait, en vain. Un homme qui avait été habitué pendant des décennies à imposer son autorité incontestable à tous ceux qui l'entouraient, n'était plus qu'une marionnette épuisée sous l'emprise implacable de trois Furies.

29

Il est mort moins d'un mois plus tard, le 15 mars, dans ce même lit, enveloppé dans sa couverture Hermès rouge, cadeau d'anniversaire de ma Mère. Je me demande à quel moment il a su que je ne viendrais pas, s'il a pensé que j'avais décidé de ne pas venir, ou s'il a compris que c'était l'œuvre des Furies, qui avaient voulu défendre coûte que coûte leur mode de vie, leur statut et sa réputation posthume au détriment de ses dernières volontés. Je me demande s'il a eu la force ou la volonté de protester.

On m'informa de sa disparition quelques jours plus tard. En conformité avec mon accès restreint aux informations, on me montra quelques photos parues dans la presse. Il était effectivement un homme important, sinon pourquoi sa mort serait-elle mentionnée dans les journaux ? À côté d'une photo de lui jeune – loin du dieu décadent que j'avais rencontré deux ans plus tôt – se trouvait une photo récente de Mégère et de Tisiphone. Elles étaient collées l'une à l'autre et marchaient devant l'avion qui nous avait ramenés d'Athènes. À côté de sa fille, au visage déformé par la douleur, la Veuve affichait un demi-sourire.

Papà replia le journal et me dit que mon parrain allait être enterré aux côtés de son Icare, sur son île privée. Il m'invita à prier pour le salut de son âme. Puis il fit allusion à un fait dont je n'ai découvert l'importance et l'ampleur qu'à mes dix-huit ans : j'étais *pris en charge*. Si j'étais suffisamment précautionneux, je n'aurais jamais à me soucier de problèmes d'argent pendant toute ma vie.

Je te l'ai dit, je n'avais aucune notion de l'argent puisque tous mes besoins et mes envies étaient satisfaits sans que j'aie à demander quoi que ce soit. Je n'avais ni cupidité ni affection particulière pour ça, puisque je n'avais aucune conscience de la valeur des choses. C'était simplement un sujet que je n'avais jamais eu à considérer, comme une langue étrangère qu'on n'a pas eu besoin de parler.

À l'époque, être « pris en charge » signifiait recevoir livres et vêtements, bougies et chaussures de Pâques, peut-être quelques voyages et, avec un peu de chance, des bribes de liberté supplémentaires. Il s'avéra que cette phrase signifiait beaucoup plus que cela, mais quand le moment fut venu de le comprendre, ce ne fut rien d'autre que la petite cerise posée sur un gigantesque gâteau d'apocalypses.

30

Aussi étonnant que cela puisse paraître, sa mort apporta un soulagement visible, bien que silencieux, à *mamma*. Une semaine après l'enterrement, et pour la première fois depuis notre mésaventure athénienne, je la vis sourire à nouveau. Elle commença à sortir de sa chambre, à retourner dans le jardin. Même son appétit finit par revenir. Ses joues reprirent des couleurs, comme si la mort de mon parrain avait insufflé de la vie en elle. Malheureusement, ce devait être son chant du cygne, mais au moins ses deux dernières années furent heureuses.

Au milieu de l'été 1975, alors que *mamma* était de nouveau sur pied, nous prîmes la voiture et fîmes le tour de la région. Avec *papà* au volant, je découvris les villes alentour et plusieurs sites remarquables datant des époques romaine, médiévale et de la Renaissance. Jamais je ne m'étais senti aussi libre. Notre dieu était mort, il ne ressusciterait pas, et son ombre s'était évaporée. Je n'avais pas mis longtemps à l'évincer, sans même le vouloir, de mes routines et de mes souvenirs. Les jouets, objets, vêtements et livres qu'il m'avait envoyés étaient progressivement remplacés par ceux que je choisissais moi-même.

Je ne mesurais pas que j'étais toujours sous son emprise. Mes nouveaux livres, par exemple, n'étaient rien d'autre qu'une version plus avancée de ce qu'*il* m'avait fait découvrir. Des héros de la Grèce antique, je passais à ses philosophes et à ses dramaturges. Pendant mes nuits sans sommeil – l'insomnie était désormais ma fidèle compagne – j'allais de Platon à Aristote, d'Aristophane à Sophocle (ce dernier en particulier m'aiderait plus tard à mettre ma propre vie en perspective). L'astronomie était devenue un passe-temps après la redécouverte d'un télescope dans le sous-sol. Plus jeune, c'était un cadeau que je n'avais pas su apprécier – et même s'il venait probablement de *nonós*, je m'étais convaincu, trop désireux de l'utiliser, que c'était un cadeau de *mamma* et *papà*.

Enfin et surtout, mon goût pour l'aviation, qui avait été si soigneusement cultivé puis subitement interdit, pouvait de nouveau être pleinement satisfait. J'avais acheté les manuels les plus récents et j'étais même conduit occasionnellement à l'aéroport de Milan pour regarder les avions décoller et atterrir. Comme j'avais dû me faire à l'idée que je ne serais jamais pilote en raison de ma myopie, je me concentrais sur la mécanique. Après tout, même si j'étais « pris en charge », j'allais quand même avoir besoin d'un emploi.

Devenir ingénieur en aéronautique serait plus tard un excellent compromis sur tous les plans : c'était assez viril pour *papà* et assez rassurant pour *mamma*, qui ne tenait pas à ce que je finisse comme Icare. C'est donc ce que j'étudierais une fois mon enseignement à domicile terminé, trois ans plus tard.

Mais avant que tout cela n'arrive, un autre événement survint. On m'informa qu'une fois l'été 1975 terminé, j'allais découvrir la ville qui, après Athènes, m'avait le plus fait rêver de gloire antique ; celle, cette fois-ci, des armées plutôt que des temples, et des gladiateurs plutôt que des héros : Rome.

31

Notre voyage à Rome commença mi-octobre. Nous étions arrivés dans la Ville éternelle sous une pluie battante. Le lendemain, le temps s'était éclairci et pendant les deux semaines qui suivirent, nous avions parcouru les sites archéologiques et visité des musées et des églises par un beau temps d'automne. *Mamma* entrait quasiment dans chaque église que nous croisions pour y allumer un cierge. Elle passa ses deux dimanches au Vatican, remerciant son dieu pour sa guérison. Malheureusement, il n'avait pas encore dit son dernier mot.

Rome était fascinante. Je respirai chaque ruine, chaque colonne, chaque statue, chaque peinture. Certains jours, nous rendions visite à des membres de la famille de *mamma*, principalement des vieilles dames, et restions assis avec elles pendant des heures qui me semblaient interminables. D'autres jours, je restais seul avec *papà*, profitant d'une glace ou d'une balade silencieuse, pendant que *mamma* – je l'appris plus tard – consultait des médecins. Les jours passaient rapidement, comme c'est toujours le cas quand on s'amuse. Je tombai sous le charme de cette ville qui avait terni la réputation de ma Mère en janvier 1958, environ deux ans avant ma naissance. Avec le temps, j'appris à aimer ou à détester les endroits et les gens selon la façon dont ils l'avaient traitée.

Peu de temps avant la fin de notre voyage, *papà* rentra à la maison. *Mamma* et moi avions quitté l'hôtel et étions allés séjourner chez une vieille tante quelques jours de plus. Son petit appartement se trouvait dans le quartier de l'EUR. Bien loin du centre-ville antique, l'EUR était remarquablement moderne. Ses larges avenues, ses bâtiments géométriques aux façades imposantes, ses statues et ses obélisques étaient à mes yeux l'équivalent contemporain de la splendeur antique.

L'appartement donnait sur une rue calme, au deuxième étage d'un immeuble un peu moins splendide situé au 27 via Eufrate. C'est là que nous avions passé le reste de notre séjour romain, séjour qui fut écourté d'une journée par rapport à ce qui était prévu.

Car même les rues les plus calmes peuvent cacher des surprises.

32

Les dieux adorent jouer avec leurs sujets, les tromper en leur faisant croire qu'ils peuvent devenir les maîtres de leur destin, pour finalement laisser la tragédie suivre son cours inévitable. Ce n'est que beaucoup plus tard, quand de petits événements se seront assemblés les uns à la suite des autres comme les pièces d'un puzzle, que l'ironie tragique de ma vie, que d'aucuns se contenteraient d'appeler des coïncidences, s'est révélée digne d'une pièce de Sophocle.

C'était une journée chaude pour un 1er novembre, nuageuse mais sèche. *Mamma* avait accompagné sa tante lors d'une promenade. C'était une routine qu'elles répétaient au moins deux fois par jour : une fois le matin, une fois après le déjeuner, et parfois une troisième fois avant le dîner. Elles marchaient bras dessus, bras dessous jusqu'à l'imposante église tétragonale de la place voisine, pour une courte prière. Je me souviens encore de l'inscription sur la façade,

DOM IN HONOREM BETORUM APOSTOLORUM PETRI ET PAVLI[1], gravée sous une croix gardée par deux anges, et du vide glacial à l'intérieur.

Elles s'asseyaient ensuite sur un banc de la place et bavardaient, ou bien descendaient et remontaient lentement les larges escaliers menant de l'église à la rue principale, avant de rentrer. Je les accompagnais mais je me tenais toujours à quelques mètres devant ou derrière elles, souhaitant éviter les conversations ennuyeuses sur des gens que je ne connaissais pas. Ce jour-là, sur le chemin du retour, *mamma* et sa tante marchaient une dizaine de mètres devant moi. J'avais les yeux rivés sur le trottoir, occupé à faire méthodiquement avancer une pierre à coups de pied.

Un homme venait de garer son Alfa Romeo gris métallisé devant le bâtiment du 9 via Eufrate. Il en sortit et je faillis le percuter. Je murmurai « *Scusi* », et ma crainte qu'il me criât dessus pour n'avoir pas regardé où j'allais fut rapidement apaisée par le sourire qu'il m'adressa. Avec un « *Ciao* », il me tendit la main. J'hésitai, non seulement parce que je suis d'un naturel réservé, mais aussi parce qu'il y avait chez lui quelque chose d'étrange. Son sourire amincissait un visage marqué par l'âge et dissimulé derrière des lunettes de soleil qui lui donnaient un air presque menaçant. Il était plus

1. « Dom in honorem betorum apostolorum Petri et Pauli », en français : « Église en l'honneur des bienheureux apôtres Pierre et Paul ».

petit et plus maigre que moi. Je serrai sa main et il me donna son nom : « Pier Paolo ».

Je me présentai, puis il enleva ses lunettes et fit un commentaire sur la beauté de mon prénom. Il me demanda si j'étais nouveau dans le quartier, et je répondis que je rendais visite à un parent, en faisant un signe de tête en direction des deux femmes qui s'étaient arrêtées plus loin et nous observaient.

Du coin de l'œil, j'aperçus ma grand-tante chuchoter quelque chose à l'oreille de *mamma*. Soudain, comme poussée par je ne sais quoi, *mamma* se précipita vers nous. Je n'ai jamais su ce qu'elle lui avait dit, mais je suppose que ma tante l'avait mise en garde contre les penchants sexuels de ce voisin. J'ignore si son nom fut mentionné, si *mamma* le reconnut, ni si cela l'aurait fait réagir différemment. Toujours est-il qu'elle se comporta comme une lionne protégeant son petit d'un danger. Je n'avais que quinze ans mais en paraissais beaucoup plus, raison pour laquelle elle dût se dire que les intentions de l'inconnu étaient suspectes. Pour être honnête, la façon dont il faisait durer notre poignée de mains commençait à me mettre mal à l'aise.

Mamma nous rejoignit et me tira d'un coup sec pour m'éloigner. Je n'eus pas le temps de voir sa réaction, mais ce qui suivit rendit les choses plus étranges.

Il cria : « Hé ! *signora* ! On ne s'est pas déjà rencontrés, par hasard ? »

Elle resta silencieuse, nous poussant vers la maison, sa tante et moi. L'homme nous suivit et continua. « Mais si, vous étiez en Cappadoce ! »

Mamma ne répondait toujours pas.

« Juin 1969, pendant un mois et quelques, pour le *shooting*. »

Elle protesta faiblement en disant : « Non » sans le regarder, et continuait de nous entraîner. Mais il n'abandonnait pas.

« Mais si ! Vous lui lisiez les horoscopes tous les jours, et puis... Oh, c'est ça, je me souviens, vous travailliez pour *lui* ! Vous l'espionniez, *elle*, parce qu'elle ne voulait plus lui parler, à *lui* ! »

Aucune réponse de *mamma*. La vieille tante commença à crier sur l'inconnu en lui disant qu'il me faisait peur. D'un geste, *mamma* me fit baisser la tête. Craignait-elle que je confirme qu'elle était effectivement partie un mois et demi à l'été 1969 ? Je savais qu'elle était en Turquie, mais personne n'avait jamais mentionné une « fusillade » ! Et qui avait-elle espionné ? *Mamma* était-elle un agent secret, chargée d'en « tuer » d'autres ? J'en doutais fortement. Malgré ma confusion, j'avais l'intuition que ce « lui » faisait référence à *nonós*.

L'homme était toujours derrière nous. Soudain, *mamma* s'arrêta. Elle se retourna vers lui et, s'approchant de son visage, rugit d'une voix que je n'avais jamais entendue auparavant : « ALLEZ-VOUS-EN ! », puis elle répondit, calme et déterminée : « Je ne suis jamais allée en Cappadoce, je ne sais pas de quoi vous parlez. »

À y réfléchir, si elle avait admis la vérité, l'inconnu aurait peut-être reculé. Mais quelque chose dans le regard de *mamma* avait dû indiquer à cet homme qu'elle ne mentait pas sans raison. Il repoussa sa main et me força à relever la tête en me tenant par le menton. Il me regarda comme s'il voulait m'étudier de près. Sa sollicitude initiale avait disparu ; il ne restait chez lui que de la suspicion.

Avant que *mamma* ait pu faire le moindre geste, il me demanda d'une voix sèche : « Quand es-tu né ? »

Me sentant obligé de lui répondre, je lui donnai ma date de naissance, et alors que la tante commençait à marmonner : « Tu vois, espèce de pervers, il n'est qu'un enfant ! », une poussée énergique de *mamma* me remit en route vers l'appartement.

Cette fois, il ne nous suivit plus. Il resta planté là, à nous regarder, *mamma* et moi, en train de prendre la fuite tandis que ma grand-tante boitait derrière nous. Je me retournai une dernière fois. Son visage, la stupéfaction qu'il exprimait, s'imprimèrent à jamais dans ma mémoire.

Nous rentrâmes chez nous le soir même. Pourtant, je revis ce visage une semaine plus tard. Je prenais mon petit-déjeuner dans notre cuisine lorsque la domestique sortit du poisson enveloppé dans du papier journal.

C'était bien lui – un célèbre réalisateur, écrivain et poète – sous un gros titre qui rapportait qu'on l'avait retrouvé assassiné sur une plage près de Rome. Je regardai la date : son meurtre avait eu lieu la nuit suivant notre rencontre.

33

L'année 1976 s'écoula sans incident. J'étais désormais autorisé à sortir, même encouragé à me faire des amis, mais l'isolement des premières années m'avait laissé socialement handicapé. Je passais donc la plupart de mon temps à la maison. Comme un oiseau en cage à qui l'on offrait la possibilité de s'envoler, mais qui préférait rester dans un environnement sécurisé.

Il y avait aussi le fait que *papà* passait davantage de temps à la maison qu'auparavant. Il était plus à l'aise avec moi, et j'attribuais cette nouveauté à l'absence de *nonós*. Seulement, il devint clair assez rapidement qu'il ne restait pas à la maison pour moi, mais pour prendre soin de *mamma*. Au début de l'année 1977, un an et demi après sa résurrection miraculeuse, les choses avaient pris une mauvaise tournure. En dépit de tous ses efforts pour paraître joyeuse et apaisée, l'ombre de la mort devint sa seconde peau.

L'inévitable advint deux ans après le décès de *nonós*, presque jour pour jour. On aurait dit qu'il était revenu la chercher, à la manière d'un pharaon exigeant qu'une servante soit enterrée à côté de lui pour l'accompagner dans l'éternité. Les derniers mois de sa vie, je fus rarement autorisé à entrer dans sa chambre. Même à l'hôpital, je ne lui rendis visite qu'à deux reprises. *Papà* me disait qu'elle ne voulait pas que je la voie souffrir. Pourtant, ne pas la voir me faisait souffrir encore plus, d'autant que son affection s'était transformée, pendant ses derniers mois de bonne santé, en une sorte de fierté comparable à celle d'un artiste pour son chef-d'œuvre.

« Nous avons fait ce qu'il fallait », l'avais-je entendu dire à *papà* quelques semaines avant sa mort.

Après qu'un nouveau traitement en provenance d'Amérique avait échoué, ne laissant plus aucun espoir face à cette « satanée maladie des parties féminines », comme l'appelait la domestique, *mamma* avait quitté l'hôpital pour revenir à la maison. Elle voulait mourir là, dans sa chambre, la fenêtre ouverte sur son jardin printanier, et non dans une chambre d'hôpital stérile comme *lui*.

La plupart du temps, elle avalait de fortes doses de médicaments pour atténuer son agonie. Quelques jours avant sa mort, elle souhaita me voir. Je m'assis sur son lit et pris sa main comme elle prenait la mienne quand j'étais enfant. Les larmes coulaient sur ses joues. Elle déploya un effort important pour caresser ma paume et murmura que j'étais un « bon garçon ». Sa voix était faible. Puis, mobilisant toute l'énergie qui lui restait, elle indiqua, d'un doigt à peine étendu, la coiffeuse en face du lit, et gémit :

« Dans le tiroir. »

Je me demandai en l'ouvrant de quoi elle avait besoin : un bijou, une photo, un souvenir pour l'accompagner dans l'autre monde ? Je ne trouvai qu'une mince enveloppe au verso de laquelle était écrit : « Pour Omero ». Je la lui ramenai, mais elle ne la voulait pas. Elle dit simplement : « Lis-la. Après que je… »

Elle eut tout juste le temps de me voir acquiescer avant de s'assoupir.

Accaparé par la douleur de la voir agoniser, puis par le deuil de sa mort, j'oubliai cette histoire d'enveloppe. Mais quelques semaines après les funérailles, je la découvris à nouveau parmi une pile de papiers, de livres et de T-shirts posés sur mon bureau. Je l'ouvris sans savoir à quoi m'attendre. Une lettre d'adieu ? Un testament où figuraient ses dernières volontés ? Des photos ?

Ce que j'y trouvai fut la dernière chose que j'aurais pu imaginer. Trois feuilles de papier signées et tamponnées par les *servizi civici*[1] de la *Comune*

1. Services civils.

di Milano. La première était la copie intégrale d'un acte de naissance. Elle indiquait : « *Année 1960, numéro 0615, registre 08, partie I, série A. Le 30 mars de l'année 1960, à huit heures pile, dans l'immeuble situé au 48 via Dezza dans la municipalité de Milan, LENGRINI OMERO est né*[1]. »

C'était mon prénom et ma date de naissance. Mais juste en dessous, dans les *annotazioni marginali*[2], il était écrit : « *Décédé à Milan le 30/03/1960*[3] ».

Le deuxième papier était un acte de décès officiel de la même date. Le troisième était un enregistrement de l'acte de naissance sur lequel était apposé un cachet qui indiquait : « *Né vivant et mort avant la déclaration de naissance*[4]. »

Enferré dans mon chagrin et dans une naïveté bien entretenue, je ne comprenais pas la signification de ces documents. À vrai dire, je n'avais aucune idée de la raison pour laquelle *mamma* avait choisi de me les donner. Qui était donc ce Lengrini, qui partageait mon prénom et ma date de naissance, mais dont la vie s'était arrêtée brutalement ?

1. En italien dans le texte original : « *Estratto per riassunto di atto di nascita. Anno 1960, Numero 0615, Registro 08, Parte 1, Serie A. Il giorno trenta del mese di marzo, del anno 1960, alle otto et minuti zero, nella casa posta in via Dezza n.48 nel comune di Milano è nato LENGRINI OMERO.* »

2. Notes dans la marge.

3. En italien dans le texte original : « *Morto a Milano il 30/03/60.* »

4. En italien dans le texte original : « *Nato vivo e morto prima della denuncia di nascita.* »

Je suis sûr que tu as déjà compris, bien plus vite que moi à l'époque. J'aurais souhaité être moins crédule ! Mais encore une fois, qui peut imaginer que sa propre vie n'est qu'une mise en scène dirigée par une bande de scénaristes malicieux ? Quelqu'un d'aussi jeune que moi pouvait-il concevoir l'idée que toute son existence était fondée sur une illusion, voire sur un véritable tissu de mensonges ?

Ce fut donc par pure curiosité, sans inquiétude ni précaution, que je demandai à *papà* ce qu'il savait de cette enveloppe.

Mais le problème quand on cherche la vérité, que ce soit auprès d'un parent ou de l'oracle de Delphes, c'est que parfois, on vous la donne.

Et ensuite, vous devez vivre avec ses conséquences.

34

Si *papà* m'avait rendu ces documents avec un sourire de dédain ou un geste indifférent, s'il m'avait dit que *mamma*, l'esprit embrouillé par ses médicaments, avait voulu me donner autre chose ou avait oublié ce qu'elle avait mis dans l'enveloppe, l'affaire aurait été close. J'aurais fait ma vie sans me poser de questions. Sans autres tourments.

Au lieu de ça, il y eut un silence. Le genre de silence qui dure quelques secondes de trop et révèle qu'il se passe bien *quelque chose.* Le genre de silence qui oblige à pousser les investigations. *Papà*, à sa décharge, ne chercha pas à se cacher derrière de nouveaux mensonges.

Il me fit asseoir. « Tu n'es plus un enfant », me dit-il.

Il faisait référence non seulement à mon âge mais aussi à la mort de *mamma.* Perdre quelqu'un de si cher fait de vous un adulte, peu importe votre âge. D'une voix assurée, il continua en disant qu'il était temps que je connaisse la vérité. Ses mots furent simples et directs, comme son caractère. Il n'y eut pas d'introduction, pas de *fioriture*, pour parler un langage que ma Mère aurait compris.

Seulement un brutal : « Tu as été adopté. »

Premier choc. Le sens profond de ses mots n'atteignit pas complètement mon cerveau. Il interpréta mon absence de réaction comme de la maîtrise de soi, et poursuivit.

« Ce papier est ton acte de naissance. Tes parents ne pouvaient pas te garder. Ton père s'est arrangé pour que tu sois adopté et nous sommes devenus tes parents. »

« Étaient-ils si pauvres, que… ? » fut ma première réaction, presque inaudible.

« Non. »

« Alors pourquoi m'ont-ils abandonné ? »

« Tu n'as pas été abandonné », dit-il en haussant légèrement la voix. « Tu as grandi en étant protégé, éduqué, pris en charge, privé de rien… »

Il n'y avait aucune allusion à l'amour dans sa façon de me rassurer. Il ne faisait qu'énoncer des faits. Pourtant, ce « pris en charge » évoqua quelque chose en moi. Me laissant guider par mon intuition, je demandai qui était mon père. Sans même attendre sa réponse, je m'écriai avec une conviction mêlée d'incrédulité : « *Nonós* ! ».

Sans hésitation, il acquiesça.

Deuxième choc.

L'homme qui m'avait été présenté comme mon parrain était mon vrai père.

Sans attendre que mon émotion se dissipe, il continua. « C'était compliqué. Il était marié, avait des enfants, ça aurait été difficile de… Mais il a été prévoyant. »

Pendant qu'il parlait, mille images et souvenirs prenaient soudain un sens différent et m'assaillirent, transparents et tranchants comme du verre brisé. Toute une vie passée sous l'omniprésence de ce *god-father* défila devant mes yeux, comme si j'étais sur le point de mourir.

D'une certaine manière, c'était le cas. Comme dans ces deux certificats, naissance et mort se mêlaient une fois de plus, dix-sept ans plus tard. Ces réalités accablantes me submergeaient. Mon prénom, les livres, mon hellénisme imposé, le bateau, les cadeaux, Icare, la fille de mon parrain stupéfaite – tout commençait à faire sens dans mon esprit.

Mais alors qui était ma mère ? La femme avec le pendentif qui avait serré ma main à l'hôpital ? Non, elle ne pouvait pas l'être, elle avait épousé *nonós* après ma naissance. Ma mère était-elle morte ? Le fait qu'elle n'ait pas survécu à ma naissance aurait pu m'offrir une sorte de soulagement, justifiant son absence totale dans ma vie.

L'éventuelle disparition de ma mère biologique sortit de ma bouche dans un murmure. *Papà* la réfuta.

Elle n'était pas morte. Il hésita puis poursuivit, mais je ne pouvais plus supporter cette conversation. J'explosai, non pas comme un tigre cette fois mais comme un monstre à douze têtes prêt à tout détruire autour de lui. Je ne me souviens plus de ce que j'ai hurlé, du temps que ma frénésie a duré, ni de la réaction de *papà* (s'il y en a eue). Je me rappelle seulement m'être réveillé plus tard cette nuit-là dans mon lit, mes vêtements en lambeaux.

Papà se tenait à la porte, silencieux. Il me donna un verre d'eau. Nous restâmes simplement assis là, lui dans l'attente de questions supplémentaires ou peut-être d'une nouvelle crise. Mais rien ne survint.

Au bout d'un moment, il partit puis revint avec une boîte.

« Ce sont les lettres que ta mère t'a envoyées toutes ces années », dit-il en la laissant sur le lit.

Je sentis le sang me monter de nouveau à la tête. Comment avait-elle osé m'écrire ? Au moins, mon père biologique avait été là pour moi, lui. À sa manière. Il avait été présent, même dans le mensonge, en endossant ce rôle trompeur de parrain. Il avait *pris soin de moi* ; il avait contrôlé mon instruction et mon éducation. Mais elle ? Elle n'avait été nulle part ! J'avais été rejeté par ma propre mère, non seulement à la naissance mais tout au long de ma vie. Elle n'avait jamais voulu en faire partie d'aucune façon.

Qu'étais-je censé faire de toutes ces lettres ? Les lire et m'en satisfaire ? Je n'avais aucune indulgence pour les excuses que je m'attendais à y trouver. Il n'y aurait ni sympathie ni pardon de ma part. De ces deux parents biologiques dont je découvrais la cruauté, elle était la plus affreuse !

Je saisis la boîte et la jetai par terre. Des dizaines de pages s'envolèrent et se dispersèrent autour de moi. Si ç'avait été l'hiver et que la cheminée de ma chambre avait été allumée, j'aurais certainement tout jeté au feu. Si je l'avais fait, ma souffrance aurait peut-être pris fin à cet instant.

Mais ce n'était pas le cas. *Papà* rassembla les lettres et les rangea dans la boîte, dont le couvercle était maintenant cassé en deux. Puis il les posa sur mon bureau et sortit.

Elle resta là pendant quelques mois, jusqu'à ce que je me sente prêt – ou assez fou – pour affronter les vérités qu'elle contenait.

35

Je t'épargne les détails de ces quelques mois passés enfermé dans l'obscurité de ma chambre, victime de ce qu'on appellerait aujourd'hui une dépression post-traumatique. Soudain, ce n'était plus la mort de *mamma* dont je devais faire le deuil : c'était aussi celle de mon père biologique et de mon (demi-) frère. Avec l'ouverture de cette première enveloppe, les morts s'accumulaient jusqu'à m'écraser de leur poids.

La domestique me forçait à manger ; de temps en temps, elle m'obligeait à prendre un bain, à sortir dans le jardin, à passer un peu de temps au soleil et à tenir compagnie à *papà*, en silence. Mon humeur, d'une noirceur extrême, concordait avec les esprits de toute la maison. Les volets restaient souvent fermés toute la journée, ne laissant rien filtrer de la lumière estivale. Comme à Glyfada, dans la maison en deuil de son Icare. La lumière chasse les ombres ; si bien que, quand nous n'avons pour seule compagnie que les fantômes et les ombres de nos disparus, nous tenons à vivre dans l'obscurité pour qu'ils ne nous quittent jamais.

Pour échapper à mes ruminations, je commençai à chercher refuge dans ce que je connaissais. Je me mis à relire les mythes de mon enfance et nouai rapidement un lien fraternel avec ces personnages mythiques abandonnés enfants dans la forêt pour y mourir, ou jetés à la mer pour qu'ils s'y noient. Certains survivaient, atteignaient l'âge adulte et devenaient des héros. D'autres n'étaient épargnés que pour mettre leurs villes à sac, détruire leurs familles ou leur peuple. À quelle catégorie appartenais-je ? Que devais-je faire de ma vie, de mes connaissances et de mon identité nouvelles ?

Après *Ferragosto*[1], alors que je cherchais du réconfort dans les aventures d'Ulysse, j'avais trouvé une vieille note de Renata glissée entre deux pages de *l'Odyssée* illustrée. Savait-elle que j'étais adopté ? J'espérais que non, ne voulant pas admettre qu'elle ait pu être complice de cette tromperie. Peut-être pour me rassurer, je veux croire aujourd'hui que si elle l'avait su, elle m'aurait traité comme une poupée de porcelaine, et non comme un enfant ordinaire. De fait, les seuls moments de normalité que j'ai connus

1. La célébration italienne de l'Assomption de la Vierge Marie, le 15 août.

dans mon enfance furent ceux passés avec elle. Sa lumière, ses câlins, son enseignement, son amour, ses histoires et ses chansons – toutes ces choses ne pouvaient pas être des mensonges.

J'avais pensé lui téléphoner, mais un sentiment de fierté insensée – apparemment génétique – me l'avait interdit. Je n'étais plus un enfant dans le besoin, j'étais un homme ! Et puis, cela faisait plus de quatre ans maintenant que nous n'avions plus été en contact. Elle ne m'avait même pas appelé après la mort de *mamma*. Je retournai donc à mon Ulysse. Qu'aurait-il fait à ma place ? La réponse me vint immédiatement : il s'était attaché au mât de son navire pour écouter les sirènes, s'exposant à leur voix au mépris du danger qu'elles représentaient. De même, Socrate m'avait exhorté à me connaître moi-même : *Γνώθι σ'αυτόν*[1], même dans l'épreuve. Les ombres devaient partir et la lumière entrer à nouveau.

Je tirai les rideaux et ouvris les volets sur un soleil d'été. Puis je pris la boîte et la posai sur mes genoux. Je savais très bien que c'était une boîte de Pandore. Contrairement à Pandore, je trouvai de l'espoir à l'intérieur – seulement l'espoir s'avéra être la chose la plus perfide de tout ce qu'elle contenait.

Je soulevai le couvercle à moitié cassé et sortis les lettres de ma Mère, cinquante-sept pages au total.

1. En français, « connais-toi toi-même ».

Elles étaient en grec, toutes manuscrites, parfois écrites avec soin, d'autres fois difficiles à déchiffrer. Certaines étaient en parfait état ; d'autres comportaient çà et là des taches d'encre sous lesquelles les phrases se diluaient comme si elles avaient pris la pluie. La plupart indiquaient la date de leur composition. La plus récente remontait à environ deux ans. Je décidai de les lire dans l'ordre chronologique. Dans ma misère, je suppliai qu'elle me donne une explication et des excuses pour m'avoir abandonné, excuses que je n'étais pas encore prêt à accepter.

La plus ancienne datait de dix jours après ma naissance et ne faisait pas plus d'un paragraphe :

Il n'y a pas de chose plus grave que la malédiction d'une mère, dit-on. Celle que la mienne m'avait lancée était de n'avoir jamais d'enfants. Quand j'ai ouvert les yeux pour te chercher, m'attendant à ce que l'infirmière te mette dans mes bras, j'ai osé croire que j'étais enfin heureuse. J'ai osé croire que j'avais gagné, que les malédictions n'existaient que dans les tragédies antiques. Cela a duré jusqu'à ce que je voie leurs visages. J'ai compris avant même qu'ils ne me le disent. J'ai su que tu étais devenu un ange. Mais je ne t'oublierai pas, mon amour. Je t'écrirai, mon Omero, mon espoir mort, mon fils défunt. Et ainsi tu seras toujours vivant, à mes côtés.

En lisant les dernières lignes de cette lettre, signée « Maman[1] », une réalité nouvelle me stupéfia : ma Mère ne m'avait jamais contacté car elle ne savait pas que j'étais en vie.

On lui avait *fait croire* que j'étais mort à la naissance !

1. En grec dans le texte original : *Η μανούλα*.

36

Papà me le confirma. Il avait essayé de me le dire lorsque je l'avais interrogé au sujet des certificats, mais ma réaction violente à la nouvelle de l'adoption et de l'identité de mon vrai père ne lui avait pas permis d'aller jusqu'au bout. C'est pourquoi il m'avait donné ces lettres, pour que je les lise quand je me sentirais prêt et que je comprenne seul.

Une fois encore, un sentiment confus de trahison fit monter en moi une colère prête à exploser. Et pourtant, celle-ci paraissait bien dérisoire comparée à la douleur et à la solitude d'une femme qui croyait son fils mort. J'avais haï mon « parrain » pour nous avoir jetés hors de son bureau. Dorénavant je le détestais avec une force sans égale, car tout cela avait été manigancé *par lui*.

Papà essaya de justifier cette décision. Il me parla de son statut et du fait qu'à l'époque, ma Mère et mon Père étaient mariés à d'autres personnes. Le scandale d'un enfant illégitime aurait mis en danger ses affaires et fragilisé la loyauté de sa famille. Mais sans que *papà* ne s'en rende compte, chaque mot qu'il prononçait pour le défendre ne faisait qu'amplifier ma haine envers mon Père. Comment avait-il pu être si cruel ? Non seulement envers moi, même si j'avais grandi en ayant une vie épanouie – j'étais *pris en charge* – mais envers cette femme ! Cette femme dont je ne savais toujours rien.

Papà m'apprit qu'elle était une célèbre chanteuse grecque. Étant le fruit défendu de deux célébrités, dit-il, mon existence n'aurait jamais pu être gardée secrète. C'est ce qui avait conduit mon Père à jouer avec nos destins, comme un vrai dieu – acte d'*hubris* qui, inévitablement, provoqua la vengeance de Némésis dans les dernières années de sa vie.

Il avait l'argent et les réseaux. Les médecins et les infirmières furent soudoyés. Ma Mère devait accoucher en secret dans une clinique qu'il avait choisie avec précision. Comment aurait-elle pu se douter, dès l'instant où elle avait franchi la porte de cette clinique, qu'elle était tombée dans le piège que lui avait tendu l'homme qu'elle aimait ?

Papà me dit que son talent de chanteuse d'opéra lui avait valu sa célébrité. Cela ne signifiait rien pour moi, étant donné que l'opéra avait toujours été banni de notre maison. Peut-être avait-on peur qu'il provoque une réaction jusque dans mes gènes ?

Pour la première fois, au mois d'août de ma dix-septième année, je vis la femme qui m'avait donné naissance. *Papà* avait sorti un disque d'un tiroir verrouillé. Sur la couverture, à côté de son nom, une femme en robe grise à manches courtes regardait légèrement sur le côté. Ses longs doigts repliés sous son menton et un chignon soigneusement monté encadraient son visage. Je découvris un sourire subtil et deux immenses yeux sombres.

Ma Mère.

J'étais trop bouleversé pour dire quoique ce soit.

De la pochette du disque, *papà* sortit une photo de lui et de *mamma* en compagnie d'une femme plus grande, placée entre eux. C'était celle de la couverture, sans aucun doute, reconnaissable malgré les lunettes de soleil et le chapeau de fourrure.

Trois parents sur la même photo. De l'affection et une occasion manquée, un amour déçu ; les mensonges, les menteurs et celle à qui l'on mentait ; tous réunis sous la lumière d'un flash. *Papà* m'expliqua que *mamma* et lui étaient les employés de mon Père et que la charge de mon éducation leur avait été confiée, sous sa supervision. Je ne lui ai jamais demandé quelle était leur rémunération. J'ai dû affronter de nombreuses vérités dans ma vie, mais celle-ci, je n'ai jamais osé la connaître : combien mon Père était prêt à payer pour se débarrasser de son enfant bâtard.

Mais si ma Mère ne devait rien savoir, comment expliquer cette photo les montrant ensemble tous les trois ?

Mon Père n'avait rien laissé au hasard. Il lui avait dit que j'étais enterré au cimetière de Bruzzano, au nord de Milan, et lui avait assuré que chaque fois qu'elle voudrait se recueillir sur ma tombe, quelqu'un – c'est-à-dire *papà* – l'y conduirait dans le plus grand secret. Il lui avait également garanti qu'une personne veillerait toujours à l'entretien de la tombe, marquée par une petite plaque en marbre avec des lettres d'or indiquant *Omero Lengrini*, le nom qu'ils avaient choisi pour garder ma naissance secrète. Cette personne était *mamma*.

Ma Mère s'était rendue sur mon prétendu lieu de repos presque tous les premiers lundis du mois pendant quinze ans. Elle avait arrêté après la mort de mon Père. Sa dernière lettre disait : « *Mon cher enfant, tu es maintenant avec ton papa, tu es en sécurité et vous êtes tous les deux heureux. Je n'ai plus besoin de m'inquiéter pour vous. Et je suis impatiente de vous rejoindre.* »

Papà me dit que les lettres étaient une idée de *mamma*. Elle les voyait comme une compensation ; elle voulait aider cette femme à surmonter son chagrin. *Mamma* n'avait jamais cessé de se sentir coupable pour le rôle qu'elle tenait dans ce stratagème. Quelques jours avant sa mort, elle avait avoué être convaincue que son cancer de l'utérus était une punition de Dieu pour avoir volé l'enfant d'une autre.

Ma Mère avait immédiatement accepté la suggestion de *mamma*. Elle laissait les lettres sur ma tombe lors de chaque visite ou presque. Écrites en grec et signées seulement d'un « Maman[1] », elles ne présentaient pas le risque de révéler l'identité de leur auteur ou celle de l'enfant inhumé. Et en effet, pendant toute sa vie et de nombreuses années après encore, malgré tous les gros titres, les on-dit, les mensonges et les rumeurs sur sa relation avec mon Père, personne n'eut jamais vent de la vérité.

Après avoir caressé ma tombe et l'avoir essuyée avec son mouchoir trempé de larmes et de parfum Roger & Gallet – celui qui lui rappelait son propre père –, ma Mère montait dans la voiture de *papà* pour se rendre à l'aéroport. Pendant ce temps, *mamma* sauvait les lettres qu'elle pouvait, celles qui n'avaient pas été emportées par le vent ou détruites par la pluie.

Puis elle les avait rassemblées dans une boîte. Celle que *papà* m'avait finalement léguée.

---

1. En grec dans le texte original : *η μανούλα*.

37

Timing, coïncidence, ADN, hasard, destin, choix – qu'est-ce qui tisse le fil de ce que nous appelons notre vie ? Ma Mère et mon Père croyaient tous les deux au destin. Mon Père, qui avait grandi à Smyrne avant le massacre des Turcs, l'appelait *kismet*. Ma Mère, dans de nombreuses lettres et interviews, parlait d'une destinée déterminée par Dieu. Toutes les choses de sa vie, bonnes ou mauvaises, étaient pour elle le résultat de sa relation personnelle avec Dieu.

Je suis convaincu au contraire que c'est eux, plus qu'un dieu ou une force extérieure, qui ont tracé leur chemin. Des choix différents auraient pu conduire à d'autres résultats et donner des issues opposées.

Après que la vérité m'a été révélée, je me suis demandé pendant des années pourquoi mon Père n'avait pas tout avoué alors qu'il était face à la mort, sur son lit d'hôpital, à Paris. Quand il a compris que je n'allais pas venir, pourquoi n'a-t-il pas appelé, écrit ou envoyé quelqu'un prévenir ma Mère ? Lui dire que, même si elle allait perdre son plus grand amour, il lui resterait malgré tout quelque chose ? *Quelqu'un*. La réponse à cette question m'est venue plus tard, attestant que pendant ses derniers jours, mon Père en était réduit à l'état de pantin.

Bien sûr, j'avais été un pantin plus longtemps que lui. Mais dès l'instant où ma véritable identité avait été révélée, mon sortilège avait été rompu. Je me fis alors le serment que désormais, mes propres choix façonneraient ma vie, pour le meilleur ou pour le pire. Et Dieu sait quelle différence peuvent faire des choix en apparence anodins ! Si j'avais décidé de brûler ces lettres sans les lire, la vérité n'aurait sans doute pas éclaté. Si je les avais lues un mois plus tôt, les événements qui avaient suivi auraient peut-être été d'une autre nature.

De nouvelles possibilités s'offraient à moi. Que faire de cette vérité ? J'étais complètement perdu, encore plus quand *papà* me dit que je devais aller à la rencontre de ma Mère. Qu'elle méritait de savoir.

Il me donna son adresse parisienne. Comme le désir qu'il vienne avec moi devait se lire facilement dans mes yeux, il insista pour que je m'y rende seul. Peut-être avait-il peur de sa réaction – elle était une tigresse, après tout – mais je pense qu'il avait compris avant moi que rencontrer ma mère biologique pour la première fois, tout comme intégrer pour de bon ma nouvelle identité, était une tâche que je devais prendre seul en main. Comme Thésée, qui s'en alla à Athènes pour rencontrer son père, un roi, je partirais pour Paris afin d'y rencontrer ma Mère, une déesse de la scène. Une *divina*.

J'embarquai dans le même train qui, en 1975, aurait dû me conduire vers mon vrai père. Le voyage vers l'ultime vérité, reporté de deux ans et demi, se faisait aujourd'hui au prix de deux morts, la sienne et celle de *mamma*. Si tout se passait bien, au terminus du train, je trouverais une Mère. Une *nouvelle* mère qui ne remplacerait pas *mamma* mais qui viendrait combler un vide, d'autant qu'elle avait déclaré si souvent dans ses lettres vouloir offrir l'amour qu'elle n'avait jamais reçu de sa propre mère. Me mettre sur un piédestal, m'adorer, me gâter. En retour, tout ce qu'elle demandait, c'était d'être aimée comme une maman, et non admirée comme une star.

Au moment où le train de nuit quittait Milan, je nourrissais certaines attentes mais n'avais aucun plan sérieux quant à la manière de gérer la situation. À en croire *papà*, ce serait simple : j'avais son adresse, j'irais, je sonnerais et… lui dirais simplement. Mais lui dire quoi ? Et comment ? M'inviterait-elle seulement à entrer ? En imaginant qu'elle le fasse, comment expliquerais-je ensuite à une inconnue, probablement en détresse, qui j'étais ?

Juste avant l'aube de cette nuit blanche, un scénario possible se forma dans mon esprit, plus ou moins sous la forme d'un souhait. Et si, comme Eurycleia, la nourrice qui avait reconnu Ulysse lorsqu'il était revenu à Ithaque, ma Mère me reconnaissait au premier coup d'œil ?

38

Pour la première fois de ma jeune vie surprotégée, je me retrouvai seul dans une grande ville. Moi qui n'avais presque jamais été autorisé à sortir de la maison, j'étais maintenant un aventurier lâché dans des terres inconnues. Un endroit qui avait des promesses de bonheur. Mon cœur avait déjà décidé que Paris serait la plus belle ville du monde, encore plus belle que ce que mon imagination avait fait d'Athènes, et mes yeux de Rome. C'était là que ma Mère vivait ! Cela prédestinait un amour absolu et une nouvelle vie de vérité et de félicité.

Une fois de plus, j'arrivai gare de Lyon. En sortant du train, je fus submergé par le nombre de personnes qui se déplaçaient frénétiquement. *Papà* m'avait prévenu que les grandes villes pouvaient être dangereuses, c'est pourquoi il m'avait donné pour instruction de ne parler à personne jusqu'à ce que j'arrive chez ma Mère. Il m'avait indiqué deux adresses : la sienne, ainsi que celle d'un hôtel où travaillait l'un des cousins de *papà*. Je pouvais y rester aussi longtemps que nécessaire ; il trouverait un moyen de s'arranger. Alors que je croisai tous ces visages étrangers, je touchai inconsciemment la petite pochette placée entre ma chemise et mon maillot de corps comprenant tout mon argent. Les francs que *papà* avait changés pour moi, suffisants pour un mois minimum, représentaient la plus grosse somme que j'avais jamais eue en ma possession.

Ainsi m'élançai-je avec mon petit sac dans ce tumulte urbain, comme un nageur novice jeté dans des eaux profondes. Cela dit, j'étais étrangement confiant. Si je n'avais pas été prêt pour vivre une telle aventure, *papà* ne m'aurait pas laissé partir, encore moins seul. Parfois, je me demande si la raison pour laquelle il était resté à la maison n'était pas que, la vérité enfin révélée, il avait tout bonnement lâché l'affaire à mon sujet, soulagé de ne plus avoir à porter ce fardeau.

Ce dernier jour d'août était ensoleillé, sec et chaud. Malgré les conseils de *papà*, je n'étais pas allé à l'hôtel pour déposer ma valise et me rafraîchir. Au lieu de cela, j'allai me rincer le visage à l'eau fraîche dans les toilettes de la gare, peignai mes cheveux avec soin et pris directement un taxi jusqu'à l'avenue Georges-Mandel dans le XVIe arrondissement, comme il était écrit sur le petit bout de papier que j'avais en main. J'imaginais même que l'idée de résider à l'hôtel était désormais superflue. Je supposais qu'après avoir surmonté les premiers moments gênants, l'incrédulité et l'émotion, j'aurais un endroit où séjourner : la maison de ma Mère.

J'étais arrivé à destination. À côté d'une construction contemporaine austère, l'immeuble où vivait ma Mère semblait plein de grâce avec ses courbes, ses grandes fenêtres et ses détails floraux sculptés. Devant la grille en métal close, je regardai les fenêtres de chaque étage – j'ignorais lequel était le sien – dans un état d'anxiété, d'optimisme et de peur mélangés. Certaines fenêtres avaient les volets fermés. J'étais prêt à sonner et à entendre sa voix, celle que je n'avais entendue qu'une seule fois pendant quelques minutes, grâce au disque de *papà*. J'étais convaincu que lorsque je l'entendrais parler, sa voix serait pleine de soleil et de mélodie comme celle de Renata et même plus belle encore ! Après tout, elle était censée être la chanteuse la plus douée au monde.

Quelle mélodie céleste ce serait pour mes oreilles quand, tôt ou tard, elle me dirait qu'elle m'aimait, comme elle l'avait si souvent écrit dans ses lettres. Si elle aimait tant son Omero *mort*, n'allait-elle pas l'adorer encore davantage *vivant* ?

Pourtant, à quelques pas seulement de l'entrée du bâtiment, je n'avais toujours pas de plan pour arranger cette rencontre. Je cherchai son nom sur l'interphone en bronze à côté de la porte. Il n'était nulle part. Je me figeai. L'adresse que *papà* m'avait fournie était-elle trop ancienne ? Et si elle avait déménagé dans une autre ville, un autre pays ? Je regardai de nouveau. Parmi les noms complets associés aux boutons blancs de l'interphone, il y avait deux étiquettes qui ne comportaient que des initiales. L'une indiquait *CD*, l'autre celles de ma Mère : *MC*, comme *madre carissima*[1]... Je sonnai et attendis d'entendre sa voix. Je n'avais même pas envisagé que quelqu'un d'autre puisse répondre, un majordome, une femme de chambre ou une secrétaire. Après quelques secondes de silence, je jetai de nouveau un œil vers les étages, à l'affût d'un mouvement derrière l'une des fenêtres. Rien. Je pensai alors que, dans le pire des cas, je pourrais escalader la grille et entrer dans la cour. Mais que faire ensuite ? Alors que je sonnai une seconde fois, l'absence de réponse provoqua en moi une légère frustration, mais elle fut surtout un soulagement.

Ces quelques instants passés, le corps tout tremblant et l'esprit éteint, furent la preuve que je n'étais pas encore prêt.

---

1. Mère chérie, en italien.

39

Je m'assis sur un banc de l'autre côté de la rue et j'attendis. Des voitures passaient, des gens allaient et venaient sur le trottoir, mais mes yeux restaient fixés sur l'entrée du numéro 36. Pendant les heures qui suivirent, les rares fois où quelqu'un sortit de l'immeuble, j'essayai en vain de distinguer son visage. Les deux fois où quelqu'un entra, je patientai trois minutes puis retournai sonner à nouveau. Encore et encore. Aucune réponse.

Je patientai pendant plus de quatre heures ainsi, tel un soldat loyal gardant une forteresse. Les biscuits dans ma valise ayant été dévorés depuis longtemps, *la faim réussit là où la fatigue et la déception avaient échoué*[1]. Il était temps de manger quelque chose, de se reposer et de revenir le lendemain. Je commençai à marcher dans le sens inverse que le taxi avait pris

1. En italique dans le texte original, probablement un jeu de mot façonné à partir de la phrase terrible du comte Ugolino, tiré de l'*Enfer* de Dante : « Et puis ce que la douleur ne put, la faim le put ».

et moins de dix minutes plus tard, j'arrivai sur la place du Trocadéro. Devant moi, la tour Eiffel avait l'air plus imposante que je ne l'avais imaginée. Je ne m'étendrai pas sur les émotions que je ressentis en la voyant, ou en découvrant d'autres quartiers de cette ville sublime, car tout le monde en ressent à peu près la même chose : de l'admiration, de l'émerveillement, et une impression de gloire.

Je me demandais si ma Mère pouvait voir cette dame de fer depuis sa fenêtre. Je l'imaginais tirant les rideaux pour admirer sa splendeur. À l'époque, je n'avais pas encore conscience que même la vue la plus belle est invisible quand elle devient routinière. Comme les êtres. Comme l'amour.

Je m'assis dans un bistrot à l'angle de la place et commandai un jambon-beurre. Quand je sortis de l'argent liquide de ma cachette pour payer le serveur, celui-ci, un homme d'une quarantaine d'années, m'adressa un sourire.

« Tu es italien », me dit-il, certain de reconnaître mon accent alors que je parlais français. Il me demanda si j'étais à Paris pour le plaisir ou pour un travail. Je répondis que je cherchais quelqu'un. Et je lui donnai le nom de ma Mère. Son regard d'abord étonné se transforma en quelque chose de plus froid.

« Vous êtes un fan ou un photographe ? », me questionna-t-il. Mais avant que je puisse répondre, comme il remarquait que je n'avais pas d'appareil photo, il expliqua qu'elle n'aimait pas les photographes.

« En tout cas, elle est probablement absente », conclut-il en remettant dans sa poche la monnaie laissée sur la table, la considérant désormais comme un pourboire pour le tuyau qu'il me donnait. « Elle passe devant le café un jour sur deux quand elle sort se promener. Mais je ne l'ai pas vue depuis dix jours, peut-être plus. »

Au moins savais-je maintenant qu'elle n'avait pas déménagé.

Je lui montrai le nom et l'adresse de l'hôtel où j'allais et il m'indiqua où se trouvait l'entrée du métro, sur la place. Une ligne directe jusqu'à la station Rue Montmartre. Pourtant, je réussis à me perdre. Il faisait déjà nuit quand j'arrivai à l'hôtel. Le cousin de *papà*, réceptionniste là-bas, m'attendait depuis le matin. Après m'avoir fait tout une scène, pleine de grands gestes dramatiques et d'exclamations inquiètes, nous avions appelé *papà* ensemble pour le rassurer et lui dire que tout allait bien.

Sous l'oreille attentive et indiscrète de son cousin, je dus annoncer à *papà* qu'*elle* n'était probablement pas chez elle. Je ne la nommais pas au téléphone ; je n'avais pas l'intention de révéler la nature de ma mission au cousin trop curieux qui, comme tous les membres de la famille de *mamma* et *papà*, avait cru à une grossesse cachée et considérait toujours que j'avais un lien de parenté réel avec lui.

Allongé dans mon lit cette nuit-là, incapable de dormir, je nous imaginai, ma Mère et moi, marchant ensemble autour de la place du Trocadéro, ma main serrant la sienne.

Quand je réussis enfin à trouver le sommeil, un sourire éclairait mon visage.

40

Pendant les trois jours qui suivirent, ma mission parisienne répéta un seul et même schéma. Chaque jour, tôt le matin, je prenais le métro jusqu'au Trocadéro, j'allais avenue Georges-Mandel et je sonnais au portail. Pendant trois jours consécutifs, personne ne répondit. J'attendais sur le banc de l'autre côté de la rue jusqu'à midi, puis je marchais jusqu'au même bistrot pour manger quelque chose. Après le déjeuner, je remarquais si des volets ou des fenêtres avaient été ouverts à certains étages, mais n'avais toujours pas de réponse à l'interphone. Une fois, je crus voir quelqu'un tirer légèrement un rideau au deuxième étage pour voir qui sonnait. Mais je finis par considérer cet épisode comme une invention de mon imagination.

Après ces tentatives infructueuses je partais explorer Paris, plan de la ville à la main. À pied ou en métro, je parcourais les endroits que tout un chacun était censé visiter, de Montmartre à Notre-Dame, du

Panthéon à l'Arc de Triomphe, de la tour Eiffel au Quartier latin. Chaque jour, mes promenades s'étendaient sur des kilomètres. Je me perdais puis finissais par retrouver mon chemin – plus facilement, en tout cas, que celui qui devait me conduire à moi-même.

Je ne t'ennuierai pas avec tous les détails de mes errances, si ce n'est que le bâtiment qui m'émut le plus fut le palais Garnier, le grand opéra de Paris. Je restai stupéfait devant lui, hypnotisé par la lumière qui se reflétait sur la lyre d'Apollon et les statues d'Harmonie et de la Poésie. Plus haut, les masques de la Tragédie et de la Comédie, et plus haut encore, la statue de Pégase, le cheval ailé, étaient perçus par mon âme affamée de signes comme de bons présages. Dans mon ignorance de tout ce qui avait à voir avec le style de musique que ma Mère incarnait, j'étais persuadé qu'elle avait chanté tous les compositeurs dont les bustes décoraient la façade du bâtiment.

Ce magnifique opéra était comme une preuve tangible de l'existence de ma Mère. Indirectement et de façon injustifiée, j'étais fier de sa grande carrière, à propos de laquelle bien sûr je ne savais quasiment rien. Mais j'étais sûr qu'elle y avait triomphé, qu'elle avait régné sur la scène comme une souveraine.

Je l'aperçus lors d'une représentation au palais Garnier quelques semaines plus tard, à la télévision, lorsque les médias français et internationaux diffusèrent des images d'elle pendant plusieurs jours.

C'était un concert de 1958, filmé d'abord en noir et blanc puis colorisé par la suite (je regarde encore la vidéo de temps en temps pour occuper mes nuits blanches). Elle chantait l'air de la *Casta Diva*, la « déesse chaste », à qui elle ressemblait beaucoup d'ailleurs, flottant presque au-dessus du sol dans sa longue robe. Mais malgré mon admiration et mon émotion la première fois que je la vis, je n'avais plus en moi aucune larme à verser.

Je dois dire en vérité que ce n'était ni sa voix, ni sa posture, ni la beauté de son visage, ni son corps éthéré mais puissant, qui me touchaient. Autre chose réveillait le fantasme de sa présence maternelle dans ma vie.

Je ne suis pas et n'ai jamais été un expert en opéra, loin de là. Néanmoins, quand le chœur se met à chanter, même mon oreille inexpérimentée peut entendre qu'il sonne faux, qu'il est mal synchronisé. Soudain, on voit un geste brusque de sa main osseuse, un geste plein d'autorité, silencieux et tranchant comme une lame, suivi de regards brefs mais bien pesés, d'abord vers la droite puis vers la gauche, adressés à la masse de choristes derrière elle. L'expression que montre son visage ne dure qu'un instant, mais toute la fureur du monde y est concentrée. Elle est une déesse en colère ; leur péché ne restera pas impuni.

Depuis le jour où je vis cette vidéo, j'imaginais ma Mère, dans l'enfance fictive que je m'inventais, construite à partir de mes vraies origines, me regardant de cette même manière après m'avoir pris en train de faire une bêtise. Sa main aux doigts allongés aurait fait le même geste brusque. Sans mentir, j'aurais été prêt à devenir l'enfant le plus détestable du monde dans le seul but que la main de ma Mère me colle une gifle. N'est-ce pas une idée stupide ?

J'étais sûr qu'après une explosion de colère, je verrais un grand sourire se dessiner sur sa bouche. Elle m'embrasserait sur le front, me pardonnerait et me chanterait des berceuses grecques tout en passant ses doigts dans mes cheveux. Elle me serrerait dans ses bras comme elle s'était embrassée elle-même pendant son aria, protégeant ainsi sa fragile et précieuse cargaison de tous les monstres de ce monde.

Mais il n'y avait pas de monstres en cette nuit de décembre 1958. Seulement de l'amour, des exclamations et des fleurs.

Quant à moi, je n'eus jamais l'occasion de la voir chanter en vrai, ni sur cette scène ni sur aucune autre.

41

Chaque fois que je sonnais au portail, je souhaitais à demi consciemment que personne ne réponde. Aussi courageux que je pouvais être en errant seul dans cette ville inconnue, j'avais toujours peur de ne pas savoir quoi lui dire. Pour autant, je ne me servais pas de cette anxiété comme d'un moteur pour me préparer au moment fatidique. Sonner dans le vide était devenu comme une routine rassurante.

Ce matin-là, une fois de plus, après avoir « fait mon devoir », je pensais à l'itinéraire touristique de l'après-midi lorsque la voix d'une femme brisa le silence : « Oui, allô ? »

Cette voix stridente était-elle celle de ma Mère ? Sous le choc – alors qu'il se passait pourtant ce que j'avais espéré et que j'étais tôt ou tard destiné à obtenir –, ma bouche resta fermée.

Quelques secondes plus tard, après un autre « Allô ? », l'évidence me vint à l'esprit : « Je voudrais voir Madame… » et je prononçai le nom de ma Mère, accompagné d'une déglutition si sonore qu'elle dût s'entendre dans l'interphone et pénétrer par les fenêtres.

Puis vint la question que je redoutais plus que tout : « Et qui êtes-vous ? »

Je n'avais pas de réponse. Soudain, c'était comme si toutes les longues promenades, tous les sites touristiques visités et les bistrots n'avaient été qu'une diversion pour n'avoir pas à affronter cette question inévitable. La peur de n'avoir qu'une seule chance de bonne réponse, comme Œdipe face au Sphinx, me paralysait. Ce devait être un succès ou un désastre. Ce ne fut pas un succès.

Je pourrais dire qu'au moment où j'allais ouvrir la bouche pour répondre quelque chose d'intelligent, un clic sur l'interphone m'indiqua que la femme n'écoutait plus. Mais ce serait mentir. Même si elle avait attendu une minute supplémentaire, il n'y aurait rien eu d'autre qu'un long silence de ma part. Je levai la tête vers la façade et remarquai un mouvement à une fenêtre du deuxième étage. Une femme qui n'était pas ma Mère, probablement celle qui avait répondu, ouvrit le rideau et me fixa. Puis elle disparut quelques secondes plus tard.

Comme je n'avais pas été identifié comme un ami, j'étais maintenant un ennemi. Un photographe, un chroniqueur mondain, un fan qui prenait trop de liberté – dans tous les cas, je n'avais pas l'autorisation de déranger *Madame*.

J'étais sur le point de sonner à nouveau, mais prenant conscience que je n'avais toujours pas de bonne réponse à son « Qui êtes-vous ? », je m'arrêtai.

Je devais évaluer toutes les options. Je pourrais être franc et direct : « Je suis son fils », ou peut-être « Je suis son fils décédé », pour encore plus d'effet dramatique.

Mais il était fort probable qu'elle me prît pour un fou ou un escroc. Même si on me donnait la chance de prouver mon identité, les quelques lettres que j'avais avec moi seraient-elles suffisantes ? Ayant quitté la maison dans la précipitation, je n'avais emporté que quatre pages de la correspondance du cimetière. Il aurait été assez facile pour elle d'imaginer que ces lettres avaient été transportées par le vent jusqu'à moi, un étranger, de la même manière que tes pages sont arrivées sur ma table le jour où nous nous sommes rencontrés. Pire encore, elle pourrait penser que j'essayais de les utiliser comme un moyen de chantage. Il devenait évident que j'avais besoin non seulement de *toutes* les lettres, mais aussi de preuves solides : la photo de *mamma* et *papà* qui les montrait à ses côtés, peut-être même une lettre de mon Père donnant des instructions à mes parents adoptifs au sujet de mon éducation grecque (même si toutes ces lettres-là avaient été brûlées bien avant sa mort, comme je le découvrirais plus tard).

Une autre idée consistait à se présenter comme le fils d'amis, et quand les circonstances seraient propices, révéler enfin la vérité. Pour que cela ait pu fonctionner, j'aurais eu besoin que *papà* l'appelle et qu'il organise une rencontre. Mais l'accepterait-elle ?

La troisième option était de l'attendre en bas et d'apparaître tout simplement devant elle lorsqu'elle sortirait de l'immeuble. En reconnaissant le visage de son fils perdu, elle n'aurait pas besoin de preuve ; cela viendrait plus tard, comme de simples informations pratiques amenées à clore tout ce mélodrame. Le problème avec ce plan était que, pour elle, je n'étais pas seulement perdu ; j'étais mort. Comment peut-on reconnaître quelqu'un dont on ne sait même pas qu'il existe ? Quelqu'un que l'on n'a pour ainsi dire jamais vu ?

Je passai le reste de la journée assis sur le banc de l'autre côté de la rue, me demandant que faire. Je n'allai pas déjeuner au bistrot malgré ma faim, de peur de manquer sa sortie. Le jour se mua en crépuscule, les lumières s'allumèrent aux fenêtres du deuxième étage, mais il n'y eut toujours pas de trace de sa présence.

Il était environ minuit quand il devint évident que, si elle était dans son appartement, elle n'avait aucune intention d'en sortir.

Je rentrai à l'hôtel, décidé à revenir au même endroit à la première heure le lendemain matin.

42

Je passai les deux jours suivants sur le même banc, dans une attente vaine, me nourrissant de jambon-beurre récupérés à l'hôtel.

« Qu'est-ce que tu fais toute la journée quand tu sors ? », m'avait demandé le cousin de *papà* un matin, avant que je parte pour ma routine quotidienne.

Je lui avais décrit mes visites aux musées et dans des endroits que lui-même n'avait certainement jamais vus. Bien qu'il n'eût jamais été à l'intérieur du Louvre, il vouait une admiration sans faille à *La Gioconda* : « Ils doivent la rendre à l'Italie ! » s'était-il exclamé fièrement avant de me parler de l'Italien qui l'avait volée en 1911, comme si justice devait impérativement être rendue dans cette affaire. Que son créateur ait voulu qu'elle soit en France n'avait aucune importance pour lui : « Elle était italienne, son peintre était italien ; elle appartient à l'Italie, *basta* ! »

Dans ce cas, à qui ma Mère appartenait-elle ? *De sang 100 % grec*[1], elle était née en Amérique, avait épousé un Italien, commencé sa carrière en Italie et vivait désormais en France. Certains diraient qu'elle appartenait à son public. Elle-même répondrait : « À la musique », bien qu'elle voulût surtout appartenir en réalité à un homme. À mon Père. Et elle aurait tout abandonné pour qu'il lui appartienne *à elle* et à elle seule. Mais mon Père avait choisi de n'appartenir à personne.

En ce qui me concerne, j'affirmais que, même si nous ne nous étions jamais rencontrés, c'était à moi que ma Mère appartenait, et je le pensais avec la même certitude que le cousin de *papà* revendiquant que *Mona Lisa* – qu'il n'avait jamais vue non plus – appartenait à l'Italie.

---

1. En français dans le texte. Sans doute tiré d'une de ses interviews.

43

Le grand moment que j'attendais arriva enfin.

Le troisième matin passé sur mon banc, je vis la même femme tirer les rideaux de la fenêtre centrale du deuxième étage et regarder vers la porte d'entrée. Si elle avait inspecté l'autre côté de la rue, elle aurait pu me voir en train de l'observer. Depuis, j'ai compris qu'elle cherchait des photographes. Il n'y en avait pas.

Cinq minutes plus tard, la porte d'entrée du bâtiment s'ouvrit et un homme sortit avec un caniche marron en laisse. Je l'avais déjà vu les jours précédents promener deux chiens. Cette fois, il n'était pas seul. Il retint la porte, une femme le suivait avec un deuxième caniche, blanc celui-ci. Mes yeux longèrent la laisse pour arriver jusqu'à ses mains. Je reconnus les doigts longs de la pochette du disque.

Pourtant, en regardant plus haut, un doute me saisit. Était-ce vraiment ma Mère ? Le beau et confiant visage de la pochette semblait s'être dégradé en un masque de malheur. Mes yeux s'attardèrent sur sa bouche tordue, courbée par le chagrin, et sur ses yeux, grands et brillants sur la photo, mais qui semblaient plus petits derrière ses lunettes épaisses ; enfin, le chignon soigneusement entretenu avait été remplacé par une queue-de-cheval basse et ébouriffée. Vêtue d'une robe bleu foncé, un pull enveloppant ses épaules noué grossièrement autour du cou, malgré la chaleur de septembre, elle apparut sur le trottoir. Sans un mot, le duo commença à marcher sur l'avenue. Sa démarche semblait hésitante, comme si c'était le chien minuscule qui la tirait vers l'avant.

Je les suivis au milieu de la rue, essayant de savoir si cette femme était vraiment ma Mère. Je savais qu'elle avait cinquante-trois ans, mais elle paraissait plus âgée. Elle n'avait rien d'une déesse. Elle ressemblait aux ruines d'un temple antique, ne portant sur elle que les traces d'une gloire passée.

Le klaxon d'une voiture me tira de ma rêverie. Je reculai sur le trottoir et là, je vis son visage se tourner vers la voiture puis, de la voiture, ses yeux se poser sur moi.

Je me tenais prêt. Allait-elle rester immobile, abasourdie, laisser tomber la laisse du chien, crier mon nom, traverser la rue en courant, toucher mon visage, mouiller ses doigts avec mes larmes, les embrasser, et me prendre dans ses bras en pleurant avec moi ?

Non. Elle tourna les talons et continua de marcher.

44

Plus tard, j'appris qu'à cette époque ma Mère était devenue presque aveugle. Derrière le voile causé par un glaucome, elle n'aurait pas été en mesure de me reconnaître à cette distance, même si j'avais été un vieil ami. Elle continua simplement de marcher, et j'eus un sentiment de rejet. Après tout, même Clytemnestre, la pire des mères, avait reconnu Oreste, le fils qu'elle n'avait pas vu depuis qu'il était bébé, après qu'Électre avait envoyé son frère loin d'elle pour le protéger de l'amant de leur mère. Clytemnestre avait eu l'intuition que c'était bien Oreste qui se tenait au-dessus du cadavre de son amant, qu'il venait de tuer, et avait immédiatement compris que c'était son tour d'être assassinée par lui. Bien entendu, je n'avais aucune intention de tuer ma Mère ; je ne demandais qu'à l'aimer.

Et pourtant, je ne peux m'empêcher d'imaginer ma Mère m'exposant son sein nu, comme Clytemnestre l'avait fait à son fils pour l'empêcher de la tuer, en lui rappelant qu'elle l'avait nourri petit. Ma Mère n'avait pas eu la chance de m'allaiter, mais je suppose qu'elle aurait pu exposer la cicatrice de sa césarienne, ou ses bras nus qui n'avaient jamais tenu son nouveau-né.

Au lieu de cela, tout ce que je voyais était le dos d'une femme qui s'effaçait au loin. Je n'avais pas la force de la suivre, ni même de m'effondrer. Je restai debout et j'attendis. Une demi-heure plus tard, elle revint et disparut derrière la porte, le caniche dans ses bras. J'aurais tant voulu être ce chien.

Je me mis à errer sans but dans la ville, qui d'un coup me sembla laide. Trop bruyante, trop chaude, trop vibrante, trop hostile. L'espoir avait cédé place au désespoir, comme cela arrive parfois dans l'esprit d'un adolescent. J'appelai *papà* et lui racontai ce qui s'était passé. Il me demanda, l'air désolé, si je désirais rentrer à la maison et travailler avec lui sur un plan *réaliste* pour l'approcher. Je répondis « Peut-être ». Mais je voulais quelques jours de plus. Comment pouvais-je la laisser derrière moi comme ça, maintenant que je l'avais retrouvée ?

Les trois jours suivants, je marchai derrière le duo chaque fois qu'ils parcouraient le même itinéraire – rue de la Pompe, rue de Longchamp, rue des Sablons – avant de rentrer chez eux, au 36, avenue Georges-Mandel. L'homme qui accompagnait ma Mère ne parlait que lorsqu'elle s'adressait à lui.

C'était une promenade familiale atypique : ma Mère, cet homme, les chiens, et moi en secret.

La dernière fois que je les suivis, leur promenade habituelle se transforma en une longue marche, cette fois sans les chiens. Passant devant mon bistrot du Trocadéro, elle descendit l'avenue d'Iéna et tourna à droite dans une petite rue, où une église grecque fit son apparition entre les immeubles parisiens. Ma Mère se signa comme je l'avais appris. À une douzaine de mètres derrière elle, je fis de même. Il se trouve que je reviendrais bientôt dans cette église…

Le Palais-Royal était leur destination. Arrivée, elle s'assit à une table d'angle du même café où toi et moi nous sommes rencontrés, derrière une colonne, et l'homme s'en alla. Pendant l'heure d'après, cette déesse de l'opéra, comme *papà* me l'avait décrite, ne fut rien d'autre qu'une femme solitaire, mangeant des glaces et une boîte de *marrons glacés* dans un café parisien. Personne ne lui parlait ; je me demande même si les gens la reconnaissaient. Je me demande si quelqu'un en avait quelque chose à faire.

Au retour, alors qu'elle s'apprêtait à entrer dans la cour de son immeuble, j'eus un aperçu de sa renommée. C'est à ce moment-là aussi que j'eus brièvement connaissance de son alter ego, la *diva*.

Un photographe sortit de nulle part, bloqua l'entrée et demanda s'il pouvait prendre une photo. D'un geste instinctif, l'assistant de ma Mère essaya de le repousser, mais à peine s'était-il écrié « Madame ne veut pas de photos[1] » qu'elle leva la main pour le faire taire. Elle enleva ses lunettes, prit une posture plus droite, plaça ses mains au-devant de sa taille, esquissa un sourire et devint soudain une autre femme. Elle avait l'air plus grande, tout en contrôle, fatiguée sans aucun doute mais bien la star éclatante que le photographe voulait immortaliser.

Cette photo est connue aujourd'hui comme l'une de ses dernières.

Pour moi, elle a une autre signification. À l'arrière-plan, sur le trottoir entre la grille métallique et les voitures garées, on peut voir un jeune homme regardant également l'objectif du photographe. C'est moi.

Et c'est la seule photo de moi avec ma Mère.

1. En français dans le texte original.

45

Je quittai Paris cette nuit-là. Dans le train, pendant le trajet du retour, je pensai à une expression que Renata m'avait apprise : « Il s'est approché tout près de la source, mais n'en a pas bu la moindre goutte[1]. » Elle résonnait à mes oreilles comme si on l'avait écrite pour moi. Mais il y avait encore le temps ! Je n'avais peut-être pas goûté l'eau, mais j'avais au moins eu la confirmation que la source existait.

Je racontai tout à *papà* avec une excitation qui ne masquait rien de ma déception.

Comme je lui disais que je l'avais trouvée différente, qu'elle ne ressemblait pas du tout à cette pochette de disque qu'il m'avait montrée, il répondit que le temps change tout le monde. Et puis, elle était triste à cause de la mort de mon Père. Cela faisait pourtant plus de deux ans, pensai-je. Je ne savais pas

1. En grec dans le texte original : *Έφτασε στην πηγή, μα νερό δεν ήπιε.*

encore que, lorsqu'on perd notre raison de vivre, le temps n'offre que peu de réconfort.

Nous avions commencé à travailler sur un plan aussi simple que possible, compte tenu des circonstances. *Papà* trouverait le numéro de téléphone de ma Mère et appellerait sa *maid*[1], la femme que j'avais vue derrière la fenêtre. *Papà* la connaissait : il l'avait conduite avec ma Mère plus d'une douzaine de fois sur ma « tombe ». Si tu te demandes, comme moi, pourquoi il n'y avait pas pensé avant, la réponse est simple : les expériences désastreuses d'Athènes et de l'hôpital parisien l'avaient convaincu que lorsque des tiers intervenaient, le résultat était toujours mauvais. Ce n'est qu'une fois que son plan d'« approche directe » échoua qu'il se sentit contraint de tenter le coup de l'assistante, sa dernière carte. Il l'appellerait donc et la convaincrait de me donner rendez-vous à l'appartement afin que je puisse remettre à ma Mère une lettre de sa part, expliquant toute l'histoire.

Au bout de deux jours, *papà* trouva son numéro. Je m'en souviens encore après toutes ces années, comme la combinaison d'un coffre-fort protégeant un trésor inestimable : 553-2589.

Il appela et, malgré la défense persistante de l'assistante, réussit finalement à la convaincre de fixer un

1. En anglais dans le texte original : sa femme de chambre ou son assistante.

rendez-vous pour son « neveu ». Cependant, elle l'avertit qu'il n'était pas certain que *Madame* me verrait, même si la rencontre était programmée ; cela dépendrait de son humeur. Des années plus tard, quand j'ai rencontré cette femme qui s'est occupée de ma Mère avec une dévotion sans faille, elle m'a dit qu'à l'époque, elle annulait souvent les rendez-vous, les réservations ou les invitations à la dernière minute. Elle s'habillait, faisait venir son coiffeur, puis décidait finalement de ne voir personne, restant chez elle à regarder la télévision dans une solitude sécurisante.

Notre entrevue devait avoir lieu trois jours après, le 16 septembre, à dix-huit heures. Avant de raccrocher, elle adressa un conseil à *papà* : son « neveu » devrait apporter des *cannoncini alla crema* avec lui. C'était le dessert préféré de *Madame.* Ainsi, il y avait plus de chances qu'elle accepte ma présence.

Le 15 septembre, je pris le train depuis Milan. Cette fois-ci, j'avais avec moi toutes les lettres restantes qu'elle avait adressées à son fils décédé, sa photo avec *mamma* et *papà*, et une boîte de la pâtisserie Cucchi. J'avais également dans ma poche la lettre que *papà* avait écrite expliquant la situation. Elle était scellée dans une enveloppe et il m'avait demandé de ne pas la lire avant qu'elle ne le fasse.

Je lus la lettre de *papà* quelques jours plus tard, quand elle n'était plus d'aucune utilité. Elle faisait deux pages et était bien écrite : raisonnée, directe, mais aussi sensible. Il exprimait clairement que rien n'était ma faute. Il essayait également, sans trop en faire, de justifier les actes de mon Père. Cependant, dans le dernier paragraphe, il semblait que la culpabilité de *mamma* l'ait finalement contaminé :

> *« Chère Madame, j'espère que vous nous pardonnerez pour la douleur que nous vous avons involontairement causée. Sachez que nous avons aimé et pris soin de votre fils comme s'il était le nôtre. C'est un bon garçon, et son amour inconditionnel aidera à refermer toutes les blessures du passé et à corriger les erreurs qui ont causé tant de douleur. »*

Au moment où je lisais cela et découvrais que mes parents adoptifs ne s'étaient pas seulement occupés de moi, mais m'avaient aussi aimé, mon *amour inconditionnel* ne pouvait plus refermer aucune blessure. Ni les siennes, ni les miennes.

Mais pour le moment, je me sentais optimiste. Quand le train entra en gare de Lyon le lendemain matin, cette fin heureuse et bien méritée semblait enfin à portée de main.

46

En parlant de ses années à Athènes pendant l'occupation nazie, ma Mère déclara lors d'une interview : « *C'était dur, mais vous savez, les épreuves ont aussi du bon.* » Où se situe la frontière entre les difficultés fécondes et la dévastation pure et simple ? Où la vie réelle fixe-t-elle cet équilibre que l'on trouve si souvent dans les tragédies grecques ? Dans ces dernières, les épreuves créent des héros, tandis que la dévastation est le résultat final d'un retour (plus ou moins) à l'ordre : l'action engendre une réaction, Hubris est contrée par une Némésis sévère mais juste. Et tout a une raison d'être.

Mais qu'en est-il de la vie réelle ? Y a-t-il une raison à cause de laquelle les espoirs finissent par s'effondrer ? Y a-t-il une raison à cause de laquelle les vies sont brisées ? Dois-je maudire le destin ou condamner mes propres choix ? À la fin de l'histoire – quand elle arrivera – pourrai-je dire que les épreuves ont eu du bon ? Et quelle fin heureuse pourrai-je espérer en échange de mes malheurs, ceux de ma propre vie et ceux des vies dont j'ai hérité ?

Je quittai l'hôtel à seize heures, sachant qu'il ne me faudrait pas plus d'une demi-heure pour rejoindre l'immeuble de ma Mère. Cela me donnerait une heure et demie de temps libre ; alors je m'assiérais sur mon banc et j'attendrais. Je regarderais sa fenêtre, puis ma montre (un cadeau de mon Père pour mon douzième anniversaire), essayant de faire passer le temps plus vite par le seul pouvoir de mon impatience. J'étais prêt. Mon humeur était impeccable, tout comme mes vêtements. Pas de costume ni de cravate : j'étais un garçon de dix-sept ans sur le point de rencontrer sa mère, pas un représentant d'entreprise allant à une réunion. J'avais un bouquet de fleurs dans une main et la boîte de *cannoncini* dans l'autre. Ma seule préoccupation concernait la température élevée de cette journée : j'espérais que la crème n'en souffre pas.

Tout était plus ou moins planifié. Rien ne pouvait mal tourner.

Rien, n'est-ce pas ?

Je mentirais si je te disais qu'en marchant du métro jusqu'à sa maison, j'avais eu le pressentiment que quelque chose n'allait pas. Aujourd'hui, avec les réseaux sociaux et Internet, j'aurais déjà été mis au courant de tout. Je ne serais pas arrivé devant son immeuble en souriant. J'aurais su qu'il n'y avait pas de place pour les sucreries. Seulement pour les fleurs.

Du fait de mon inexpérience de la vie, mon optimisme ne fut pas ébranlé par la foule de photographes et de journalistes amassée sur le trottoir et dans la cour. Je pensais qu'ils étaient là pour une conférence de presse marquant une annonce heureuse – une tournée de retour, peut-être, comme celle dont *papà* m'avait parlé.

« Elle est encore jeune », avait-il dit. « Les gens l'aiment, ils veulent la *revoir.* »

Quand j'atteignis la grille, un photographe prit une photo des fleurs que je tenais en main.

« Êtes-vous un ami de la famille ? », demanda-t-il.

« Oui », répondis-je avec l'assurance de quelqu'un ayant un rendez-vous officiel.

« Avez-vous quelque chose à dire ? »

« À propos de quoi ? »

« De sa mort. »

C'est en m'entendant dire « La mort de qui ? » que la nouvelle me frappa.

Un flash crépita. La boîte tomba de ma main, et la crème des pâtisseries se répandit sur le trottoir.

47

La mamma è morta.

De nouveau.

Un jour j'ai lu quelque part qu'en cas de crise cardiaque, il y a des secondes critiques où l'on doit prendre une décision : vivre ou se laisser partir. Elle a préféré partir. Elle n'avait plus rien à quoi s'accrocher. Sa voix s'était éteinte. L'amour de sa vie était mort, il avait rejoint son fils dans le ciel. Elle s'est laissée partir sans y réfléchir à deux fois. Elle voulait les retrouver. Cela s'était produit à 13 h 30. À ce moment même, quelques arrêts de métro plus loin, son fils décédé se préparait devant un miroir pour la rencontrer pour la première fois. Essaye de faire mieux que ça, Sophocle !

Avec les voix de la foule bourdonnant dans mes oreilles, je donnai les fleurs à un passant et m'éloignai. Je refusais de les entendre spéculer sur sa mort, dire qu'elle avait probablement pris trop de pilules encore une fois – autrement, comment l'expliquer ?

Elle était trop jeune : cinquante-trois ans. C'est l'âge que j'avais quand nous nous sommes rencontrés, cher ami. Sa mort n'était pas un suicide, mais un choix. Celui de ne pas continuer.

Si elle avait su que j'étais vivant, que j'allais entrer dans sa vie, elle aurait certainement fait un choix différent. Dois-je me blâmer pour ça ? Pour ne pas avoir été capable de parler dans l'interphone, de déclarer fièrement mon identité, quelques jours plus tôt ? Étais-je aussi coupable, dans ma lâcheté d'adolescent, que mon Père calculateur quand il avait pris ses décisions ?

Il me fallait trouver la force de pleurer une seconde mère morte en moins d'un an. Comment y arriver ? Et comment différencier le chagrin que j'avais éprouvé pour la femme qui m'avait élevé, de la tristesse que je ressentais pour une mère imaginaire ? À bien y réfléchir, avais-je même le *droit* de pleurer quelqu'un que je n'avais jamais rencontré ? Une parfaite inconnue ? « Le sang n'est pas un lien si fort que ça », avait-elle dit à propos de ses propres parents, essayant de s'expliquer à elle-même la distance qu'elle avait prise avec sa famille. Nous étions du même sang, certes, mais elle n'avait pour moi rien de réel, elle n'était que le spectre de quelqu'un qui ne m'avait jamais tenu dans ses bras.

Elle n'était pour moi qu'une promesse, la promesse brisée d'une vie heureuse.

Alors, avais-je le droit d'être affligé à ce point ? Ses admirateurs, ceux qui avaient crié son nom et jeté des fleurs à ses pieds, la félicitant et l'applaudissant à tout rompre, avaient certainement plus le droit de s'apitoyer que moi.

Quand on perd quelqu'un qu'on aime, le souvenir des moments heureux partagés compense la perte sur le long terme. En ce qui me concerne, tout ce qui me reste, à part les lettres, sont les *fantasmes*. Et cela rend les choses plus difficiles à appréhender, à partager, à digérer, à surmonter.

Je suis désolé si je ne me fais pas bien comprendre. J'ai pensé qu'écrire tout cela me donnerait une appréhension plus précise des choses. Ça a été le cas, mais seulement jusqu'à un certain point.

À vrai dire, il m'a fallu trois mois avant de pouvoir commencer à écrire ce chapitre. Après t'avoir raconté sa mort, j'ai dû m'arrêter. Ces quelques minutes passées dans sa cour – les flashs, les cris, les supputations – continuent de me hanter.

Tout comme la question : *et si…*

Et si j'avais osé répondre simplement « son fils », à la question de sa *maid* dans l'interphone ?

48

Papà arriva à Paris et me pressa de rentrer à la maison avec lui, où je pourrais être libre de pleurer ma nouvelle perte. Mais j'insistai pour rester, sans pouvoir vraiment préciser pourquoi. « Clore le dossier » est une expression d'adultes, mais c'était clairement ce que je recherchais. Je ne pouvais pas abandonner ce que cette boîte remplie de lettres avait initié.

Pendant les quatre jours qui séparèrent sa mort de ses funérailles, les contours de sa vie commencèrent à se dessiner pour moi à travers les journaux, les magazines et les hommages télévisés : les moments importants de sa carrière, des enregistrements, des interviews données ici et là, des fragments de sa vie personnelle comblaient l'appétit des masses. Je n'étais guère plus qu'une partie de ces masses moi-même.

Les funérailles devaient avoir lieu le 20 septembre à l'église grecque devant laquelle je l'avais vue se signer lors de *notre* dernière longue promenade (et par pitié, ne me reproche pas ce « notre »… laisse-moi me la rappeler comme tel, peu importe si je ne faisais que la suivre, peu importe si elle ne le savait pas).

L'emplacement de l'église, rue George-Bizet, semblait approprié. Le destin avait réuni deux génies de la musique morts d'un cœur brisé : Bizet à trente-six ans, après la réception désastreuse de sa *Carmen*, et la déesse de l'opéra à cinquante-trois ans.

À l'époque, je ne savais presque rien de l'opéra, et encore aujourd'hui, malgré les connaissances que j'ai acquises grâce à ma Mère, j'ai du mal à distinguer une aria d'une autre. En revanche, je peux reconnaître sans difficulté la habanera et son fameux amour, l'oiseau rebelle.

Il y a une vidéo de ma Mère chantant cette célèbre aria en 1962, lors d'un concert à Hambourg. Je la regarde souvent. Avant qu'elle ne se mette à chanter, je lis toute l'histoire de sa vie écrite dans ses yeux et sur son visage. Regarde-la, tu verras par toi-même : le procès, le triomphe, le chagrin d'amour, l'appropriation, la déception, la passion, la jalousie, la haine, l'abandon. Et puis elle entrouvre les lèvres et chante l'amour ; un amour que vous ne pouvez jamais contrôler, mais qui peut en revanche vous détruire.

Ce qui me touche particulièrement, ce sont les deux moments où elle semble oublier les paroles : elle ramène ses bras vers elle et s'embrasse comme pour repousser ceux qui se tenaient déjà prêts à la juger, à l'attaquer. Tu vois le regard du violoniste juste derrière elle ? Comme il la regarde avec mépris ? Comment peut-il oser ! Comment ose-t-il traiter avec mépris quelqu'un qui a atteint les sommets de la perfection, pour la seule raison d'avoir été humaine, d'avoir commis une erreur ? Les applaudissements à la fin me réconfortent, comme ils l'ont sûrement réconfortée.

Ma Mère a peut-être chanté cet aria, mais elle n'a jamais joué *Carmen* sur scène. Elle trouvait que ses chevilles étaient trop épaisses pour qu'elle s'amuse à soulever sa jupe et montrer ses jambes, comme la bohémienne est censée le faire. Et de toute façon, elle n'approuvait pas le code moral du personnage principal, qui tournait autour des hommes et jouait avec eux, alors que ma Mère était faite pour n'en aimer qu'un seul et se consacrer à lui. Elle était Norma, Médée, Tosca, mais pas Carmen. Et pourtant, elle a tiré sa révérence dans une rue nommée d'après son créateur.

J'étais arrivé tôt ; une poignée de personnes était rassemblée dans la rue devant l'église. *Papà* se tenait à mes côtés en silence, mais sa main rassurante dans mon dos disait tout ce que j'attendais de lui. Au moment d'entrer dans l'église, nos noms ne figuraient pas sur la liste. Seuls la famille et les amis proches, dirent-ils.

« Un fils, ce n'est pas de la famille ?! », voulus-je crier. Je n'ai pas dit un mot.

Papà n'abandonna pas. Quand arriva une camionnette transportant des couronnes, il me tira vers elle. Nos costumes noirs et nos cravates fraîchement achetés étaient identiques à ceux des hommes embauchés pour décorer l'église. C'est donc ce que nous avons fait. Et me voilà, tenant une fois de plus dans la main des fleurs pour ma Mère.

Les rubans sur les couronnes portaient des noms illustres, notamment ceux des présidents de France et de Grèce. D'autres venaient de grands opéras : la Scala ; Covent Garden ; La Fenice. L'église était toujours vide quand nous les avons placées devant le templon. Je levai la tête et vis le Christ sur le dôme doré, les bras ouverts, me souhaitant la bienvenue : *Je suis le Chemin, la Vérité et la Vie*[1]. Malheureusement pour moi, la vérité était venue trop tard pour la vie ; elle n'avait apporté que l'ombre de la mort.

Nous nous assîmes au dernier rang. L'église se remplissait rapidement : des amis, des gens qui la connaissaient, mais surtout qui ne la connaissaient pas, ou du moins pas vraiment. Je n'ai jamais vu autant de photographes de ma vie. Rassemblés comme des vautours autour d'un cadavre, leur culot me rendait

1. En grec dans le texte original : *Εγώ ειμί η οδός αλήθεια και η ζωή.*

malade. Recouvert de velours noir, le cercueil arriva et, à 16 h 30, la cérémonie put commencer.

Béni soit le nom de Dieu, maintenant, pour toujours et à jamais, à travers les siècles, Amen[1]. Puis, je vis que ma Mère ne serait pas l'unique vedette de sa dernière représentation. Deux femmes arrivèrent en retard et, alors qu'elles marchaient jusqu'au premier rang, le crépitement des appareils photo et des flashs éclipsa les chants des prêtres. Je regardai *papà* avec émerveillement.

« C'est une princesse », dit-il. « Elles étaient amies ».

Ce moment s'avéra être le point culminant d'un spectacle impersonnel, mal mis en scène, qui semblait avoir été préparé en vitesse et mal répété. Perfectionniste comme elle l'était, ma Mère aurait pu se lever de son cercueil à tout moment pour ordonner à tout le monde de s'arrêter et de tout recommencer, encore et encore, jusqu'à ce qu'ils finissent enfin par faire les choses correctement.

Je demandai à *papà* si nous pouvions sortir. J'avais besoin d'air. Le silence respectueux qui régnait parmi la foule à l'extérieur contrastait de façon étonnante avec le fatras de voix étouffées et de clics des photographes qui souillaient l'intérieur de la cathédrale Saint-Stéphane. Sur le trottoir, de

1. En grec dans le texte original : *Εὐλογητὸς ὁ Θεὸς ἡμῶν, πάντοτε, νῦν καὶ ἀεὶ καὶ εἰς τοὺς αἰῶνας τῶν αἰώνων. Ἀμήν.*

l'autre côté de la rue, *papà* et moi attendions la sortie du cercueil.

Quand ce fut le moment, le silence se rompit. Les gens rassemblés dans la rue commencèrent à crier des « *brava* » et des « *viva*[1] », jetant des fleurs comme si elle était sur scène. Leurs voix tremblantes semblaient plus sincères que toute la cérémonie sans âme qui se terminait.

J'observai en silence son cercueil, porté par quatre hommes, poussé de côté par les photographes qui essayaient d'obtenir le meilleur cliché de la princesse et de sa fille descendant les escaliers. Pendant une seconde, je craignis que le cercueil ne se renversât dans la rue et que ma Mère en tombât, comme le dernier coup de théâtre d'une vie déjà dramatique. Mais le *deus ex machina* intervint, à bon escient cette fois, et les quatre porteurs purent rétablir leur équilibre.

Le corbillard orné de fleurs partit pour le cimetière du Père-Lachaise où elle serait incinérée, et où ses cendres, mises dans une boîte en métal, reposeraient en paix (du moins pour le moment).

Alors que le cortège se dirigeait lentement vers l'avenue Marceau, la foule décida de le suivre à pied. La violente poussée que provoqua leur départ renversa une vieille dame à côté de moi. Elle était sur le point d'être piétinée par les gens éplorés lorsque je

1. Le nom de sa mère était écrit ici, j'ai fait le choix de l'effacer.

me penchai et la relevai. Toute petite et fragile, elle avait une photo de ma Mère dans la main.

Elle me remercia d'une voix tremblotante. Remettant sa robe noire en place, elle me regarda et embrassa ma main. « Es-tu grec, jeune homme[1] ? », demanda-t-elle. J'acquiesçai.

Elle sourit, caressa ma joue, et avant de se tourner et de rejoindre la foule, murmura en grec : « Que ta maman soit fière de toi[2] ! »

1. En grec dans le texte original : *Ελληνάκι είσαι παλικάρι μου;*
2. En grec dans le texte original : *Να σε χαίρεται η μανούλα σου !*

49

Papà m'avait dit que ma Mère avait pour habitude de se rendre sur ma tombe chaque premier lundi du mois. Elle nettoyait la petite plaque carrée en marbre couverte de feuilles, de poussière ou de boue avec son mouchoir, s'asseyait à côté, parlait en grec, pleurait parfois, laissait une lettre puis repartait.

Le soir après les funérailles, j'étais rentré à la maison avec *papà*. Nous n'avions pas parlé des derniers événements. Je ne suis même pas sûr de ce que j'aurais pu lui dire. Parfois, je me demande si ce sentiment de tristesse convenu, qui ne laissait de place à rien d'autre, n'est pas quelque chose que j'ai superposé *a posteriori*, afin de combler le vide qui me submergeait à l'époque.

Deux semaines plus tard, je me retrouvai à Paris pour ma première visite à son emplacement au cimetière. J'avais fait en sorte que ce soit un lundi, bien entendu.

À la gare, je pris un taxi pour me conduire directement à la nécropole du Père-Lachaise. Je fus impressionné par la beauté des pierres tombales et des mausolées en marbre et en calcaire : l'art se tenant au service de la mort, de la création, de l'immortalité et de la chair pourrissante, tout ça en un seul et même endroit.

Ma Mère ne méritait-elle pas un tel monument ? J'avais imaginé une effigie avec un ange au sommet, les ailes grandes ouvertes et une trompette soufflant vers le ciel, la guidant vers l'endroit que ses notes les plus hautes avaient atteint autrefois. Pourtant, il n'y avait ni statue, ni même tombe. Elle avait demandé à être incinérée, ne pouvant supporter l'idée que des vers se repaissent de son cadavre. Le feu qui avait embrasé sa vie, artistique et personnelle, avait fini par la consumer.

J'entrai par l'avenue du Père-Lachaise. Quelques personnes erraient çà et là comme des fantômes. Marchant droit devant moi, je suivis les indications et tombai finalement sur un bâtiment qui ressemblait à une basilique byzantine. Ce vaste crématorium était entouré d'une série de bâtiments rectangulaires élégants, sous les voûtes desquelles couraient des galeries : le columbarium. J'inspectai des centaines de niches funéraires pour y trouver le nom de ma Mère. Certaines plaques commémoratives affichaient les photos des défunts, et j'étais à peu près sûr que la sienne en aurait une aussi.

Mais ses cendres étaient introuvables. Je demandai à un gardien, qui m'indiqua un large escalier menant au sous-sol du columbarium – vingt marches à descendre vers le royaume d'Hadès, celui des morts – et me donna un numéro : 16258. Il le connaissait déjà par cœur.

En entrant dans le sous-sol mal éclairé, j'entendis un son plaintif. C'était le roucoulement larmoyant de deux pigeons qui, dérangés par ma présence, sortirent d'une niche vide et s'envolèrent.

Il ne me fallut pas longtemps pour trouver ma Mère, vingt pas vers la gauche de l'allée où j'étais entré, très précisément. J'avais de la chance de détenir le numéro d'emplacement, car le seul élément qui indiquait que la niche funéraire contenait ses restes était une petite porte en métal sur laquelle ses initiales étaient inscrites. Pas de photo, pas de nom. Devant elle, sur un trépied, une couronne de fleurs avait déjà viré au brun et au gris. Le seul signe de vie était une unique rose rouge posée à côté de la serrure de la porte.

Je n'avais pas de fleurs avec moi. Je fis le signe de croix, murmurai la petite prière que Renata m'avait apprise, et restai là.

« *J'ai hâte de vous rejoindre tous les deux* », avait-elle écrit dans la dernière lettre laissée sur ma tombe.

S'il existe un endroit où nous allons après la mort, alors elle avait dû avoir la surprise de n'y trouver que mon Père. Ce qui suppose au passage qu'il soit allé au paradis, ce dont je doute fortement, pour être honnête. Dans tous les cas, il y aurait bien eu au moins quelqu'un pour lui dire enfin la vérité. Elle aurait alors regardé d'en haut notre royaume terrestre et m'aurait vu pour la première fois. Pas le bébé d'une pâleur mortelle que montrait la photo que l'infirmière lui avait donnée, mais un jeune homme vivant et en pleine santé.

Je dois admettre que ce jour-là, contrairement à ce que ma Mère faisait sur ma tombe, je n'étais pas venu nettoyer sa niche funéraire. Depuis le temps, la porte en métal anonyme a été remplacée par une plaque de marbre, offerte par son fan-club international, portant son nom et les années de sa naissance et de sa mort. Ceux qui apprécient sa voix, qui aiment la diva, et qui ont commencé tout récemment à comprendre la *vraie* femme, viennent des quatre coins du monde lui rendre hommage devant la niche – vide à l'heure qu'il est. En témoignent leurs messages d'adoration écrits sur le béton tout autour, ainsi que les baisers de rouge à lèvres.

Je ne suis pas sûr qu'elle aurait apprécié ça. Ma Mère adorait se plaindre – certains diraient « geindre » – mais dans le cas présent, elle aurait eu toutes les raisons de le faire, car l'état de son cénotaphe laisse encore beaucoup à désirer : sale, sans photo, avec seulement cinq lignes inscrites à la peinture dorée bon marché.

Elle n'aurait pas non plus aimé la plaque commémorative posée devant son appartement. Placée là en 1978, pour le premier anniversaire de sa mort, elle informe les passants que ma Mère « est morte ici le 16 septembre 1977 », comme si *mourir* était sa plus grande réussite. Quand je l'ai vue pour la première fois, j'ai eu envie de m'écrier qu'elle n'était pas simplement morte dans cet appartement. Elle y avait *vécu* : elle voyait des amis ; elle aimait, était aimée, avait été trahie, rejetée, récupérée et aimée à nouveau ; elle montait des projets et les annulait ; elle nourrissait des espoirs, puis les voyait anéantis ; elle regardait la télévision, mangeait du chocolat, recevait des lettres et des fleurs, s'écoutait parfois chanter sur des enregistrements pirates. J'ai eu envie d'enlever cette fichue plaque tellement de fois. Mais ça n'aurait rien changé. Elle ne vit plus là-bas, pas plus que ses cendres ne se trouvent derrière sa plaque au Père-Lachaise.

L'histoire officielle stipule que ses restes furent dispersés dans la mer Égée deux ans après sa mort.

La vérité, cependant, est bien différente.

50

Ce 2 décembre-là était un jour pluvieux. Paris était froid comme une étreinte sans affection. J'avais acheté un bouquet de chrysanthèmes et d'œillets et l'avais laissé sur le sol devant la niche funéraire. C'était son anniversaire, le premier après sa mort. Elle aurait eu cinquante-quatre ans.

Si les choses s'étaient passées différemment, nous l'aurions sûrement célébré ensemble. J'aurais apporté un gâteau, son préféré, car j'aurais su à ce moment-là ce qu'elle aimait ou non. Pour la première fois depuis la mort de mon Père, elle aurait peut-être eu envie de le fêter. Nous serions sortis, bras dessus bras dessous, probablement chez Maxim's. Ses amis nous auraient rejoints ; ils lui auraient chanté une chanson d'anniversaire et auraient insisté pour qu'elle chante aussi, ce qu'elle aurait fermement refusé. Et elle ne se serait guère souciée des années qui passent, de sa voix diminuée ou des occasions perdues, car son souhait le plus cher serait enfin devenu réalité : être mère. Être aimée comme une mère, et non comme une déesse.

Je ne voulais pas qu'elle passe son anniversaire seule.

Le trépied devant sa niche avait disparu. Des fleurs fraîches étaient dans le vase à côté du cadenas posé sur la petite porte en métal. Je m'assurai d'être seul avant de sortir le marteau de mon sac. Il me suffit de deux coups pour ouvrir le cadenas. À l'intérieur, une urne métallique contenait tout ce qui restait d'elle. Je l'enveloppai dans un journal et la mis dans mon sac. Le chewing-gum dans ma bouche avait depuis longtemps perdu sa saveur lorsque je l'utilisai pour refermer le cadenas. Personne ne saurait, à moins d'essayer de l'ouvrir. Et seulement alors ils découvriraient que *La Divina* avait disparu.

Environ un an après, les journaux italiens donnèrent la parole au premier (et unique) mari officiel de ma Mère, qui déclara avec stupeur que l'urne avait disparu. Le résultat de mon méfait avait été découvert. Pourtant, quelques jours plus tard, les autorités françaises avaient annoncé que l'urne était en sécurité en Suisse, conformément au souhait de la famille de ma Mère. Mais le mari n'avait pas accepté cette explication. Il avait déclaré que si c'était le cas, il aurait dû être le premier à en être informé. La guerre médiatique qui s'ensuivit dura plusieurs semaines : le mari de ma Mère accusait les Français de tromper ses fans, qui déposaient des fleurs devant une niche funéraire vide ; les autorités maintenaient leur version selon laquelle tout avait été fait selon les souhaits de la famille.

Je ne sais pas de quoi étaient faites les cendres de la boîte qui avait finalement été envoyée en Grèce. Je ne sais même pas si elles étaient d'origine humaine. Cela étant, je peux t'assurer que lors de la cérémonie pompeuse et insignifiante qui eut lieu sur le bateau, les restes qui furent dispersés dans la mer Égée – et dont une partie se retourna sur le visage des officiels et des journalistes à cause d'une brusque rafale de vent – n'étaient pas ceux de ma Mère.

Même si ses cendres sont restées avec moi toutes ces années, je continue à fleurir sa niche funéraire vide chaque fois que je suis à Paris. Elle faisait la même chose pour moi, bien qu'elle ne sût jamais que ma tombe était vide. Après tout, pourquoi pas : les temples sont vides, les saints et les dieux n'y habitent pas, et pourtant nous y allumons toujours des bougies et leur faisons des offrandes.

Depuis ce 2 décembre 1977, nous célébrons son anniversaire ensemble, autour d'une petite table discrète chez Maxim's. Juste tous les deux, elle dans son urne en métal, sur une chaise à côté de la mienne, et moi[1].

1. L'urne funéraire fait partie des objets présents dans la boîte qui m'a été remise.

51

Je n'ai rencontré le premier mari de ma Mère qu'une seule fois. Il ne tenait aucun rôle dans les projets perfides qui furent les miens ultérieurement, non pas parce qu'il avait été bon avec elle – et il l'avait été, en un sens, mais nos pires ennemis ne sont-ils pas souvent cachés sous les traits de nos admirateurs les plus dévoués ? – mais parce que la première et seule fois où je le vis, il me donna l'impression d'être déjà assez mesquin et tourmenté comme ça, sans que j'aie besoin d'en rajouter.

C'était un mercredi de juin, à Paris. Je venais d'avoir dix-huit ans et, avec ma majorité, j'avais eu accès à un très gros fonds de placement, comme l'avait stipulé mon Père. Je n'aurais jamais à m'inquiéter d'argent durant toute ma vie ; tout était *pris en charge*, pour reprendre l'expression qui m'a hanté si longtemps. Néanmoins, *papà* avait insisté pour que j'aille à l'université et que je travaille. Combiné à l'oisiveté, le fait d'être si riche à mon jeune âge ne m'aurait fait aucun bien.

J'utilisai tout de même l'argent à bon escient, ce 4 juin, armé d'un carnet de chèques à mon nom et sans limite de dépenses. La succession de ma Mère devait être vendue aux enchères à l'hôtel George-V. La salle était bondée. Beaucoup des gens présents étaient de simples curieux, quand d'autres avaient l'intention d'acheter toutes les reliques qu'ils pourraient se permettre. Et là, assis au premier rang, se tenait cet homme. Quand *papà* – qui m'avait accompagné pour s'assurer que je resterais raisonnable, même si je pouvais me permettre de ne pas l'être – me dit qui il était, j'eus l'impression d'avoir affaire à un manchot. Petit et gras, engoncé dans un costume en toile de lin blanc qui ressemblait à un sac de pommes de terre, il regardait nerveusement autour de lui.

« Il l'aimait ? », demandai-je.

« C'était une figure paternelle », répondit *papà*. « Et le premier à croire en elle. »

« Est-ce qu'*elle* l'aimait ? », insistai-je.

« Pas de la façon dont elle aimait ton Père. »

Je ne sais pas s'il le fit par amour, obstination ou possessivité, mais le pingouin finit par acheter plus de la moitié de l'héritage de ma Mère. La plupart du temps, il enchérissait contre moi. Tout le monde dans la salle s'étonnait de me voir, moi qui paraissais plus vieux que mon âge mais quand même trop jeune, lever la main pour presque chaque lot ! Après le troisième tour d'enchères, le pingouin tourna la tête vers la cinquième rangée où j'étais assis et me regarda attentivement, se demandant certainement la même chose que tout le monde : *Mais qui est ce type ? Il enchérit pour lui-même – assez improbable à cet âge – ou pour quelqu'un d'autre ? Ou est-il un enchérisseur fantôme, quelqu'un qui bluffe simplement pour faire monter les prix ?*

Très vite, il fit de notre duel une affaire personnelle. Il surenchérit sur moi dans la plupart des cas, payant des sommes exorbitantes. Les objets que je réussissais à obtenir facilement étaient ceux qui avaient été offerts à ma Mère par mon Père. Il ne montra aucun intérêt pour ceux-là, tout comme je ne montrai aucun intérêt pour leur luxueux lit nuptial du XVIIIe siècle dans lequel elle était morte, livré avec le dessus-de-lit brodé assorti à sa tête de lit sculptée et couverte de fleurs peintes. Garder le lit de ma Mère m'aurait trop rappelé Œdipe.

Le pingouin finit par dépenser plus de deux-cent-mille dollars[1]. Je réussis à acheter quelques chinoiseries et bijoux, des souvenirs de la Scala, des couverts, un étui à cigarettes avec ses initiales, une paire d'éléphants en bronze avec des brûleurs de parfum sur le dos, quelques tableaux Renaissance et deux photos

1. Environ 800 000 dollars d'aujourd'hui.

encadrées : celle de son maestro préféré avec sa dédicace manuscrite et la photo d'elle-même qu'elle préférait, habillée en Violetta dans *La Traviata*.

À mesure que la vente aux enchères se déroulait et que chaque relique de ma Mère était vendue, ma colère montait. Son héritage, produit tangible de son dur labeur, de ses triomphes et de ses malheurs, était dispersé au lieu de me revenir à moi seul, son héritier légitime.

Il apparut d'ailleurs que je n'étais pas le seul dans cette pièce à être en colère. Alors que le public prenait place, et malgré l'étouffante chaleur de l'été, une bourrasque inexplicable ouvrit deux battants de portes, endommageant une commode et faisant tomber un vase en porcelaine et un tableau. Peu de temps après, alors que la vente aux enchères avait à peine commencé, un plateau en miroir du XIXe siècle nous était présenté lorsqu'un bruit semblable à un coup de feu interrompit le discours du commissaire-priseur. Le miroir, sans aucune explication, venait de se briser en morceaux.

Oui, ma Mère était parmi nous.

Et elle n'était pas contente.

52

À dix-huit ans, la vie prend un élan singulier, peu importe que l'on soit déjà brisé ou non. Ce n'est que plus tard, une fois que la ferveur de la jeunesse s'est étiolée, et alors que nous cherchons des raisons ou des excuses à nos échecs, que nous prenons pleinement conscience de la puissance de nos traumas.

Tu penses peut-être que j'exagère l'ampleur de mes souffrances. Je me suis longtemps interrogé à ce sujet moi aussi, me demandant si ma personnalité était déjà forgée au moment où les mensonges m'ont été révélés, et si, par conséquent, j'aurais dû mieux y faire face. J'admets volontiers que mon enfance a été insouciante ; seulement, les enfances heureuses n'empêchent pas de devenir des adultes cabossés.

Bref, la vie continuait. J'avais perdu trois parents mais j'avais encore *papà*, qui se rendait plus présent que jamais. C'était comme s'il pouvait désormais me traiter enfin comme un être humain. Et même comme un fils.

Ainsi, le jour où il décréta : « Tu n'apprendras jamais la valeur de l'argent à moins de travailler pour l'obtenir », il me le dit d'une manière paternelle.

Il avait raison. Je n'avais aucune idée du coût des choses, des tarifs, des besoins de la vraie vie, et ma facilité à flamber s'était vue lors de la vente aux enchères de l'héritage de ma Mère : je n'avais cessé d'enchérir, de plus en plus haut, jusqu'à ce que *papà* me pince la cuisse, après quoi le pingouin remportait la mise. Je regrette encore de m'être trop retenu à ce moment-là, car je sais aujourd'hui que j'avais plus d'argent qu'il n'en fallait pour acheter toute sa succession. Au moins celle-ci aurait-elle fini entre des mains plus légitimes que celles du neveu de la domestique de son ex-mari ! Mais mon zèle avait terrifié *papà*. Si je continuais comme ça, disait-il, je serais ruiné avant mes quarante ans. Seulement, quand on en a dix-huit, les quarante ans paraissent bien loin. Quarante ans, c'est vieux. Et puis surtout, je ne prévoyais pas de céder à d'autres tentations avant un moment.

Même si l'argent n'était pas un souci, je considérais de toute façon que je devais me trouver une occupation. Pour ce qui était de mes futurs diplômes, de nombreuses options étaient sur la table, allant de la finance à la gestion maritime, cette dernière étant une tradition familiale. Mon Père n'avait jamais fait d'études pour ça, cela dit. Il avait tout créé grâce à la finesse de son intelligence et de son instinct – et avait tout détruit à cause des mêmes choses.

Même si j'avais choisi de poursuivre une carrière dans le transport maritime, cela n'aurait pas signifié pour autant mon intégration dans l'entreprise familiale. Car je n'étais pas de la famille. Nous étions dans les années 1970, j'étais un *bâtard*, et les tests ADN n'existaient pas encore ; les Enfers se déchaîneraient sur moi s'il me prenait l'idée de vouloir quelque chose en m'appuyant sur un fait que je ne pouvais pas prouver de façon indubitable.

J'avais dit à *papà* que je voulais passer ma vie à voyager dans le monde entier, comme Ulysse. Il m'avait répondu qu'« être Ulysse » n'était pas un travail, et que la vie de marin était trop risquée. Nous avions donc trouvé un compromis : je me dirigerais vers le domaine de l'aviation. Étant donné que je ne deviendrais jamais pilote – *mamma*, sur son lit de mort, avait fait promettre à *papà* de veiller à ce que ça n'arrive pas, et de toute façon j'étais myope – j'avais décidé de devenir ingénieur en aéronautique, un travail qui me tiendrait suffisamment éloigné des commandes. *Papà* avait accepté.

Finalement, après mes études à *Politecnico di Milano*, je devins une sorte d'Ulysse moderne, parcourant le globe à la recherche d'une destination dont je n'étais même pas sûr qu'elle existât. Je suivis les traces de mes parents dans différents pays où rôdaient encore leurs fantômes, avant de m'installer brièvement à New York.

C'est là-bas qu'un autre fils brisa la promesse faite à sa propre mère de ne jamais piloter un avion.

Mais il est encore trop tôt pour raconter ça. Chaque chose en son temps.

53

Pour l'instant, nous étions encore à la fin des années 1970 et j'étudiais l'ingénierie aéronautique. En apparence, ma vie avait pris le rythme de celle d'un jeune homme ordinaire. Mais ce n'était pas vraiment le cas. Pendant mon temps libre à l'université, je me mis à effectuer des recherches sur le passé de mes parents biologiques. Je devais les connaître. Ce que *papà* m'avait dit à leur sujet, ainsi que les bribes d'informations que ma Mère m'avait partagées dans ses lettres, ne me suffisaient pas.

Je me lançai à la recherche de tous les articles parlant d'eux, que ce soit ensemble ou séparément. Cela eut un impact sur mes études universitaires, mais en l'espace de quelques années je pus remplir plusieurs albums de coupures de presse et noircir d'informations plusieurs cahiers, principalement sur ma Mère. Depuis sa mort, une dizaine de biographies non autorisées avaient déjà été publiées. Mais toutes, qu'elles aient été écrites par des amis ou des ennemis, traitaient en grande partie de la diva et non de la femme, utilisant les clichés les plus éculés : « *La Divina assoluta* », « *la plus grande soprano* », « *une vraie prima donna* », etc.

Qu'on me comprenne bien, la carrière de ma Mère m'importait beaucoup. J'étais fier de la voix qu'elle avait, et triste d'apprendre qu'elle avait commencé à décliner trop tôt. D'autres passages des biographies et des comptes-rendus de presse me mirent en colère. Comment les gens pouvaient-ils se sentir en droit de la décrire comme « capricieuse », « inflexible », « ardente » et « tempétueuse » ? Pourquoi son régime alimentaire intéressait-il plus les gens que ses sentiments ? En réalité, pratiquement tout ce qui était écrit à propos de ma Mère en disait davantage sur ce que *les autres* ressentaient pour elle, voyaient en elle, ou attendaient d'elle.

Comment buvait-elle son café ? Qu'aimait-elle manger au dîner ? Quel était son sujet de conversation préféré ? Aucun de ses biographes ne semblait s'inquiéter de ces détails quotidiens, alors que c'était précisément ce genre de choses que j'avais besoin de savoir.

Avait-elle de nouveaux espoirs ou d'autres projets au moment de son décès ? Se préparait-elle à connaître de nouveau l'amour, ou était-elle toujours fidèle à la mémoire de mon Père, l'homme qui l'avait pourtant trahie plus d'une fois ? Je compris qu'elle lui avait pardonné son mariage avec la Veuve. Je vis des photographies de ma Mère et de mon Père s'embrassant sous un parasol, un après-midi d'été, en 1970, sur une île grecque. C'était la fête de ma Mère, le 15 août – plus importante qu'un anniversaire pour les Grecs, comme Renata me l'avait dit – et ce baiser, qui actait la persistance de leur amour, était un cadeau qu'il lui faisait. Apparemment elle l'accepta avec joie, même s'il avait épousé une autre femme.

Je persistai à creuser, à une époque sans Internet où les recherches étaient beaucoup plus fastidieuses. Pourtant, sur ma Mère je ne manquai jamais de matériau, même si leur qualité était inégale.

En ce qui concerne mon Père, c'était une autre histoire. Il y avait des articles liés à ses affaires, à son aventure avec ma Mère et à son mariage avec la Veuve, mais dans les premières années qui suivirent sa mort, il n'y eut aucun livre, aucune interview de ses proches qui auraient pu me donner des précisions sur sa personnalité. Ni les membres de sa famille ni ses associés les plus fidèles n'avaient songé à écrire – ou été autorisés à écrire – un livre sur lui.

Même s'il n'y avait nulle part de photos de la petite dame enragée qui nous avait reçus chez mon Père, puis nous avait renvoyés loin de l'hôpital parisien, j'appris qu'il s'agissait en fait de sa sœur. Je sus également que ma Mère avait une sœur, qui portait le même nom que la Veuve de mon Père (une *veuve professionnelle*, si tu veux mon avis !), et que leur propre mère était toujours en vie. Mais je n'avais pas l'intention de les contacter. Dans sa correspondance du cimetière, ma Mère m'avait raconté l'enfer qu'elle avait enduré avec elles : les brimades, la négligence et l'ingratitude ; le chantage de sa mère ; la jalousie de sa sœur. Depuis, j'ai appris que chaque médaille a deux faces, mais à l'époque j'étais tellement en colère contre elles que, si elles étaient apparues devant moi, j'aurais été capable de violence physique à leur encontre.

Maintenant que ma grand-mère maternelle et ma tante étaient hors de l'équation, qui allait bien pouvoir m'aider à en savoir plus sur la personne qu'avait été ma Mère ? Son ex-mari, le pingouin qui m'avait regardé avec tant de circonspection et de mépris pendant la vente aux enchères, était une option. Seulement, ma Mère n'avait eu aucun contact avec lui pendant les quinze années qui avaient précédé sa mort. Et apparemment, pendant et après sa liaison amoureuse avec mon Père, elle était une femme complètement différente de celle qu'elle avait été lorsqu'elle était mariée à lui.

Papà eut la réponse à ma question, une fois de plus. Quand il conduisait ma Mère au cimetière, il y avait souvent une femme qui l'accompagnait. C'était son assistante personnelle ; celle que j'avais vue tirer le rideau, celle, aussi, qui avait organisé mon rendez-vous avec ma Mère le jour de sa mort. Elle avait été sa complice dévouée et sa personne de confiance pendant plus de vingt ans.

« Sais-tu qui est la seule personne sur laquelle je puisse toujours compter ? Mon assistante, qui m'aime, m'idéalise, et qui pour moi est une mère et une sœur », avait confié ma Mère à une amie.

Et cette femme était l'une des très rares personnes à connaître son tragique secret : ma naissance et ma « mort ».

Il fallait que je la trouve.

54

J'aurais naturellement commencé ma recherche à l'adresse parisienne de ma Mère, mais l'appartement était scellé en attendant d'être *traité*, c'est-à-dire vendu – le produit de la vente devant être réparti entre sa mère et son ex-mari, deux personnes dont ma Mère ne voulait plus entendre parler. Il aurait dû me revenir. Cet endroit où elle avait vécu et où elle était morte, où sa présence serait éternellement ressentie, devait m'appartenir, et non à un étranger qui le transformerait en bureaux. J'étais le seul héritier légitime de son appartement, de sa succession et de sa mémoire. Pour les deux premiers, je ne pouvais pas faire grand-chose. Mais rien ni personne ne m'empêcherait de revendiquer le dernier.

Trouver la loyale assistante se révéla compliqué. Elle avait disparu après la mort de ma Mère, contrairement à l'autre membre de cette unité domestique réduite, le majordome et chauffeur, l'homme que j'avais aperçu en train de promener ses chiens avec elle. *Papà* savait qu'à la suite du décès, il avait été embauché par la fille de mon Père, qui était obsédée par ma Mère à ce moment-là, bien qu'elle l'eût détestée de son vivant. Comme je ne savais pas s'il connaissait le secret entourant ma naissance, je ne pris pas le risque de le contacter.

Par le réseau de *papà*, l'assistante personnelle fut localisée à Feltre, une petite ville du Veneto. *Papà* l'appela de nouveau, jouant la carte du « neveu », mais elle se montra encore plus réticente à me rencontrer qu'avant.

« Madame est morte, laissez-la reposer en paix », lui répondit-elle sèchement.

En soi, sa colère n'était pas dirigée contre *papà*. Car ce n'était pas seulement la voix de *papà* qu'elle entendait au téléphone, c'était celle de tous les gens qui avaient harcelé, poursuivi, fait du mal ou causé des injustices à sa *Madame* quand elle était encore en vie, et qui la traquaient maintenant pour obtenir une interview ou quelque matériau juteux qui remplirait un livre ou un article.

Il fallut que *papà* lui donnât l'assurance catégorique que je n'étais ni journaliste ni écrivain, mais quelqu'un qui aimait *Madame* sans pourtant l'avoir jamais connue – la vérité dans toute sa crudité ! – pour qu'elle accepte de me voir.

Nous avions entamé nos cinq heures de trajet avant le lever du soleil. Juste avant midi, nous étions arrivés dans un petit bloc d'immeubles moderne et impersonnel qui ne ressemblait en rien à celui de l'avenue Georges-Mandel. En montant les escaliers jusqu'à l'appartement de l'assistante, je me demandai si elle avait choisi de vivre là, ou si elle n'avait pas eu les moyens d'habiter ailleurs. Et si cette dernière hypothèse était la bonne, comment se faisait-il que ma Mère n'ait pas *pris en charge* la seule personne sur qui elle avait pu compter ?

Elle nous attendait à la porte. Elle était plus petite que *papà*, ni mince ni grosse. Ses épais cheveux brun foncé étaient coiffés au-dessus de ses épaules ; ses yeux suspicieux, dont la méfiance se complétait d'une petite bouche serrée, nous scrutaient comme si elle se demandait s'il fallait nous claquer la porte au nez ou non. Et en effet, en voyant *papà*, son humeur s'assombrit davantage. L'idée qu'il puisse être là pour lui faire du chantage en menaçant de révéler les visites de ma Mère au cimetière lui vint probablement à l'esprit. Elle n'avait aucune idée de ce qui l'attendait.

Elle nous laissa entrer sans cérémonie, sans sourire ni accueil, et nous dirigea vers le salon. « *Allora* ? », dit-elle pour briser le silence.

Papà jugea qu'il était temps pour lui de partir. Je devais faire cela sans lui.

« Je reviendrai plus tard », dit-il en fermant la porte derrière lui.

L'assistante et moi étions assis en silence dans ce salon presque vide. Aucun signe de ma Mère ; pas une photo, une peinture ou tout autre objet qui aurait pu lui appartenir.

Les secondes passèrent jusqu'à ce qu'elle répète d'une manière froide et distante : « *Allora* ? »

55

« Que puis-je faire pour toi ? »

Sa phrase sonnait davantage comme une invitation à un duel que comme une question sincère. Sans attendre de réponse, elle continua : « Tu n'es pas journaliste, n'est-ce pas ? »

Je secouai la tête avec véhémence et l'assistante, légèrement soulagée, continua à parler, presque pour elle-même. « Elle lisait toujours toutes les choses folles écrites à son sujet. Elle savait que ça la rendrait furieuse ou triste, mais elle les lisait quand même. Dieu merci, maintenant elle ne peut plus. »

Comme si elle avait parlé hors de propos, ou comme si elle venait de comprendre qu'elle avait révélé trop de choses sur *Madame*, l'assistante se mordit les lèvres si fortement qu'elles en perdirent leur couleur.

Comme ce fameux jour devant l'interphone, j'étais en train de perdre tous mes moyens, mais cette fois au moins j'étais face à elle. J'ouvris mon sac à dos et lui remis trois pages : trois lettres de différentes années, deux en assez bon état, la dernière en partie tachée par la pluie.

Curieuse malgré elle, elle saisit les feuilles pliées, les posa sur ses genoux et ouvrit la première. Son regard stupéfait m'indiqua qu'elle reconnaissait l'écriture. Cependant, elle ne pouvait rien déchiffrer de leur contenu, rédigé en grec. Ce n'est qu'au moment où elle découvrit la troisième lettre – peut-être fut-elle frappée par son état ou par la date, le 30 mars 1968, mon huitième anniversaire – qu'elle comprit l'importance de ce qu'elle tenait dans ses mains.

Elle explosa. D'un geste violent, elle serra les papiers dans la paume de sa main et les dissimula derrière son dos. Puis elle bondit du canapé, tel un chien sur le point d'attaquer l'ennemi de son maître.

« Où as-tu trouvé ça ?! »

Je restai assis, la regardant droit dans les yeux et essayant de cacher le tremblement dans ma voix quand je répondis que c'était *papà* qui me les avait données.

Il lui sembla que ses soupçons se confirmaient. « Sors d'ici ! », s'écria-t-elle. « Comment osez-vous venir ici pour… pour faire quoi ? Me faire chanter ? Salir la mémoire d'une femme défunte ? »

Elle cracha par terre et hurla à nouveau : « Dehors ! »

Heureusement, j'avais anticipé une telle réaction, ce qui me permit de garder mon calme.

« Je n'ai pas l'intention de faire chanter qui que ce soit. *Papà* non plus. »

« Alors qu'est-ce que tu me veux ? Et combien en as-tu ? Tu dois me les donner. »

Elle tenait toujours les trois lettres derrière son dos.

Mon refus catégorique l'alarma encore plus. « Non. Les lettres sont à moi. »

« Menteur ! », cria-t-elle.

De la manière la plus calme possible, mais avec gravité, j'insistai : « Ces lettres, toutes sans exception, m'appartiennent. »

Soudain, je vis ses yeux parcourir mon visage dans tous les sens, comme la bille métallique d'un flipper. Je repris : « Elles ont été écrites *pour moi*. Je suis son… »

Je n'eus pas le temps de finir ma phrase. Elle me gifla avec sa main libre.

Trop choqué pour bouger ou parler, je me contentai d'enlever mes lunettes et les gardai en main.

Elle-même sous le choc, elle regarda la marque rouge sur ma joue, puis continua à scanner mon visage – mon nez, mes lèvres, mes yeux, mes oreilles, mon front, mes cheveux brun foncé.

Alors elle poussa un cri. Son visage devint livide, comme si toute sa couleur venait de s'échapper par sa bouche grande ouverte. La pâleur de l'inconcevable remplaça le rouge de la colère.

Elle savait.

Et tandis que nous restions là figés – sans bruit, sans larmes, dans le vide et la pesanteur – je me souvins d'un épisode de l'*Odyssée*. Quand Ulysse revint à Ithaque, ce ne fut ni sa femme ni son fils qui le reconnurent en premier ; ce fut la servante qui l'avait nourri enfant.

Je venais d'être reconnu par ma propre Euryclée, la femme qui m'avait vu alors qu'ils m'emmenaient hors de la pièce de la clinique, la femme qui avait informé ma Mère que son enfant était mort.

56

« Est-ce que tu as faim ? » furent les seuls mots qu'elle prononça, quelques minutes plus tard. Je pouvais soudain voir la fatigue dans ses yeux marron, toujours fixés sur mon visage.

Je hochai la tête.

« Combien de temps avons-nous avant que ton… », elle hésita, cherchant le mot juste, « avant qu'*il* vienne te chercher ? »

Je lui parlai du plan que nous avions établi : *papà* resterait dans la voiture, attendant un signal. Et nous improviserions. Elle me dit alors d'aller le chercher pour manger.

Nous nous étions assis dans sa petite cuisine, autour d'une table en Formica jaune avec de grosses fleurs dessus. Le déjeuner fut simple, des pâtes avec de la sauce tomate, et surtout silencieux. Malgré tout, ce fut délicieux ; c'était quelque chose que *Madame* avait l'habitude de faire, murmura l'assistante.

Après avoir fini de déjeuner, elle sembla avoir repris un peu de force. Elle me regardait de temps en temps, puis baissait les yeux vers son assiette, puis me fixait à nouveau, comme si elle avait quelque chose à confirmer ou à réfuter. Cette observation visuelle laisserait bientôt place aux questions qu'il fallait nécessairement aborder. Il ne faisait aucun doute qu'elle voulait désormais tout savoir.

Il n'y eut pas de dessert, juste un peu d'*amaro*[1] pour *papà*. Après sa dernière gorgée, elle lui dit qu'elle voulait lui parler seul à seul. Je restai dans la cuisine, jouant nerveusement avec un verre vide dans mes mains. Pendant vingt minutes, je ne perçus pas un mot de ce qui se dit derrière la porte fermée. Ils n'élevèrent pas la voix une seule fois, mais quand ils revinrent, je remarquai qu'elle avait pleuré. Des larmes de joie ? De colère ? De regret ? Probablement un peu des trois.

Papà retourna dans sa voiture, m'assurant que j'avais tout le temps dont j'avais besoin. Il ferait une sieste là-bas en m'attendant ; nous pourrions rentrer chez nous dès que je le voudrais.

C'était seulement elle et moi à nouveau, dans le salon.

« Mon pauvre enfant, pauvre Madame », soupira-t-elle.

1. Un digestif italien amer.

Elle posa sa main sur la mienne, les yeux fixés sur mes longs doigts.

« Tu as ses mains. Est-ce que tu joues du piano ? »

« Non, je n'ai pas été autorisé à étudier la musique », avouai-je, comprenant d'un coup pour la première fois la raison de cette interdiction.

Elle hocha la tête. « Est-ce que tu sais quoi que ce soit à propos d'*elle* ? »

Elle ne parvenait pas à dire *de ta mère.*

« Des bribes, des petits morceaux. Voilà pourquoi je voulais, j'avais besoin de… »

Un autre mouvement de tête, elle serra ma main.

Elle plaça ensuite ses deux mains sur mon cœur, comme pour s'assurer qu'il battait, que je n'étais pas un fantôme, ni une création de son imagination.

Quand ma Mère s'était réveillée de l'anesthésie dans cette clinique, quand elle avait tendu les bras pour tenir son bébé, il n'y avait eu rien d'autre qu'un vide. Ce fut l'assistante qui lui avait dit que j'étais mort sur la route me conduisant vers un hôpital.

« Ils nous ont dit que tu étais mort parce que tes poumons n'étaient pas assez forts. »

Quelle blague tordue, quand on y pense, que de dire à une femme dont la carrière dépendait de ses poumons que l'enfant qu'elle désirait plus que tout était mort à cause de leur faiblesse ? Comment quelqu'un avait-il pu être si cruel ?

« Ils ont ramené une photo. C'était flou ; tes yeux étaient fermés comme si tu dormais, bien que tu étais… Enfin bref, c'est tout ce qu'elle a eu. Une photo de son bébé mort. Après ça, elle l'a portée dans son sac en permanence. »

Quand je demandai à la voir, elle haussa les épaules.

« Elle a disparu. Je ne sais pas ce qui s'est passé. Elle a dû se perdre quand ses affaires ont été vendues. Ou alors quelqu'un l'a prise. Qui sait… »

57

Au cours de ces premiers jours, il n'y eut aucune mention du projet de mon Père, de mon adoption, de la façon dont j'avais grandi ou du rôle qu'il avait choisi de jouer dans ma vie. Je suppose que *papà* avait déjà donné à l'assistante la plupart de ces détails lors de leur tête-à-tête.

Ce furent des détails plus importants qui remplirent ces premiers jours et ces premières nuits. Je ne suis même pas sûr que l'on puisse parler de *jour* et de *nuit*, car dès que nous commencions à parler, le temps prenait des dimensions différentes. La couleur du ciel, l'heure de la journée, le tic-tac de l'horloge – tout cela avait peu d'importance. Notre conversation durerait aussi longtemps qu'il le fallait, au service de la mémoire de ma Mère.

Tu te souviens quand je t'ai dit qu'il n'y avait aucune trace d'elle dans le salon ? C'était une décision consciente. L'assistante ne voulait pas que qui que ce soit puisse entrer dans son appartement et souiller la mémoire de *Madame* de ses yeux prédateurs. Pourtant, il existait bien un sanctuaire à l'intérieur des murs de sa petite maison, mais pour ses yeux seulement – et maintenant les miens aussi.

C'était dans la pièce qui aurait dû servir de chambre principale. L'assistante préférait dormir dans la deuxième chambre, beaucoup plus petite, pour laisser tout l'espace nécessaire à *Madame*. Mais même là, il y avait à peine assez de place pour se faufiler entre toutes les boîtes et les étagères couvertes de photos, d'articles et d'objets encadrés. Des dizaines de boîtes, empilées les unes sur les autres à même le sol, étaient remplies d'objets décoratifs, de lettres, de films Kodak et Super 8, d'albums photo, de programmes de concerts et de carnets avec des pages découpées de magazines et de journaux. S'ajoutaient à ce capharnaüm quelques portraits peints, des bouteilles de parfum, des chaussures et un placard plein de vêtements. Sur sa porte et sur une petite penderie à côté étaient suspendus un manteau de vison et quelques robes de plus, propres et sans plis, prêtes à être portées à tout moment.

Cette chambre, ou plutôt cet entrepôt chaotique de souvenirs, était bien plus empreinte de respect et d'affection que n'importe quelle exposition ou collection que j'ai visitée depuis. L'assistante marchait parmi ces reliques comme on aurait marché entre les bancs d'une chapelle. Ajoutant à cette religiosité ambiante, une lampe à huile posée sur un petit bureau vacillait doucement devant une photo de ma Mère. Elle n'était pas sur scène, ni en robe de soirée. Elle était dans une chemise de nuit bleue, assise sur un canapé et jouant avec l'un de ses chiens. Ce n'était pas la diva que l'assistante vénérait ; c'était la femme, la compagne, l'amie.

D'un coup d'œil oblique, elle s'assura qu'il y avait assez d'huile dans la petite lampe, prit un album photo et me poussa doucement vers la porte. Elle m'avait permis d'entrer dans son temple, mais n'était pas prête à le partager plus longtemps. Après tout, elle me connaissait à peine, que je sois le fils de *Madame* ou non.

En sortant, mon bras frôla une robe rouge accrochée à côté de la porte. Sans réfléchir, je pris la manche longue brodée de fleurs dorées, et la portai avec douceur à mon visage. J'avais envie de sentir son parfum. On dit que les odeurs sont liées à la mémoire plus que tout autre sens. Sans m'en rendre compte, je voulais me créer un souvenir, même rétrospectif.

La main de l'assistante, qui m'avait gentiment poussé jusqu'ici, caressa mon dos avec tendresse.

« Attends », dit-elle.

Elle ouvrit un cabinet rempli de dentelles et de linge, en sortit un petit mouchoir blanc et le trempa dans une bouteille de *Calèche* d'Hermès à moitié vide qui était sur le bureau.

« C'était son préféré », dit-elle en le tendant vers moi.

Le mouchoir sentait l'été, les citrons, les oranges et les cyprès.

« Garde-le. C'est à toi. » Avant de refermer la porte du temple, elle conclut dans un murmure : « Tout aurait dû être à toi. Si seulement elle avait su… »

58

Grâce à l'album photo de l'assistante – et d'autres qui m'attendaient dans le temple – je commençai enfin à me faire un meilleur aperçu de la personne qu'avait été ma Mère. Le temps dans l'appartement continuait de s'écouler de manière indistincte. Nous nous aménagions de brèves pauses pour manger et nous reposer afin d'apaiser la douleur des souvenirs vécus, ou perdus. Parfois, nous ne pouvions tout simplement plus rester éveillés. De temps en temps, l'assistante fermait les yeux sur le canapé et s'endormait un moment. Les premiers jours, elle rouvrait souvent les yeux terrifiée, regardant autour d'elle pour s'assurer que j'étais toujours là, que je n'étais pas un rêve. Elle ne voulait pas dormir dans sa chambre de peur de se réveiller et que je sois parti. J'avais refusé son offre de m'y coucher moi aussi. Et ainsi, Hypnos, le dieu grec du sommeil, nous trouvait parmi les papiers et les photos, tenant un album ou quelque lettre, sur le canapé, le fauteuil, autour de la table de la cuisine ou à même le sol. J'espérais qu'il informait son frère jumeau, Thanatos, le dieu de la mort, qu'il nous voyait ensemble l'assistante et moi, chaque fois qu'il nous rendait visite. Et que Thanatos transmettait le message à ma Mère.

Elle aurait été si heureuse de savoir que deux des personnes qu'elle avait le plus aimées, sa fidèle compagne et le fils qui aurait dû être le sien, étaient enfin réunies. Pour parler d'elle.

Pour l'aimer.

59

L'assistante ne cessait de répéter qu'elle sentait la présence de ma Mère parmi nous. Et même si je ne partageais pas cette sensibilité surnaturelle, elle était bien là, dans toutes ces photos. Elle était l'élève à lunettes, grande et gênée parmi d'autres enfants souriants, l'adolescente sévère assise par terre à côté de sa mère, la jeune femme corpulente en Gioconda, l'un de ses premiers rôles, regardant hors du champ de l'appareil photo mais toujours avec cette puissance dans ses grands yeux expressifs. Plus tard, elle était la dame raffinée en contre-jour, les yeux maintenant fixés droit sur l'objectif, avec défiance. Elle était la tigresse écrasant une assignation judiciaire dans son poing ; la femme dévouée debout à côté de son mari ; la maîtresse souriante et follement amoureuse près de mon Père ; la femme solitaire et courbée dans la rue, comme un fantôme glorieux.

Je compris rapidement qu'il y avait une distinction claire entre les différents albums photo : ceux qui contenaient des photos de *La Divina*, l'illustre alter ego de ma Mère, étaient étiquetés avec son nom de famille ; ceux qui documentaient sa vie personnelle, comportant des photos qui ne furent jamais rendues publiques, ne présentaient aucune indication.

« *En somme, il y a deux personnes en moi* », avait-elle déclaré un jour dans une interview, expliquant qu'elle voulait être elle-même, mais qu'il y avait aussi l'image emblématique à laquelle elle devait répondre. « *Donc je fais face aux deux autant que je le peux...* »

Ces albums sans étiquettes contenaient la femme que j'avais besoin de connaître, et les paroles de l'assistante aidaient à la ressusciter. Chaque photo avait son histoire. Je ne parlais pas ; j'écoutais simplement les innombrables détails, quelquefois insignifiants (mais tout aussi importants pour moi), qui jaillissaient de sa bouche comme quand une personne solitaire trouve enfin une oreille attentive à qui parler. Et j'étais plus que demandeur : j'étais comme quelqu'un qui avait frôlé la noyade et qui cherchait de l'air après avoir réussi à remonter à la surface.

L'assistante ne semblait pas se censurer dans ce qu'elle disait, mais je n'entendais aucun commentaire négatif, pas même le début d'un propos nuancé au sujet de ma Mère. Apparemment, qu'on la considère comme une femme ordinaire ou comme *La Divina*, elle était incapable de faire le moindre mal. Du moins, c'était l'image qui en ressortit pendant les premiers jours. L'assistante avait probablement eu l'intuition, et je pense qu'elle avait raison à ce stade, que j'avais besoin avant tout d'en faire une figure idéale.

Ce ne fut que plus tard, quand mon infatuation eut un peu diminué, que je pris conscience qu'il me fallait connaître toute la vérité. Après tout, un être humain est par définition imparfait. Mais pour l'instant, je profitais simplement des histoires de l'assistante qui recensait toutes les belles qualités de ma Mère : son sens de la justice, son amour pour ceux qui l'aimaient, son rire, son perfectionnisme, son travail acharné, sa détermination, son sens du sacrifice, son grand cœur, sa *grécité*.

Il y avait une photo de famille, prise en Grèce, de trois femmes – ma Mère, sa sœur et leur mère – en rang serré, portant de grands chapeaux. J'avais déjà lu dans la première lettre de ma Mère que sa propre mère l'avait maudite en lui disant qu'elle n'aurait jamais d'enfants. Comment avait-elle pu faire ça à sa fille ? Surtout une Grecque, qui sait qu'il n'y a rien de plus grave qu'une malédiction maternelle – sauf peut-être le *mati*[1] d'un prêtre, comme Renata le disait souvent !

Elle me raconta comment la mère de ma Mère avait menacé de vendre des histoires à la presse si ses demandes d'argent démesurées n'étaient pas

1. Le mauvais œil.

satisfaites. Puisque ma Mère avait rejeté son chantage, elle avait donné des interviews qui brossaient le portrait d'une fille froide et ingrate, vivant dans l'opulence, tandis que sa pauvre mère luttait pour sa survie.

« Madame était dévastée. Elle racontait souvent comment sa mère avait exercé une pression financière sur elle depuis l'enfance, comment elle avait même essayé, à Athènes, de la prostituer à des soldats de l'occupation pendant la guerre. Comment elle était toujours perçue comme l'inadaptée, et sa sœur comme la princesse. Pour sa mère, sa sœur était parfaite, belle, gracieuse, et méritait tout dans la vie, tandis qu'elle ne méritait rien, n'était jamais assez bonne et n'avait réussi que par le fruit du hasard. »

La voix de l'assistante se chargea de colère en racontant ces histoires de famille, puis se tut brusquement. Après quelques secondes de tension, elle me demanda si j'avais l'intention de les rencontrer.

« C'est quand même ta grand-mère », ajouta-t-elle d'une voix prudente.

« Non », répondis-je fermement.

Je ne pus m'empêcher de remarquer qu'elle fut satisfaite de ma réponse. J'avais fini par détester cette grand-mère qu'on m'avait présentée comme une vieille sorcière maléfique. Je me demandais comment des parents pouvaient traiter leurs enfants de cette façon, en oubliant au passage comment mon propre

Père m'avait traité. À mon questionnement toujours en cours sur le rôle du destin contre le choix personnel, j'ajoutai la question de savoir si une vie de famille malheureuse et une vie personnelle malchanceuse pouvaient être héréditaires.

Enfant, ma Mère n'avait jamais été autorisée à se tenir devant un miroir plus de quelques secondes. Qu'y avait-il à voir, disait sa mère, sinon une fille grosse et laide, avec un visage couvert de boutons et des cheveux ébouriffés ? D'ailleurs, il n'y avait pas de temps pour la vanité, d'autant moins que rien dans sa laideur ne la justifiait ; non, il n'y avait de temps que pour l'étude et la pratique du chant.

Plus tard seulement, lorsque le papillon émergea de sa chrysalide, ma Mère commença à apprécier sa nouvelle apparence. Elle posait, baissait ou levait la tête pour trouver l'angle parfait, jouait avec les coiffures, travaillait avec la lumière et les ombres ; elle apprit bientôt à se tenir devant l'appareil photo et à le remplir de sa propre lumière. Elle n'était plus le vilain petit canard maladroit et mal-aimé. Elle était devenue un cygne fabuleux, adoré par des millions de gens, détesté par d'autres. Mais comme pour tout, dans sa vie, elle dut travailler dur pour sa beauté. Ce n'était pas un don naturel. Sa voix non plus.

Sur ces photos, prises alors que sa carrière était florissante et la remplissait de fierté, de sourires et d'élégance, son mari était souvent présent. Elle l'aimait, m'assura l'assistante. Et *Signore* l'aimait aussi. Il n'y avait rien d'excitant là-dedans : il était pour elle une figure paternelle, un mentor, un sponsor, et pour toutes ces choses au moins, elle lui était reconnaissante.

« Mais ensuite la renommée lui est montée à la tête – c'est ce que Madame disait. »

C'était un grand homme d'affaires, mais son entreprise était spécialisée dans la fabrication de briques. Lorsqu'il commença à prendre en main les obligations de ma Mère, ses performances et ses honoraires, des problèmes et des malentendus survinrent rapidement. Puis il commença à se comporter davantage comme un père despotique que comme un mari la soutenant. Et malgré tout, elle supporta tout cela : elle l'aimait et comptait sur lui parce que, venant d'une maison sans amour, elle ne connaissait rien d'autre. Jusqu'à ce qu'elle comprenne que l'amour, ce n'était pas ça. Jusqu'à ce qu'elle rencontre *l'autre.*

L'assistante me montra une autre photo : septembre 1957, sur la terrasse de l'Hôtel Excelsior à Venise, ma Mère et mon Père, tous deux mariés à d'autres à l'époque, en pleine conversation.

La première photo d'eux ensemble.

60

J'avais besoin de tout savoir sur leur liaison, non seulement pour me rassurer sur le fait que j'étais bien le fruit d'un amour véritable, mais aussi pour trouver des réponses à ce qui m'était arrivé. Il était déjà établi que ma Mère ne savait rien de mon existence. Elle n'avait eu aucun moyen, jamais, de soupçonner que j'étais encore en vie ; sinon, elle n'aurait jamais abandonné, affirma l'assistante. Elle aurait remué ciel et terre pour me trouver, et personne n'aurait été capable de retenir une tigresse à la recherche de son petit.

C'était la décision de mon Père, une décision que seul son cercle très proche connaissait. Sa sœur était au courant depuis le début. Avec le temps, de plus en plus de gens avaient découvert la vérité, y compris sa fille et la Veuve, mais rien n'était jamais parvenu jusqu'à ma Mère.

Sans le justifier, l'assistante avança des explications rationnelles à ce que mon Père avait fait. Il avait déjà une famille avec deux enfants. Il n'y avait pas de place dans sa vie pour un fils illégitime. Or c'est ce que j'étais. Je fus conçu au tout début de leur liaison qui commença pendant une croisière à l'été 1959. Ils tombèrent amoureux. Mais leur amour était destructeur, comme la plupart des histoires passionnelles. Ils ne se fréquentaient que depuis quelques mois quand ma Mère lui annonça qu'elle était enceinte. Il réagit avec fureur. Il fut très clair sur le fait qu'il ne voulait pas de moi, et lui demanda d'avorter. Il n'avait pas l'intention de me reconnaître, ni de quitter sa femme. Il voulait que ma Mère, son nouveau trophée, reste bien à sa place de maîtresse, comme c'était son habitude.

Tout à la fois défiante et fidèle à la rigidité de son propre code moral, ma Mère répondit qu'elle garderait le bébé, avec ou sans lui.

Ainsi, mon Père changea d'avis – du moins en apparence. Mais s'était-il vraiment laissé convaincre pour la seule raison qu'elle lui avait résisté, et avait réagi comme une héroïne grecque ? Non, je ne parierais pas là-dessus. Je suis persuadé qu'il ne faisait que gagner du temps pour trouver un moyen de se débarrasser définitivement de moi. Bien qu'il ne songeât probablement pas à me laisser mourir au sommet d'une montagne ni à me jeter à la mer entre quatre planches, comme mes homologues mythologiques, je devais disparaître.

Tout en sauvant les apparences, il commença à planifier un avenir avec ma Mère et leur petite famille. La grossesse devait être tenue secrète, bien entendu. Étant toujours mariés, un scandale leur nuirait tous les deux. Il lui dit qu'il achèterait une maison en Suisse, où je grandirais en toute discrétion jusqu'à ce que tout soit prêt pour que mon existence fût révélée. J'étais leur « projet Suisse », selon le nom de code qu'ils m'avaient donné.

Elle était absolument ravie de son revirement. Elle lui écrivait de longues lettres – qu'elle lui remettait en main propre lorsqu'ils se voyaient, pour éviter qu'elles ne tombent entre de mauvaises mains – sur la façon dont je serais élevé, sur le fait que, même si j'avais un passeport italien, suisse ou américain, je serais toujours Grec et fier de l'être. Je serais le fils d'une déesse et d'un héros.

Elle avait oublié, cependant, que même les descendants des héros et des dieux sont esclaves des *Moîrai*[1]. Ignorant tout de ses véritables intentions, elle dit à mon Père qu'elle voulait avoir trois enfants : deux garçons et une fille. Le premier s'appellerait Omero, comme l'oncle préféré de mon Père ; le deuxième Socrate, comme son père à lui ; et la fille Elvira, d'après la professeur de musique et de chant de ma Mère, qui avait fini par remplacer sa mère dans son cœur.

1. Les déesses grecques du destin.

De toutes les lettres que l'assistante a conservées – il les rendait toujours à ma Mère après les avoir lues –, ce sont celles qui me font le plus souffrir. Dans sa naïveté – car malgré son apparence mondaine, l'amour l'avait rendue étonnamment naïve – jamais ma Mère n'aurait pu soupçonner que l'homme qu'elle adorait fût d'une telle cruauté. Aucun être aussi cher ne pouvait la priver de la chose qu'elle voulait le plus au monde.

Il n'y a qu'une seule photo d'elle pendant cette grossesse, comme si ma Mère avait craint de l'assumer. La malédiction maternelle pesait certainement sur son état d'esprit, autant que les superstitions de sa culture. « Ne partage jamais de bonnes nouvelles, sinon le mauvais œil viendra et te mordra », répétait-elle souvent à son assistante.

La photo date de janvier 1960. Elle regarde l'appareil avec un sourire, la main posée sur son ventre. Le bonheur se lit dans ses yeux.

Le bonheur d'un rêve sur le point de se réaliser.

61

Elle eut la prémonition qu'elle enfanterait un garçon. Elle en était contente car elle pensait que mon Père serait beaucoup plus heureux avec un fils, car c'était un héritier de plus pour son empire. Elle ne comprenait pas que c'était justement ce qu'il voulait éviter.

Les sages-femmes racontent que prendre du poids dans le bas du ventre et avoir envie de collations salées sont des signes que l'enfant à naître sera masculin. Ma Mère était de plus en plus convaincue qu'elle allait avoir un *Omero*[1].

Mon Père quant à lui gardait ses distances. Il avait promis de passer Noël 1959 avec ma Mère, mais ne le fit pas. Il ne pouvait pas laisser ses enfants seuls, dit-il, maintenant que lui et leur mère se séparaient. Ses priorités étaient claires même à ce moment-là – comment avait-elle pu être si aveugle ? Il privilégierait

1. En grec dans le texte original : *Ομηρο*.

toujours ses enfants légitimes au détriment d'un bâtard, fils ou non.

Ma Mère était dévastée, mais se rassurait en se disant qu'elle avait fait le bon choix en me gardant. « Peu importe qu'il vienne ou non », dit-elle à son assistante, les larmes aux yeux. « Je vais bientôt avoir mon petit prince et je ne serai plus jamais seule. »

Alors même qu'elle voulait cacher sa grossesse, elle aimait jouer avec les médias de temps en temps ; sans doute essayait-elle aussi de provoquer mon Père pour qu'il lui prête davantage attention. J'eus l'occasion de regarder une interview qu'elle donna en février 1960 à un journal français. Réalisée au palais Garnier, elle avait été publiée avec le titre : « *Je ne veux plus chanter, je veux avoir un enfant* ». Une annonce alléchante de ce qui devait advenir. Mais qui n'advint jamais.

Ma Mère était retournée dans sa villa à Milan, où elle voulait passer les derniers mois précédant l'accouchement. Là-bas, elle était seule. Mon Père continuait sa vie comme si rien n'avait changé. Elle se sentait isolée, trahie ; et cela cultivait d'autant plus son amour pour moi. C'était *nous* contre le reste du monde. Elle parlait à son ventre et écoutait du classique ou de la variété, mais jamais ses propres disques. Elle ne me chanta jamais rien pendant sa grossesse, pas la moindre note, comme si elle avait voulu tenir éloignée l'ombre menaçante de la diva de son bonheur personnel.

Ses examens de contrôle étaient effectués régulièrement dans une clinique de Milan, où elle était enregistrée sous le nom de Lengrini. Tous les rendez-vous étaient soit très tôt le matin, soit tard le soir, ce qui, en plus de ses cheveux fraîchement coupés, de son maquillage modeste et de ses vêtements ordinaires, l'aidait à passer inaperçue. La clinique ainsi que son médecin traitant et son personnel étaient sélectionnés par mon Père. Il leur fut versé des sommes considérables pour qu'ils gardent secrète l'identité de cette femme enceinte. J'imagine que les montants reçus pour faire ce qu'ils accomplirent après l'accouchement furent encore plus importants.

Alors que l'assistante commençait à me raconter les événements du jour de ma naissance, l'émotion disparut de sa voix, comme si elle n'avait pas été partie prenante de l'affaire.

« Le 30 mars, tôt le matin, nous sommes arrivés à la clinique où nous avions prévu un rendez-vous pour vérifier que tout allait bien. Madame souffrait de dyspnée et de fatigue, mais rien d'inhabituel pour quelqu'un qui était entré dans son huitième mois.

Mais le médecin lui a dit qu'il y avait un problème, que le cœur du bébé semblait faible. Il devait l'accoucher sur-le-champ. Avant que l'anesthésie ne fasse effet, elle m'a dit d'appeler ton père. Il était en croisière ; j'ai dû l'appeler sur son yacht. Une secrétaire a répondu, mais je ne pouvais pas révéler la raison de mon appel. Je lui ai simplement dit qu'il devait appeler Madame dès que possible. »

Ainsi donc, ma Mère était seule dans cette salle d'accouchement, entourée de personnes inconnues, et le père de son bébé introuvable. Même son assistante fut chassée.

« Le médecin a fait une césarienne. Et même derrière la porte, je t'ai entendu ! J'ai entendu ton premier cri, fort et fier. J'ai pensé, en souriant, que tu avais les poumons de ta mère ! »

Les larmes coulaient désormais sur son visage.

« Imagine ma surprise au moment où la porte s'est soudainement ouverte quelques secondes plus tard. J'ai été poussée sur le côté par une infirmière alors que le médecin, le bébé dans les bras, courait devant. "Il ne peut pas respirer", m'a-t-elle dit. "Nous devons l'emmener dans un hôpital ; nous n'avons pas l'équipement nécessaire ici. Restez avec la mère." Je n'ai eu de toi qu'un aperçu : ils venaient de te laver, tu étais rose et silencieux. Ce n'était qu'un aperçu, mais déjà bien plus que ce que ta mère avait vu elle-même. Quand elle s'est réveillée quelques heures plus tard, j'ai dû lui dire que son bébé était mort dans l'ambulance, en route vers l'hôpital. Le médecin a expliqué que c'était dû à des problèmes respiratoires.

Il a dit qu'il était désolé. Ensuite, une infirmière a sorti une photo de sa poche et l'a remise à Madame, encore étourdie par l'anesthésie. À l'époque, j'ai supposé que c'était par sympathie qu'ils lui avaient donné une photo de son bébé mort pour qu'elle ait un souvenir de lui. Maintenant, je comprends que c'était dans le seul but de lui faire avaler leur histoire. Ce n'était que la miette d'un bonheur dont elle ne connaîtrait jamais le goût. Et maintenant que j'y pense, il ne m'est jamais venu à l'esprit de me demander comment la photo avait été prise et développée en si peu de temps. Était-ce même toi sur cette photo ? »

Incapable de répondre, je haussai les épaules. Elle fit de même.

« Eh bien, tu es là maintenant. Même si c'est dix-neuf ans trop tard. »

62

Quelques heures après l'accouchement, mon Père appela. Il avait d'abord tenté de la joindre chez elle, et comme personne n'avait répondu, il avait téléphoné auprès de la clinique. C'est du moins la version officielle qu'il donna. Car il ne fait aucun doute qu'à ce moment-là, il avait une image claire de la façon dont son plan s'était déroulé. Son fils, né vivant et en bonne santé, serait bientôt confié au couple qu'il avait embauché pour l'adopter, tandis que ma Mère pleurait déjà mon « décès ».

L'assistante ignorait ce qu'ils s'étaient dit pendant cet appel, car ils avaient parlé en grec, comme à leur habitude. Mais elle se souvenait que ma Mère ne pouvait pas s'arrêter de pleurer. Quand elle avait raccroché, elle lui avait dit que mon Père viendrait dès que possible ; ce qu'il fit dix jours plus tard. Il n'allait quand même pas abandonner sa croisière et ses invités de renom, dont un politicien héros de la

Seconde guerre mondiale, pour s'occuper d'affaires aussi mineures.

Quand il revint auprès d'elle, il lui apporta son soutien – par amour pour elle, mais peut-être aussi par culpabilité ? En tout cas, malgré les circonstances, leur amour en devint encore plus fort. Ils n'en parlèrent quasiment plus au cours des années suivantes mais, alors que ma Mère se rendit sur ma tombe au cimetière de Bruzzano pendant toute sa vie, mon Père ne le fit jamais. Il savait que je n'étais pas là-bas, que j'étais en vie et parfaitement *pris en charge*, grâce à lui – ou à cause de lui.

La seule fois où ils parlèrent de ma mort fut juste après la chute d'Icare. Mon Père avait perdu son héritier, promesse d'une dynastie à venir, et ma Mère, dans une tentative de réconfort maladroite, lui avait chuchoté : « Si seulement *notre* fils était encore en vie. »

Je ne peux m'empêcher de penser que ce fut là le déclencheur de son invitation, qui donna lieu à notre rencontre désastreuse.

Bien qu'elle parlât très rarement de moi à qui que ce soit, le traumatisme de ma perte ne se dissipa jamais. Plus tard, lorsqu'il la trahit une fois de plus, elle transforma sa douleur en un tout autre récit, fictif et accusateur : elle raconta à ses amis que mon Père l'avait obligée à avorter d'un enfant qu'elle avait conçu en 1966. Elle voulait mettre au jour sa cruauté après qu'il l'eut quittée pour la Veuve. L'histoire était fausse, mais elle devint une partie de leur légende, jusqu'à faire l'objet d'une pièce de théâtre posthume.

Le seul enfant que mon Père l'avait poussée à avorter, c'était moi. Mais elle ne l'aurait jamais fait, pas même par amour pour cet homme qu'elle adorait tant. Jamais elle n'aurait renoncé à son rêve pour qui que ce soit. Comme elle n'avait pas arrêté de chanter pour lui, tout en faisant croire le contraire à ses amis et à ses fans. Non, arrêter la musique était sa propre décision : elle voulait vivre comme une femme normale, reléguer la diva dans l'ombre une fois pour toutes. Sa voix qui se détériorait était devenue source d'anxiété, et l'amour pour mon Père n'était qu'un prétexte pour qu'elle abandonne la scène à la faveur d'une vie paisible de femme au foyer.

« Quand un homme vous aime, il ne veut pas vous partager avec le monde entier. Donc il ne voulait pas que je chante », disait-elle de manière désinvolte.

Pourtant, mon Père voulait qu'elle continue de chanter, et insistait pour ça. Après tout, l'une des raisons pour lesquelles il l'aimait était son statut de trophée : elle était la chanteuse la plus célèbre au monde. Et il ne la remplacerait que par quelqu'un de plus célèbre encore.

Quand cette ultime trahison fut révélée, ma Mère affirma fièrement que c'était elle qui avait rompu avec lui. « Je voulais juste reprendre ma vie, ma carrière », répétait-elle à chaque oreille attentive. La diva était inébranlable. Mais la femme était en morceaux.

« Tu imagines ? Elle a appris leur mariage dans les journaux. Il ne lui en avait jamais parlé avant la veille, quand il l'a appelée et lui a demandé de l'aider à se sortir de cette situation. Madame lui a dit que c'était lui qui avait tout gâché, donc que c'était à lui de tout réparer ! Et tu sais ce qu'elle a fait le jour de son mariage ? Elle a enfilé sa robe la plus éblouissante et s'est rendue à une première de film. Souriante, radieuse ! Elle devait montrer à tout le monde qu'elle était forte. »

« Vous aimiez mon Père, vous ? », demandai-je.

« Madame l'aimait », répondit-elle, évitant de me répondre directement. « Et je suis sûre qu'il l'aimait aussi à sa manière, insuffisante, cruelle. Mais il l'aimait. C'était une histoire d'amour entre deux personnes trop semblables. Entre eux, tout était exagéré : des preuves d'amour jusqu'aux cadeaux, en passant par les abus et les insultes : elle n'était qu'un “sifflet cassé”, il n'était qu'un “bâtard de Turc[1]”. Mais en dessous de tout ça, il y avait de l'amour. »

C'était la première fois que l'assistante me disait une chose qui remettait en question la délimitation nette que j'avais tracée entre ma Mère la victime et

1. Insulte prononcée par les Grecs originaires de la Grèce continentale visant les Grecs d'Asie mineure arrivés en Grèce après le massacre des Turcs en 1922.

mon Père le bourreau. Plus tard, comme dans tout drame grec, la ligne qui séparerait leur responsabilité respective deviendrait de plus en plus mince. Même à ce stade, alors que l'assistante et moi étions encore très enclins à dénigrer mon Père, il y avait une question qui nous travaillait profondément tous les deux : pouvait-il *vraiment* avoir été un tel monstre au point de ne pas essayer de révéler mon existence à ma Mère sur son lit de mort ?

Comme *papà* me l'avait déjà dit, du peu qu'il avait connu son patron, il était prêt à parier que la raison pour laquelle mon Père m'avait fait venir à l'hôpital était qu'il voulait faire les choses comme il fallait. Il souhaitait probablement que tout soit enfin mis au jour, mais les Furies l'en avaient empêché.

Alors pourquoi n'avait-il pas essayé de le dire à ma Mère aussi ?

Il l'avait fait.

63

Des années plus tard, j'ai lu dans plusieurs biographies de ma Mère qu'elle avait insisté sur le fait qu'elle avait pu voir mon Père une dernière fois pendant ses dernières semaines à l'hôpital. Malgré l'interdiction de sa fille et les hordes de journalistes qui rôdaient autour de chaque entrée possible, elle racontait comment elle lui avait rendu visite une fois, à un moment où sa femme et sa fille étaient absentes. Elle décrivait en détail comment elle était entrée dans sa chambre, où elle était restée juste assez longtemps pour lui dire adieu, l'embrasser une dernière fois et l'entendre dire qu'il l'aimait.

Elle avait répété cette histoire tant de fois qu'elle devait probablement y croire elle-même. Mais son assistante était certaine qu'elle n'avait jamais réussi à lui rendre visite, malgré ses supplications et ses efforts.

La dernière nuit que mon Père passa à l'extérieur de l'hôpital, fraîchement débarqué à Paris le

7 février 1975, il appela ma Mère pour lui dire qu'il avait besoin de la voir. La Veuve était avec lui, ce qui rendait la chose compliquée, mais il trouverait un moyen. Et il essaya vraiment. Ce qu'il n'avait pas prévu, c'est que ce n'était pas seulement sa femme qui était déterminée à empêcher ma Mère de le voir, mais aussi sa fille, qui reprochait encore à ma Mère le divorce de ses parents.

Ma Mère passa des jours et des nuits à côté du téléphone de l'avenue Georges-Mandel, habillée et apprêtée, attendant le signal pour s'assurer que la voie était libre. Les rares fois où il réussit à l'appeler, il répétait qu'il avait besoin de la voir, qu'il avait quelque chose de vital à lui dire. À chaque appel, sa voix devenait plus faible et plus confuse. Au fil des jours et de la détérioration de sa santé, lorsqu'il fut acté que la visite de ma Mère ne serait pas possible, il essaya de tout expliquer par téléphone. Mais à ce moment-là, ses appels étaient placés sous la surveillance étroite de sa fille.

L'assistante se souvenait de ces appels étranges qui ne trouvaient leur sens que maintenant. Chaque fois qu'elle raccrochait, *Madame* lui racontait tout. « Une fois, il lui a dit de rester dans les environs parce que quelqu'un d'important viendrait bientôt la voir. "J'espère que tu ne me détesteras pas pour ça", a-t-il marmonné avant de raccrocher. »

Ma Mère ne comprenait pas ; comment pourrait-elle jamais le haïr ? Il avait déjà fait tout son possible pour ça et pourtant, elle l'aimait toujours. Elle pensait que cela pouvait avoir un lien avec ses dernières volontés, et qu'il lui envoyait son avocat. Mais elle n'attendait rien de lui. Elle était la seule femme de sa vie pour qui son argent ne signifiait rien.

Elle attendit ; elle ne dormit pas pendant deux nuits entières ; mais personne ne vint jamais. Il ne fait aucun doute que mon Père s'attendait à ce que ce soit moi le visiteur. Après m'avoir tout révélé, il m'aurait envoyé vers elle, à la fois comme messager et comme objet de l'incroyable nouvelle.

Les Furies empêchèrent que cela se produise. Quand il l'appela trois jours plus tard, il semblait déjà parti. Elle put à peine le comprendre. Au moment de raccrocher, pour la dernière fois de sa vie, elle semblait doublement triste.

« Madame m'a dit qu'il continuait à marmonner des phrases confuses à propos d'une lettre et d'une rencontre avec leur enfant. Elle pensait qu'il était impatient de te rencontrer de l'autre côté, au paradis. »

Donc il avait essayé de lui dire la vérité au dernier moment ! Mais elle ne l'avait pas compris, et je ne lui en veux pas : comment peut-on saisir ce qui est inconcevable ? Et aucune lettre ne lui était jamais arrivée, même s'il en avait écrit une.

Dans les derniers jours avant sa mort, ma Mère reçut des nouvelles de la bouche d'une amie proche, une pianiste grecque, dont la propre mère était soignée dans une chambre proche de celle de mon Père. Elle lui dit que même s'il ne pouvait plus parler en raison du respirateur dans sa gorge, il persistait à écrire toujours la même note de sa main tremblante à sa fille, à ses médecins et infirmières, à quiconque : *PAR PITIÉ, laissez-moi mourir.*

Quand sa fin arriva, il ne lui résista pas, tout comme ma Mère le fit deux ans plus tard, ce 16 septembre.

Au début de mars 1975, ma Mère comprit qu'elle ne le verrait ni ne l'entendrait plus jamais, vivant ou mort. Elle ressentit le besoin de prendre le large, ce qui la poussa à accepter l'invitation de quelques amis et la fit quitter Paris pour Palm Springs. Le 15 mars, elle reçut un coup de téléphone de son amie pianiste, qui lui apprit qu'il était mort.

« Elle m'a prise dans ses bras. Je pleurais, mais Madame est restée calme. Il n'y avait plus de larmes ; elle avait épuisé toutes ses réserves au cours des dernières semaines. “Tout est fini”, a-t-elle dit. “Plus rien n'a d'importance, plus rien ne sera jamais pareil.” Et avec un profond soupir, d'un ton neutre, elle a ajouté : “Tout à coup, je me retrouve veuve”, et elle a quitté la pièce. »

64

Je passai deux semaines dans l'appartement de l'assistante. Jusque-là, elle avait décidé de ne pas partager avec le majordome de ma Mère, l'autre survivant de leur foyer singulier, le fait que j'étais en vie.

« Les hommes sont rarement assez forts, dit-elle. Je ne pense pas qu'il sera capable de gérer ça. Du moins pas pour l'instant. »

La nouvelle patronne du majordome ne lui avait pas révélé non plus la vérité au sujet de mon existence. Après la mort de ma Mère, il avait été employé par la fille de mon Père, qui lui avait demandé de faire la même chose exactement que ce qu'il faisait avec feu *Madame*. Elle reprochait à ma Mère le divorce de ses parents, mais il arriva un moment où elle comprit que parmi toutes les maîtresses et la dernière femme de mon Père, elle était la seule qui l'avait vraiment aimé. En réalité, elles avaient beaucoup en commun : elles l'aimaient toutes les deux trop intensément ; elles étaient toutes les deux insatisfaites de la façon déficiente dont lui les aimait ; elles souffraient toutes les deux du traitement qu'il leur réservait alors qu'il était en vie, et plus tard elles n'avaient jamais réussi toutes les deux à surmonter sa mort.

Au cours de ces deux premières semaines dans l'appartement de l'assistante, nous avions laissé s'installer une petite routine, que nous partagions chaque fois que je lui rendais visite par la suite, c'est-à-dire presque tous les week-ends. Nous nous étions sentis à l'aise assez rapidement, un peu comme si nous étions en famille, alors que nous nous connaissions si peu. Elle me voyait comme une extension de *Madame*, et je la voyais pour ma part comme un moyen de capturer des petits fragments de l'amour inconditionnel de ma Mère.

Et petit à petit, ma Mère devint une figure presque familière, grâce aux petits détails que l'assistante partageait avec moi : qu'elle aimait cuisiner ses pâtes à la sauce tomate ; qu'elle avait la manie de piquer de la nourriture dans l'assiette de ses compagnons de table, de prendre à manger dans les distributeurs automatiques à New York, ou de dévorer des barres de Toblerone en regardant des westerns ou *Wile E. Coyote and the Road Runner*[1] à la télévision ; qu'elle aimait faire du shopping pour s'acheter des

1. Nom anglophone du cartoon *Bip Bip et Coyote* (NdT).

nouveaux gadgets de cuisine – des presse-citrons ou des économes pour les pommes de terre ; qu'elle commentait bruyamment les films au cinéma, malgré les réprimandes des gens qui ne savaient pas qui elle était ; qu'elle surlignait des phrases qu'elle aimait dans les livres pour les ressortir lors de dîners mondains ; qu'elle collectionnait des recettes de cuisine qu'elle n'utiliserait jamais, en les découpant dans des magazines et en les collant dans un carnet ; qu'elle léchait ses lunettes pour les nettoyer ; qu'elle nettoyait les icônes de son appartement avec du vin tous les vendredis ; qu'elle entrait toujours dans une église du pied droit en premier.

Puis la manière dont cette femme, qui avait vécu si intensément, avait abandonné la vie après la mort de mon Père. Elle voyait rarement ses amis, annulait les rendez-vous à la dernière minute, préférait la solitude de sa maison et le réconfort de ses vieux enregistrements. Elle écoutait les enregistrements pirates de ses concerts que ses fans lui envoyaient et s'émerveillait : « N'a-t-*elle* pas bien chanté ? *Sa* voix n'est-elle pas formidable ? » comme si la diva était quelqu'un d'autre, ou du moins quelqu'un qu'elle n'était plus. Le plus triste dans tout ça, c'est qu'au cours des dernières années de sa vie, elle appelait régulièrement des amis à à deux ou trois heures du matin dans le seul but d'entendre leur voix, leur demandant « Alors, quelles sont les nouvelles ? » et « Quoi d'autre ? » pour essayer de les garder en ligne.

Ce genre de détails ainsi que les centaines de photos, non seulement classées dans des albums mais aussi entourées d'élastiques, cachées dans des livres ou jetées dans des boîtes, apportaient des réponses à certaines questions que je me posais. Des questions sur mon caractère, ma taille, ma myopie et même l'insomnie dont je souffrais depuis l'adolescence. Ma Mère et mon Père étaient eux-mêmes myopes et insomniaques. Au début de leur liaison, ils restaient éveillés toute la nuit sur son bateau, regardant les étoiles et parlant de leur vie, de leurs projets, de leurs rêves. Ou, plus tard, simplement en silence, dans ce silence confortable et naturel que permet l'assurance de l'amour.

Parfois, en plein milieu de son marathon narratif, l'assistante s'arrêtait de parler et me fixait. Ce fut pendant un de ces moments que je décidai de l'interroger à propos de ma première tentative de voir ma Mère à Paris. De la façon dont j'avais sonné à la porte pour la première fois, ce dernier jour du mois d'août, et continué à sonner pendant des jours sans aucune réponse. Je pensais alors qu'ils étaient en vacances, mais l'assistante m'assura qu'ils n'avaient pas quitté Paris. Ils étaient dans l'appartement depuis le début ; *Madame* était trop fatiguée pour partir. Mais elle avait ordonné de ne donner aucun signe de leur présence. Elle ne voulait pas être dérangée ;

elle voulait que les gens croient qu'elle était partie, en Grèce, en Suisse ou à Palm Springs, comme les étés précédents.

Ainsi, personne ne devait répondre à la porte ni au téléphone. Ils jouaient aux cartes et regardaient la télévision, ou elle écoutait ses vieux disques avec des écouteurs.

Mais sa propre musique n'était pas la seule qu'elle écoutait. Dans les derniers mois de sa vie, elle devint obsédée par une chanson qui n'avait rien à voir avec l'opéra. Elle la jouait des dizaines de fois dès qu'elle se réveillait, vers midi en général, jusque tard dans la nuit. C'était une chanson populaire de l'époque :

« *Comme un enfant aux yeux de lumière*
Qui voit passer au loin les oiseaux
Comme l'oiseau bleu survolant la Terre
Vois comme le monde, le monde est beau
Beau le bateau, dansant sur les vagues
Ivre de vie, d'amour et de vent
Belle la chanson naissante des vagues
Abandonnée au sable blanc
[…]
L'amour c'est toi, l'amour c'est moi
L'oiseau c'est toi, l'enfant c'est moi[1]. »

1. En français dans le texte original. Cette chanson, « L'Oiseau et l'Enfant », interprétée par Marie Myriam remporta l'Eurovision en mai 1977.

Elle fredonnait cette chanson qui lui rappelait tout ce qu'elle chérissait, tout ce qui lui avait échappé : le ciel bleu et les plages de Grèce, décor de sa romance avec mon Père ; leur amour, comme l'oiseau rebelle de Bizet ; et leur enfant, aux yeux de lumière. Parfois elle chantait les paroles en leur apportant une légère modification : « *L'amour c'est toi, l'amour c'est moi / L'oiseau c'est* moi, *l'enfant c'est* toi[1]. »

Cette chanson aurait été une bande-son parfaite pour notre rencontre, à tel point que je me demande si ma mère n'avait pas eu une prémonition. Mais le fait que notre rencontre n'ait jamais eu lieu, et que j'aie appris la chanson plus tard, me donna plutôt l'impression que les dieux lui avaient joué un nouveau tour cruellement ironique.

L'assistante se souvenait m'avoir vu dehors ce jour-là, quand elle avait finalement été autorisée à répondre à l'interphone. Elle ne se souvenait pas de mon visage – elle en avait vu tellement au fil des ans, des journalistes, des photographes, des fans intrusifs… Et de toute façon, je n'avais jamais répondu à son « Et qui êtes-vous ? ».

Elle admit que si j'avais répondu que j'étais le fils de *Madame*, elle ne m'aurait pas cru. Elle aurait pris cela pour une blague cruelle ou une tentative de

1. En français dans le texte original.

chantage farfelue. Cela me consola un peu : je n'aurais de toute façon pas été autorisé à voir ma Mère.

Inévitablement, nous nous sommes demandé tous les deux comment se serait déroulé le rendez-vous arrangé par *papà* si la mort n'était pas survenue. Aurait-il été possible que ma Mère soit restée en vie si elle m'avait rencontré ?

L'assistante n'avait pas de réponse. Le cœur de ma Mère, qui l'avait lâchée quelques heures avant notre rendez-vous, était déjà faible. Le choc aurait pu la tuer.

Ou lui ajouter trente années de vie, qui sait.

65

La présence de l'assistante devint une part intégrante de ma vie. Pendant de nombreuses années, nous visitions ensemble la niche funéraire vide de ma Mère au Père-Lachaise pour y déposer des gardénias, sa fleur préférée. Nous écoutions des disques, regardions des vidéos et avions presque formé une nouvelle famille avec *papà*, une famille dont les membres avaient été réunis par des secrets et des mensonges. Si *papà* et l'assistante de ma Mère n'avaient pas été si brisés, il aurait pu y avoir quelque chose entre eux, un flirt ou peut-être plus. Mais tous deux étaient dévoués à la mémoire de quelqu'un d'autre ; il n'y avait pas de place pour aimer les vivants. À l'exception de moi.

L'assistante finit par m'aimer de plus en plus. Pour moi, elle devint une nouvelle figure maternelle, après Renata et *mamma*. Mais comme il était bien réel, mon amour pour elles ne parvint jamais à égaler mon affection pour ma Mère, à la fois source et objet d'un amour idéal jamais mis à l'épreuve par une véritable relation. Cela dit, cette dernière étant désormais impossible, je pouvais remercier l'adoration indéfectible que l'assistante vouait à sa *Madame* de m'avoir rapproché d'elle autant que possible. Et chaque nouveau détail embellissait les « souvenirs » que je m'en faisais.

L'assistante cachait-elle quelque chose ? Elle aurait pu : nous avons tous des petits secrets que nous gardons pour nous, sans les dévoiler même à nos êtres les plus chers. Pour ma part, j'en avais. Lorsqu'elle me montra une photo du ministre grec de la culture prêt à disperser les cendres de ma Mère dans la mer Égée, j'eus l'occasion de lui avouer la vérité sur le sort de ses restes. Mais quand je l'entendis dire à quel point *Madame* devait être heureuse dans la mer, voyageant vers mon Père, je n'eus pas le cœur de lui dire que ses cendres étaient en réalité dans une petite boîte métallique chez moi. Elle ne le sut jamais.

Cela n'avait pas d'importance. Il y avait d'autres choses bien plus graves, d'autres pièces de nos récits communs qui compléteraient le puzzle. Car les réponses, souvent à des questions qui n'avaient même pas été posées, continuaient d'affluer.

Autre photo : ma Mère tenant la main d'un homme maigre, tous deux en train de marcher mais tournant la tête pour regarder l'appareil photo. Tu te souviens de ma petite aventure romaine, et de l'homme qui avait réagi de manière si étrange quand il avait entendu mon nom et vu *mamma* ? Eh bien l'homme sur cette photo, c'était lui ! Lui qui avait insisté sur le fait que *mamma* était en Turquie pendant un *shooting*, et qui n'avait pas été convaincu par son démenti. Bien sûr, contrairement à ce que j'avais cru alors, il ne s'agissait pas d'un massacre mais d'un tournage de film. Un film dont ma Mère était la protagoniste. Et en effet, *mamma* avait menti ! Elle était en Cappadoce en 1969, engagée en tant qu'assistante personnelle de ma Mère pendant le tournage.

Mamma avait été envoyée par mon Père pour l'espionner, car ma Mère ne répondait plus à ses appels ni à ses lettres. Lorsque le plan de *mamma* fut découvert, ma Mère exigea du réalisateur qu'il la renvoyât. C'était bien ce réalisateur que j'avais rencontré à Rome, celui que ma Mère appelait *P.P.P.*

Après le film, ils étaient devenus des amis proches. Il y avait des photos intimes les montrant tous les deux, s'embrassant sur la bouche, se tenant la main ou s'enlaçant sous un parasol. Ils avaient passé des jours entiers l'un avec l'autre, étaient partis en vacances ensemble, se parlaient régulièrement au téléphone, échangeaient des lettres. Et ils avaient partagé des secrets : cet homme savait pour ma naissance et ma mort prématurée, il était l'une des très rares personnes à qui ma Mère l'avait confié.

« Elle l'aimait, peut-être même était-elle amoureuse de lui, comme elle l'était des hommes les plus créatifs de sa vie, bien qu'elle sût qu'il ne s'intéressait pas aux femmes », dit l'assistante.

Quand il m'avait vu, avait-il assemblé plusieurs éléments en sa connaissance pour former une éventuelle suspicion ? Si tel était le cas, pourquoi ne l'avait-il pas dit à ma Mère ?

L'assistante me demanda la date exacte de l'incident, mais je me souvenais seulement que c'était à l'automne 1975.

« Sais-tu qu'il a été tué vers cette époque ? », me demanda-t-elle.

Je lui racontai avoir vu le journal avec sa photo en couverture une semaine après l'incident.

Elle se mit à chercher un carnet, celui qu'elle avait gardé à côté du téléphone pour noter les noms et les numéros quand *Madame* était absente ou ne voulait pas parler. Elle découvrit qu'il avait appelé ma Mère chez elle le jour de son meurtre et avait laissé un message disant qu'il avait quelque chose à lui dire. Elle était de sortie ce jour-là et ne l'avait pas rappelé. Quand elle apprit le lendemain qu'il avait été tué, elle fut encore plus triste à l'idée d'avoir manqué une dernière occasion d'entendre sa voix.

« Tu penses que ma rencontre avec lui a quelque chose à voir avec son assassinat ? », demandai-je.

« Ton père était mort à ce moment-là ; mais même s'il ne l'avait pas été, il n'aurait pas fait tuer quelqu'un seulement pour garder un secret », répondit-elle. « Les gens ne font pas ce genre de choses. »

Mais mon Père n'était pas *les gens*. Il s'était montré prêt à faire n'importe quoi ou presque pour protéger son image et son style de vie. Qui sait si quelqu'un de proche, encore plus investi dans la préservation de sa mémoire, n'aurait pas été capable de commanditer le meurtre après sa mort ? La naïveté et la gentillesse de l'assistante n'admettaient pas une telle possibilité.

Je ne sais toujours pas si cette rencontre a joué un rôle dans la mort du réalisateur. Mais à l'heure actuelle, son meurtre reste un mystère. Le garçon mineur arrêté et incarcéré pour l'avoir tué, prétendument en représailles d'une agression sexuelle, a retiré sa confession presque trente ans plus tard, puis est mort avant de pouvoir révéler l'identité des vrais coupables.

Quant aux gens qui *ne font pas ce genre de choses*, je suis content de ne jamais avoir tenté d'ouvrir les yeux de l'assistante de ma Mère. Car oui, les gens sont capables de faire toutes sortes de choses, même nos proches. Des gens comme moi. Le secret de l'urne volée ne fut pas le seul que je gardai pour moi. Il y a quelque chose d'autre que j'ai fait, vingt ans plus tard, et que je ne lui ai jamais dit non plus.

Bien que je ne me sente coupable de rien, elle aurait été dans son droit de me reprocher la mort de quelqu'un.

66

Ne t'attends pas à ce que je te raconte ma vie quotidienne pendant les années qui ont suivi. Rien d'important ne s'est produit, rien de comparable aux révélations que l'on m'avait déjà faites. Je poursuivis mes études et décrochai un diplôme en ingénierie aéronautique, comme je le souhaitais.

Entre-temps, ma soif de connaissance de mes parents, momentanément apaisée par les informations et les photos de l'assistante, était devenue insatiable. Comme le tonneau percé que les Danaïdes maudites devaient remplir à jamais – et sans succès –, chaque détail nouvellement découvert faisait l'effet d'un remplissage perpétuel de leur histoire.

Très vite, les récits ne me suffirent plus. Je comprends maintenant que je réagissais comme un toxicomane, passant des drogues douces aux plus dures. Et, de la même façon qu'un drogué, je trouvais des justifications à toutes mes actions : j'avais besoin de savoir qui j'étais, et je pensais que cela ne pourrait arriver qu'en connaissant *tout* ce qu'il était possible de découvrir sur mes parents biologiques.

Ma dépendance me conduisit, pour la première fois, à la Scala, à Milan, où ma Mère avait été acclamée et huée, où elle avait reçu des fleurs et des radis, couronnée reine puis bannie. Cependant, selon son assistante, c'était la Ville éternelle et son Teatro dell'Opera qui avaient marqué le début de la fin de sa confiance en elle, déjà fragile. En ce terrible 2 janvier 1958, elle s'était fait punir pour un surnom qu'elle n'avait jamais demandé, *La Divina*, à un moment où elle n'avait pourtant fait que montrer son humanité : sa bronchite l'avait contrainte à abandonner la représentation de *Norma*.

Elle avait failli être lynchée pour n'avoir pas pu continuer sa représentation, ce qui fut pris comme une insulte faite au président italien, présent ce soir-là dans la salle. On l'a blâmée pour avoir fait croire qu'elle était davantage qu'une simple mortelle. Elle n'avait jamais connu de menaces, ni un tel rejet, même pendant l'occupation d'Athènes par les nazis. Cette nuit-là, ils avaient voulu la jeter au bûcher, tout ça pour avoir attrapé un rhume !

Oh, comme je détestais être italien (étais-je vraiment italien, d'ailleurs ?) quand je les entendais siffler, quand je les voyais faire des grands gestes sur ces vidéos, la maudissant d'être tombée malade. Alors qu'à Paris, en 1965, quand elle avait dû annuler le troisième acte de *Norma* à nouveau, le public avait été respectueux et compréhensif : après l'annonce expliquant qu'en raison de la douleur et de la dépression, elle ne pouvait plus chanter, ils avaient applaudi à tout rompre. Ils lui avaient pardonné d'être humaine. Peut-être était-ce l'une des raisons pour lesquelles elle avait finalement choisi de vivre à Paris. Mon élan d'amour initial pour cette ville devint définitif.

Ce n'était pas seulement la Scala, le Teatro dell'Opera et le palais Garnier que j'avais visités, l'un après l'autre, dans une sorte de frénésie. J'avais aussi visité l'appartement sur la via Michelangelo Buonarroti où elle avait vécu à Milan avec son premier mari – mais pourquoi d'ailleurs persister à le qualifier de « premier », alors qu'il a été le *seul* mari qu'elle ait jamais eu ? Peut-être est-ce une manière de me convaincre que s'il y avait un premier, il aurait dû y avoir un second : cela m'aide à considérer mon Père comme un mari aussi, pour que je ne sois plus un bâtard mais le fruit d'une liaison amoureuse légitime.

Le jour de mes vingt-et-un ans, je me rendis au cimetière de Bruzzano pour y chercher ma tombe. Elle n'était plus là : quelqu'un avait retiré la plaque de marbre au faux nom de famille, sur laquelle les lettres signées « *Η μανούλα*[1] » étaient autrefois déposées avec amour.

1. Maman.

67

Mon addiction commençait à m'emporter complètement et j'avais les moyens et le temps de la nourrir sans cesse. Je me mis à acheter chaque objet qui avait possiblement appartenu à ma Mère et qui était tombé entre les mains de particuliers. Cette collection – qui, comme le notaire t'en a informé, est maintenant à toi – fut minutieusement examinée par l'assistante. Tu n'as pas idée du nombre de peignes, robes, livres avec des signatures ou des commentaires falsifiés, statuettes ou autres objets décoratifs que j'ai renoncé à acquérir, me fiant à sa conclusion catégorique selon laquelle ils n'avaient jamais appartenu à *Madame*.

Et puis il y eut les voyages. Après l'Italie et la France, je partis à la recherche de souvenirs plus éloignés encore. Début 1981, j'arrivai à Athènes. Je passai des heures à regarder l'immeuble de l'appartement au 61, rue Patissíon, ses lignes grises et droites adoucies par les courbes des fenêtres, me demandant par lesquelles ma Mère avait passé son adolescence à contempler l'extérieur.

Je ne savais pas si sa mère et sa sœur y habitaient encore, mais j'avais craint – et espéré – les apercevoir, les reconnaître grâce aux photos et agir avec impulsivité. Elles ignoraient mon existence et j'étais sûr que j'allais encore devoir tout expliquer à la femme dont la malédiction lancée sur ma Mère aurait dû interdire ma naissance. Je décidai donc de garder une distance de sécurité, certain qu'elles n'avaient rien d'autre à m'offrir qu'une image beaucoup moins reluisante de ma Mère, que je n'étais ni prêt ni disposé à recevoir.

Je commençai à me promener, à découvrir Athènes. Une ville sale et polluée, sous un ciel d'hiver sombre, qui n'avait rien à voir avec mes fantasmes pleins de lumière. À l'évidence, mon humeur pesait dans cette impression.

Après le Musée archéologique, à deux minutes à pied de sa maison, je visitai le Conservatoire. Il y avait une photo d'elle dans le hall central, pas d'une de ses premières années passées là-bas, alors qu'elle était toute jeune et rondelette, mais de son rôle de Norma en 1957 à l'odéon d'Hérode Atticus. J'allai ensuite à l'Opéra national, où elle avait fait ses premiers pas professionnels ; une photo était également affichée la montrant en Violetta dans *La Traviata*. Chaque nouvelle visite amplifiait un peu plus son image de grande personnalité grecque – bien qu'elle n'ait pas été honorée par son pays de son vivant, ce qui arrive malheureusement souvent avec les prophètes.

Je visitai le théâtre antique d'Épidaure sous une forte pluie. J'essayai de m'orienter selon la photo que j'avais dans ma poche : mon Père en T-shirt rouge et pantalon blanc, conduisant ma Mère par la main en montant les escaliers d'un théâtre qui aurait été parfait pour mettre en scène leur propre drame, comme l'aurait été quelque autre grande tragédie grecque. Elle était vêtue d'une robe rouge à fleurs noires et portait un foulard sombre sur la tête. C'était à la mi-août 1959, quelques semaines avant ma conception, mais je pense que j'occupais déjà ses rêves.

La dernière étape de ma « tournée grecque de la Mère défunte » (une autoproduction) fut à Halkidiki, en Macédoine, dans le nord de la Grèce, où je séjournai dans la chambre d'hôtel où elle avait passé ses dernières vacances d'été en 1976.

En ce qui concernait mon Père, je n'avais aucun moyen d'accéder à son île privée pour lui rendre hommage – ou l'insulter – devant sa tombe. Je n'ai jamais réussi à le faire. Mais avant de rentrer à Milan, je marquai quand même un arrêt à Glyfada, où j'avais fait sa rencontre pour la première et la dernière fois, sept ans plus tôt. La porte était fermée ; la maison à vendre.

Sa sœur menaçante était également décédée. Il m'était arrivé régulièrement de fantasmer sur l'éclatement d'un conflit entre nous. Elle ne me faisait plus peur. J'aurais eu le courage de lui dire qu'elle avait trahi mon Père, qu'elle ne lui avait pas permis de mourir en paix après avoir réparé ses fautes. J'aurais insisté sur le fait que son petit visage rabougri et méchant portait désormais son fardeau non expurgé et le porterait pour le restant de ses jours, peut-être même au-delà. Je lui aurais dit qu'elle, qui connaissait si bien ce que signifiait la perte, aurait dû en savoir quelque chose – le suicide de sa propre fille dans une clinique psychiatrique suisse ne lui avait-il rien appris ? Oui, j'aurais remué le couteau dans sa plaie, comme elle l'avait fait dans la mienne. J'avais vingt-et-un ans et j'étais en colère ; je ne savais pas quoi faire de mieux que de devenir un monstre à mon tour.

C'est ce que crée l'addiction : elle vous rend désespéré, elle accentue les défauts de votre caractère. *Papà* avait compris cela et m'avait dit d'arrêter de fouiller dans le passé.

« Ne passe pas ta vie avec les morts », m'avait-il averti. « Ne te nourris pas de leurs fautes. Vis, rencontre une femme, aime-la, reste avec elle, crée ta propre famille… sois heureux. »

Il n'a cessé de me mettre en garde toute sa vie durant.

Je ne l'ai pas écouté. Et le monstre en moi n'a jamais cessé d'être nourri.

68

Les voyages étaient une des parties les plus aisées de mon entreprise. J'avais un choix étoffé d'endroits, plus ou moins significatifs, où mes parents avaient vécu, partagé des choses, travaillé, aimé ou été abandonnés.

Choisir quelles personnes vivantes approcher était moins évident. J'avais déjà décidé de ne pas rencontrer la sœur et la mère de ma Mère, mais parmi les personnes qui avaient gravité autour de mes parents – amis, ennemis, amants, conjoints, collègues, concurrents –, comment allais-je choisir qui voir, qui éviter, qui punir et qui aimer ?

J'avais pris comme critère une phrase de l'assistante : « Honore ta mère, pardonne à ton père, mais ne les ridiculise pas. N'offre à personne le plaisir de les juger, encore moins de la plaindre ou de la maltraiter jusque dans la mort. »

La conséquence que j'en tirais était que mon existence devait rester secrète. Partant de là, les seules personnes que je pouvais approcher étaient celles qui étaient déjà au courant de ma naissance, mais qui savaient aussi que j'étais toujours en vie.

La liste était réduite, c'est certain. Mais je m'occuperais de ça plus tard. Pour le moment, il y avait encore beaucoup d'endroits à voir, dispersés aux quatre coins du monde.

Je vis la maison de mon Père à Smyrne et la baie où il plongeait après l'école. J'allai à Buenos Aires, où il avait commencé à gagner de l'argent. J'arpentai le quartier de La Boca, où il avait eu son premier appartement ; je remontai en voiture l'Avenida Corrientes, où il avait appris à conduire ; pris un verre dans son premier club privé, L'Aviron ; visitai le Teatro Colón, où il avait assisté à son premier opéra. Je le suivis du Cercle des étrangers[1] au Consulat grec, où il avait travaillé comme vice-consul au début des années 1930. Sous prétexte de chercher un parent disparu depuis longtemps, je fouillai dans les archives et trouvai sa signature en bas de plusieurs certificats. C'était la première fois que je voyais son écriture. Contrairement à ma Mère, qui écrivait aux personnes importantes de sa vie avec constance, mon Père n'aimait pas écrire. L'assistante m'avait dit qu'il préférait communiquer par télégramme ou au téléphone.

À New York, je visitai les immeubles où il avait ses bureaux – d'abord sur Broad Street, puis sur

1. En français dans le texte.

Broadway – ainsi que la maison de ville en pierre brune qu'il avait partagée avec sa première femme sur Sutton Square. Après leur divorce, elle avait épousé le plus grand adversaire de mon Père, un autre armateur. Lui avait d'abord été marié à la sœur de cette femme, avant que cette sœur ne soit retrouvée morte dans leur maison. Qui a dit que les dynasties grecques contemporaines se différenciaient des Atrides ou des Labdacides ?

Je posai mes bagages au Pierre, où mon Père avait eu un appartement. Quelques années plus tard, je pris mes habitudes à une adresse plus haut sur la 5e Avenue, où il avait séjourné pendant les dernières années de sa vie chaque fois qu'il était à New York. C'était l'immeuble où vivait la Veuve, cette femme pour qui il avait trahi ma Mère, même si ça n'avait été que pour une brève durée. Car, comme l'assistante me l'avait dit, ce ne fut que dix jours après leur mariage qu'il se rendit à Paris, conduisit jusqu'à l'appartement de ma Mère et se mit à crier son nom sous ses fenêtres. Elle ne voulait pas le voir mais il insista. Il criait que si elle ne le laissait pas entrer, il briserait la grille avec sa Rolls. Pour éviter un scandale, elle céda. Elle lui ouvrit la grille et son cœur une fois de plus, son cœur brisé qui savait pardonner mais pas oublier.

Avenue Foch, avenue Georges-Mandel, Maxim's, ce sont quelques-uns des endroits parisiens qui symbolisent pour moi l'amour – l'amour véritable, mais loin d'être parfait.

Et puis il y eut toutes les autres salles de concert et opéras où je pus retracer le parcours de ma Mère : l'Arena di Verona, La Fenice de Venise, le Teatro Massimo de Palerme, le Teatro di San Carlo à Naples, le Palacio de Bellas Artes à Mexico, le Teatro Monumental à Madrid, le Coliseo Albia à Bilbao, le Titania-Palast à Berlin, le Shrine Auditorium à Los Angeles, le Music Hall au Fair Park à Dallas, et bien d'autres encore. J'emportais toujours les photos appropriées dans mes valises, ainsi que les comptes-rendus médiatiques des triomphes comme des scandales.

À Londres, j'ai visité le Royal Festival Hall, le Royal Opera House et Kingsway Hall. Mais plus significative que ces lieux fut la salle de bal de l'hôtel Dorchester où, en juin 1959, mon Père (et sa femme) avaient organisé un dîner en l'honneur de ma Mère après sa performance de *Médée* à Covent Garden. C'était deux mois avant le début de leur liaison et trois mois avant ma conception.

« N'est-ce pas romantique ? », avait demandé ma Mère à son mari alors que des bouquets de fleurs continuaient d'arriver dans sa loge avant les représentations, signés « *L'autre Grec* ». Son mari lui répondait que c'était de l'argent bêtement dépensé. On peut le comprendre : il avait le droit d'être jaloux. Mais il ne s'attendait pas le moins du monde à ce qui devait lui arriver quelques semaines plus tard.

C'est de ce dîner que provient la célèbre photo du « triangle » : ma Mère dans son manteau de fourrure, au milieu, impressionnée et visiblement agacée, une main pressant sa pochette contre sa poitrine et l'autre repoussant doucement mon Père, tandis que son mari essaie lui aussi de l'embrasser. Deux hommes se battant pour un même butin, l'un (mon Père) plus consciemment que l'autre. Cette photo me fait sourire par son côté inapproprié.

Je souris également à l'idée qu'un jour, je suivrai pas à pas, ville par ville, la dernière tournée de ma Mère : Hambourg, Berlin, Düsseldorf, Munich, Francfort, Mannheim, Madrid, Londres, Paris, Amsterdam, Milan, Stuttgart, Philadelphie, Toronto, Washington, Boston, Chicago, New York, Detroit, Dallas, Miami, Columbus, Brookville, Cincinnati, Seattle, Portland, Vancouver, Los Angeles, San Francisco, Montréal, Séoul, Tokyo, Fukuoka, Osaka, Hiroshima et Sapporo.

Tu diras que je suis superstitieux, mais je ne veux pas le faire dans l'immédiat. Après sa dernière tournée, il n'y eut que la solitude et la mort.

Je la garde pour mes vieux jours.

69

En 1983, avec cette forme de tranquillité que procure soit l'excès d'argent, soit son absence totale, je fis de New York mon quartier général, louant une chambre à l'année à l'hôtel Pierre – c'était avant que je commence à multiplier les appartements dans diverses villes, essayant sans relâche de me créer un foyer – où tous mes besoins étaient satisfaits. Comme je n'avais jamais appris à cuisiner, à repasser une chemise ou à faire le ménage, il me fallait des gens pour faire tout ça à ma place (comme c'est encore le cas aujourd'hui). Mais je n'avais aucun ami.

Je fis un stage chez Pan Am[1] en tant que technicien de maintenance d'aéronefs, ce qui me permit d'obtenir un emploi à temps plein dans la foulée. J'étais doué de mes mains, j'adorais ce que je faisais, j'étais apprécié, mais cet emploi, comme tous les autres après lui, ne dura pas longtemps. Chaque fois,

1. Pan American Airways.

mon addiction reprenait le dessus et je ressentais le besoin de me replonger dans mes recherches.

En vivant à New York, je visitais souvent Washington Heights, où ma Mère avait passé son enfance. J'allumais des bougies à l'église St. Spyridon où elle assistait à la messe quand elle était enfant, puis je lui rendais hommage à l'extérieur de l'appartement de la 192e Rue, où elle se tenait à la fenêtre et chantait *La Paloma*, faisant s'arrêter les passants qui l'écoutaient. Quand j'y allais, seul le bruit d'une télévision retentissait depuis l'intérieur. À son école de la 188e Rue et de l'avenue Amsterdam, je l'imaginais marchant seule, le regard rivé au sol derrière ses épaisses lunettes, se dépêchant de rentrer chez elle pour jouer du piano et chanter, pour essayer de gagner l'approbation de sa mère pourtant impossible à obtenir. Comme elle l'avait écrit dans l'une des lettres déposées sur ma tombe :

> *« J'ai été forcée de devenir adulte et responsable par une mère qui ne rêvait que d'argent et de gloire. Tu n'aurais jamais fait ce que tu ne voulais pas faire, mon petit ange. Un enfant devrait rester un enfant aussi longtemps qu'il le peut. Tu serais resté un enfant, un enfant heureux, aussi longtemps que tu l'aurais voulu ! Aucune loi ne prévoit cela, mais cela aurait été ma loi à moi ! »*

J'assistais régulièrement à des représentations au Met de New York. Je les trouvais toutes horribles. Pour être honnête, quand bien même de véritables anges auraient chanté sur scène, ils m'auraient semblé tout aussi affreux à entendre. En plus de ma méconnaissance de l'opéra, je détestais cet établissement pour la façon dont il avait traité ma Mère à la fin des années 1950, lorsque son directeur l'avait virée, l'accusant de choses ignobles et causant un nouveau scandale.

La flamme du châtiment contre ceux qui lui avaient fait du mal brûlait encore très fort en moi. Maintenant, je sais que tout cela avait à voir avec ma propre personne avant tout : j'en voulais à ceux qui m'avaient fait du mal, à moi !

J'en étais à moitié conscient, mais la vengeance était la principale raison pour laquelle j'étais allé à New York. Je voulais être près de la Veuve. Je savais que ma Mère ne lui avait jamais rien reproché, mais je n'arrivais pas à comprendre pourquoi. Comment pouvait-elle ne pas en vouloir à la femme qui lui avait volé l'homme qu'elle aimait ? Comment pouvait-elle ne pas en vouloir à la femme qui lui avait interdit l'accès au lit de mort de mon Père ? Pour moi, elle était devenue l'antipode de ma défunte Mère bien-aimée : elle était la méchante marâtre, bien vivante, elle, d'un conte plein de rebondissements mais sans fin heureuse.

Dans l'un des albums de l'assistante, il y a une photo de deux femmes magnifiques qui se sourient lors du gala d'anniversaire présidentiel de 1962 : ma Mère, l'idole lyrique brune, et une déesse blond platine du cinéma. Elles avaient quelque chose en commun qu'elles ignoraient, qui les unissait dans leur malheur et, indirectement, dans leur mort prématurée : elles furent toutes les deux détestées par la Veuve à un moment ou un autre – la star blonde, retrouvée morte quelques mois après que cette photo avait été prise, pour avoir été la maîtresse de son premier mari, ma Mère, pour avoir été la seule femme que son deuxième mari ait vraiment aimée.

La sœur de mon Père étant déjà morte, la Veuve était désormais tout en haut de la liste de mes ennemis à abattre.

70

Quand on lit un livre ou qu'on regarde un film, il y a presque toujours un moment, le point culminant de l'arc narratif, où le héros comprend ce qu'il doit faire et comment. Comment sauver la situation, venir en aide à la fille, qui protéger, qui détruire. Sans le savoir, j'attendais ce moment-là.

Tôt le matin ou tard après le travail, je me rendais souvent autour du 1040 de la 5e Avenue pour essayer d'apercevoir cette femme. Je prenais toujours soin de me rendre invisible. Pas comme une de ces caricatures d'espion portant un imper trop grand, un fédora et des lunettes noires et se faufilant partout comme un chat, non, je portais mes vêtements de tous les jours et marchais comme le font les New-Yorkais, vite et avec détermination, suivant un circuit précis dans le périmètre, en traversant la rue dans sa longueur puis en revenant par Central Park pour recommencer.

De temps en temps, je l'apercevais en train de sortir ou d'entrer dans son immeuble. Mais même quand elle se tenait à quelques mètres de moi, elle ne me regardait jamais. Ni moi ni personne d'autre, d'ailleurs. Absorbée en elle-même, elle gardait toujours la tête basse, comme si elle vérifiait que ses mocassins impeccables n'avaient pas de poussière. Je ne crois pas l'avoir jamais vue lever les yeux. Comme les fleurs et les lions ailés sculptés au-dessus de sa porte d'entrée, une expression immuable semblait gravée sur sa figure : quelles que soient l'heure, la saison ou la météo, avec ou sans ses grandes lunettes de soleil, un demi-sourire ne quittait jamais son visage. Je haïssais ce sourire narquois, le même qu'elle avait eu à l'hôpital et qu'elle avait sur les photos où elle marchait derrière le cercueil de mon Père, à côté de sa fille dévastée. Je détestai ce sourire encore plus quand je la vis à côté de mon Père, toujours en vie, dans les articles de presse que ma Mère avait conservés dans des boîtes comme pour s'infliger davantage de douleur.

Ce sourire était devenu emblématique, une marque presque aussi célèbre que celui de Mona Lisa. Tout ce dont je rêvais, c'était de l'effacer de son visage. Sans que je sache encore *où et quand*, mon moment cinématographique approchait à toute vitesse.

Elle était devenue mon obsession. La suivant de la 5e Avenue et de Central Park au bureau de son éditeur sur Madison Avenue, ou à la Société d'art municipal, où elle était membre du conseil d'administration, j'étais devenu ce que l'on appelle aujourd'hui un *stalker*, un harceleur.

J'étais toujours discret ; ni elle ni son entourage ne semblaient me remarquer. Et pour être honnête, je n'étais pas dangereux. Pas physiquement, en tout cas. Je n'ai jamais pensé à lui faire du mal. Je voulais seulement obtenir un tête-à-tête, même si j'étais certain de n'avoir rien à lui dire.

Seulement, je présumais que l'affronter sans prononcer le moindre mot, les yeux dans les yeux dans un silence de mort, serait plus déstabilisant que n'importe quelle menace ou demande d'explication.

71

Je revins à New York depuis l'Italie après avoir passé Noël et le Nouvel An avec *papà* et l'assistante. Le jour de mon retour, début janvier 1984, je tombai sur quelques lignes dans un article de journal qui me donnèrent un bon prétexte pour rencontrer la Veuve. Elle organisait un gala de collecte de fonds vers la fin du mois, quelques jours avant une audience à propos de ce que le journaliste appelait « le projet St. Bart's ».

St. Bart's était une église de style byzantin du XIXe siècle sur Park Avenue, dans le centre de Manhattan, qui faisait face à des difficultés financières. Le recteur et les gardiens avaient élaboré un plan de développement qui consistait à démolir la maison communautaire de six étages adjacente à l'église, et à la remplacer par un gratte-ciel de soixante étages. Le site étant classé monument historique de la ville de New York, une audience devant la Commission de préservation du patrimoine était prévue le 1er février. La Veuve allait plaider contre le plan, en sa qualité de membre éminent d'un groupe de pression agissant pour la protection des bâtiments historiques de la ville.

Le gala qu'elle avait organisé pour sensibiliser les gens et collecter des fonds contre la destruction de St. Bart's devait se tenir au New York Palace Hotel, dans des salles de manoir du XIXe siècle qu'elle avait déjà contribué à sauver quelques années auparavant.

Je réussis à acheter une place, payant pour cela le double de mon salaire annuel en tant qu'ingénieur de cinquième classe. Bien sûr, l'argent n'était pas un problème, mais j'avais choisi le prix de deuxième catégorie pour éviter d'être assis à sa table. Je voulais pouvoir la regarder sans être vu avant le moment que j'aurais décidé. Je me souviens encore de l'exaltation de mes préparatifs : enfiler mon nouveau (et tout premier) smoking ; plaquer mes cheveux en arrière comme le faisait mon Père dans sa jeunesse ; glisser dans la poche de ma veste une paire de lunettes teintées François Pinton – un modèle similaire à celui que portait Icare et déjà démodé depuis longtemps, même à l'époque.

J'arrivai en retard pour éviter d'avoir à la saluer en entrant dans la salle de bal, remplie de tables pour l'occasion. Pendant le cocktail précédant le dîner, je m'attardai au bar puis circulai parmi les cent invités dans une valse calculée au millimètre, m'assurant d'être toujours en position de l'observer sans qu'elle puisse me voir. Quand on nous invita à prendre place, je demandai poliment à une dame qui ressemblait à une version plus âgée de Nancy Reagan d'échanger les nôtres. Elle accepta sans protestation, si bien que je me retrouvai assis avec le dos de notre hôtesse en ligne de mire. Entre deux plaisanteries et questions de mes camarades de table (je m'étais présenté comme un Américain d'origine grecque issu d'une petite famille d'armateurs peu connue appelée « Mesis »), je gardai un œil sur elle.

Je ne me souviens pas du menu, ni même si j'ai goûté à la nourriture ; je ne me rappelle aucun des noms ou des visages de ceux de ma table à part celui de la vieille dame qui m'avait cédé sa place. Mais je me souviens de chaque mouvement de la Veuve, calme et délibéré : ses mains, ses hochements de tête lorsqu'elle se tournait et parlait aux hommes assis à côté d'elle. Je peux encore voir chaque détail, de la fermeture éclair à l'arrière de sa robe bleu foncé aux boucles d'oreilles en perles qu'elle touchait d'un geste délicat de temps en temps. J'étais un prédateur, un lion observant une gazelle avant de l'attaquer. Néanmoins, l'attaque que j'avais en tête devait se faire sans effusion de sang.

Le dessert était servi quand elle plia sa serviette, la posa sur la table et se leva de sa place. De sa voix douce et fragile, elle plaida en faveur du sauvetage de l'église avec une passion toute contenue.

« Comment pouvons-nous construire un avenir si nous ne respectons pas et ne reconnaissons pas notre passé ? », demanda-t-elle.

Elle parlait de préserver le passé, alors qu'elle avait tout fait pour réduire le mien à néant ! En me privant de mon histoire, elle m'avait contraint à bâtir mon avenir sans fondation sur lequel le poser.

« Ces monuments, comme les Villard Houses qui nous accueillent ce soir et la gare de Grand Central, sauvée grâce à notre initiative et votre aide, ont fait de notre ville ce qu'elle a été et ce qu'elle est. Et nous les aimons pour cela. Et nous ferons tout notre possible pour sauver St. Barth's. »

Je me demandais comment elle pouvait aimer les bâtiments plus que les gens. Comment elle pouvait défendre la sauvegarde de briques, d'acier et de ciment, vouloir préserver des hôtels, des gares et des églises, alors qu'elle avait empêché un enfant de rencontrer son père sur son lit de mort ?

Sa petite intervention terminée, j'applaudis bruyamment pour évacuer le sang de ma tête en ébullition vers mes paumes. Elle se mit alors à naviguer de table en table, souriant et usant de son charme pour demander de l'argent (chose pour laquelle elle était si douée !), embrassant les invités sans même effleurer leurs joues, recevant des baisemains et des chèques qu'elle remettait à une jeune femme trois pas derrière elle.

Elle avait parcouru la moitié de la salle quand je la vis regarder vers notre table. Mes compagnons lui sourirent ; la femme ressemblant à Nancy Reagan sortit son carnet de chèques de son sac à main. Le moment était venu.

Je priai tout le monde de bien vouloir m'excuser. Me levant et lui tournant le dos, je plongeai ma main dans la poche de ma veste. Puis, tout en marchant lentement vers le bar, je fis en sorte qu'elle voie parfaitement ma main en tirer une épaisse enveloppe.

Je commandai un verre de whisky en attendant qu'elle arrive. Je n'avais aucun doute qu'elle viendrait me trouver, attirée par l'enveloppe remplie d'argent autant que par la curiosité envers cet inconnu, qui s'était levé avant qu'elle n'ait eu le temps de jouer sa petite comédie de l'honorable hôtesse.

Et en effet, elle vint à moi.

Elle sentait le cyprès et le patchouli ; son parfum m'était parvenu avant ses mots.

« Bonsoir M. Mesis, je ne crois pas que nous nous soyons déjà rencontrés. »

Je levai les yeux du comptoir ; le verre de scotch avait laissé une trace humide à côté de l'enveloppe. Mes lunettes teintées étaient suffisamment transparentes pour révéler mon regard. Je pris sa main, résistant à la tentation de l'embrasser – ou de la serrer fort jusqu'à la broyer – tout comme je résistai à la tentation de répondre : « Oh, je crois pourtant que si. »

Il n'était pas nécessaire de parler. Bien que cela lui prît plus de temps que ce que j'attendais, peut-être trois secondes, elle finit par me reconnaître.

Le sourire disparut de son visage comme si quelqu'un avait éteint un interrupteur. Ses yeux furent comme exorbités ; sa main gauche toucha sa poitrine comme pour protéger la source de sa voix contre mon silence, tandis qu'avec sa main droite, elle agrippa le tabouret de bar pour retrouver l'équilibre. Je me levai, poussai l'enveloppe dans sa direction, fis un signe de tête et partis.

Je pouvais sentir son regard sur mon dos alors que je me dirigeai vers la sortie. J'imaginai déjà sa perplexité quand elle lirait le faux nom que j'avais mis sur l'enveloppe. C'était la version abrégée de « Nikolaos E. MESIS », le nom que j'avais donné au moment de réserver ma place :

N. E. MESIS.

72

À partir de ce moment-là, j'arrêtai d'être invisible. Non pas que j'aie changé de tactique. Je passais toujours devant son appartement, sa maison d'édition, les restaurants qu'elle fréquentait, les églises St. Ignatius Loyola et St. Thomas More, aussi discrètement que possible. Seulement, désormais, j'étais vu, observé, et même attendu. Comme j'avais mémorisé son emploi du temps, mes courtes visites étaient peu fréquentes, une ou deux fois par semaine tout au plus. Et pourtant, je savais que j'étais sa première préoccupation dès l'instant où elle sortait d'un bâtiment ou d'un taxi. Je la voyais à chaque fois lever la tête, examiner les alentours. Son sourire habituel avait disparu. Parfois nos regards se croisaient et elle baissait immédiatement les yeux, même quand j'étais à bonne distance.

D'autres fois je restais caché, et dès que je voyais le soulagement sur son visage, je sortais de ma cachette avec nonchalance dans le seul but de profiter de la terreur de son expression.

J'adorais ce jeu du chat et de la souris. Je n'ai pas honte d'admettre qu'il me faisait me sentir puissant, en contrôle complet, pour une fois dans ma vie. Dieu sait quel sentiment de menace mon acte dramatique lors de son gala, ajouté à mon pseudonyme vengeur, avait créé dans son esprit.

Ce qui était encore plus excitant, c'était la certitude qu'elle n'avait personne à qui se confier, ni personne pour la protéger. Les rares fois où un garde du corps l'accompagnait discrètement, celui-ci ne semblait jamais remarquer sa terreur. En plus de ça, elle n'avait aucun moyen de demander une protection légale, car je n'enfreignais aucune loi : je ne m'approchais jamais à moins d'une douzaine de mètres, et à l'époque la législation contre le harcèlement n'existait pas à New York. Deuxièmement, et plus important encore, requérir une ordonnance de restriction l'aurait obligée à révéler mon identité. Toute la vérité aurait alors été exposée, y compris le rôle qu'elle avait joué dans l'affaire, et pour rien au monde elle n'aurait pris ce risque.

Malgré tout, je m'étais demandé si elle s'en était confiée à ses enfants. Mais au fil du temps, je compris que ni sa fille ni son fils n'avaient conscience de ma présence quand ils sortaient avec elle. Ils bavardaient, marchant l'un à côté de l'autre, et ne semblaient pas faire attention à son regard inquiet. Ou alors, s'ils l'avaient remarqué, ils avaient dû penser que c'était à cause des paparazzis.

Dès lors, elle prit l'habitude de procéder à la vérification de chaque recoin possible dès qu'elle mettait le nez dehors. Chaque fois qu'elle me voyait, elle serrait le bras de son fils comme si elle essayait de se fondre en lui pour disparaître. Il mettait habituellement son bras autour d'elle ; il était grand, fort et puissant, de quelques mois plus jeune que moi. C'était un enfant gâté, le fils d'un président devenu héros en se faisant assassiner et de son épouse devenue héroïne parce qu'elle avait survécu. On l'adulait pour la famille dans laquelle il était né, pour son nom – quelque chose que je ne connaîtrais jamais. Je commençai à être jaloux de lui.

Il ne me fallut pas longtemps pour saisir ce que signifiait le fait de serrer le bras de son fils : en le tirant vers elle, elle n'essayait pas de se défendre *elle-même* contre moi. Un jour, alors que nos chemins se croisèrent au moment où ils sortaient, les yeux de la Veuve ne montrèrent pas seulement de la crainte, ils affichèrent la détermination ferme d'une gazelle protégeant son petit face à un lion.

Non, elle n'essayait pas de se cacher dans ses bras. Elle le protégeait, *lui*, de ma présence menaçante.

73

Je continuai ma surveillance en fonction des variations de mon humeur. Le 1040 sur la 5e Avenue était devenu ma panacée contre l'ennui, la dépression ou le doute. Comme la Veuve n'était pas tout le temps là quand je lui rendais visite, j'allais flâner au Met ou dans Central Park. Je m'asseyais sur un banc devant le réservoir qui porterait plus tard son nom, au même endroit où je la voyais souvent assise, lisant un livre ou un manuscrit.

Avec le temps, son attitude envers moi changea. Sa terreur initiale céda place à un malaise constant, comme lorsque l'on vit avec un handicap ou une maladie chronique : on est conscient que c'est là, que cela pourrait causer de la douleur à un moment donné, mais en attendant, on essaie de faire avec, du mieux possible. Ses regards inquiets et persistants furent bientôt remplacés par des coups d'œil brefs, exprimant tantôt de la colère, tantôt de l'indifférence.

De toute évidence, elle avait compris que je ne l'attaquerais pas, que je ne représentais pas de menace physique. Elle aurait même pu deviner que mon seul objectif était de la contrarier, de lui rappeler par ma présence les conséquences de ses actions, mais elle ne pensa jamais à m'ignorer tout simplement. Elle aurait pu se contenter de garder la tête baissée, de ne jamais regarder autour d'elle, et je serais de nouveau devenu invisible. Et pourtant, elle contribuait à faire perdurer ce tango malsain avec son assentiment silencieux.

Les danses, bien sûr, sont un dialogue, et je voyais la nôtre comme celle de deux personnes qui se détestaient. Mais pour être franc, je ne sais pas vraiment si elle me détestait. À présent, je peux mesurer la douleur que représentait la destruction de son ego par un mari qui la traitait comme une traînée avide d'argent, tandis qu'au même moment il se faisait photographier en train d'embrasser son ex-maîtresse. Je pense même pouvoir comprendre sa haine envers ma Mère : elle savait qu'elle ne serait jamais à la hauteur, non pas tant dans le cœur de mon Père – car elle savait de toute façon que leur mariage n'était rien de plus qu'un accord commercial – mais dans son admiration. Je comprends aussi pourquoi elle n'a pas permis à ma Mère de lui rendre visite à l'hôpital. Oui, je le comprends. Mais je ne l'accepte toujours pas.

Mais après tout, qui sait : peut-être me haïssait-elle vraiment pour avoir été le fruit d'un amour authentique, d'une passion et d'une connexion qu'elle n'avait jamais connues, ni avec mon Père ni avec son premier mari assassiné.

Pour ce qui est de moi, je la haïssais pour de vrai. Et par le biais de cette haine, étrangement, je devenais la personne la plus proche qu'elle ait jamais eue. Je lui « rendais visite » plus fréquemment que ses propres enfants, et mon sentiment était sincère – après tout, la haine est une émotion aussi intense que l'amour. Je remarquais chaque fois qu'elle avait coupé ses cheveux, qu'elle changeait de coiffure. Je repérais ses nouvelles chaussures. J'avais même appris à deviner son humeur selon les couleurs de ses T-shirts ou de ses foulards.

J'étais une présence constante dans sa vie, la suivant discrètement à distance, imperceptible pour ceux qui l'entouraient. Cela changea en février 1985, quand un autre homme se joignit à notre danse. J'avais prévu de rentrer chez moi mi-mars pour une petite cérémonie commémorative du dixième anniversaire de la disparition de mon Père, et pour célébrer par la même occasion mon vingt-cinquième anniversaire avec *papà* et l'assistante. Ayant besoin de remplir certaines formalités pour ma carte verte en raison de mes habitudes de travail erratiques, j'allais probablement devoir rester en Italie un peu plus longtemps, peut-être deux mois. J'avais donc rapproché mes visites au 1040 de la 5e Avenue où je me rendais presque tous les jours, faisant des stocks de harcèlement pour compenser ma future période d'absence.

La première fois que je remarquai le nouveau venu, je fus étonné par leur proximité physique, qui semblait cependant dépourvue d'attachement. Petit et trapu, il marchait à côté d'elle sans se tenir à distance comme un garde du corps. Mais il n'y avait pas d'affection ni de familiarité entre eux. Il n'était certainement pas un ami. Ils échangeaient quelques mots dès qu'elle sortait du bâtiment, puis, comme un chien de chasse, il flairait les alentours à la recherche d'une proie. Et cette proie, c'était moi.

La première fois qu'elle tourna son visage vers moi, les yeux de l'inconnu le suivirent. C'était une journée froide mais ensoleillée ; ils portaient tous deux des lunettes de soleil, mais il ne faisait aucun doute qu'il avait les yeux rivés sur moi. Ils persistèrent quelques secondes, comme pour s'assurer qu'elle n'avait pas vu un mirage. Il fut avec elle le lendemain et le jour d'après, m'observant en silence tel un archer essayant de calculer la distance, le vent et la pression de l'air avant de décocher sa flèche.

Qui était cet homme à qui elle s'était confiée et que lui avait-elle révélé ?

Je le vis pour la dernière fois un lundi matin, dix jours plus tard. Il marchait avec elle dans le parc où ils avaient pénétré par l'entrée opposée à son immeuble. Ils s'avançaient sous les arbres dénudés en direction du réservoir. Elle n'avait pas de livre à la main, ni de dossiers. Je les suivis à distance. De temps en temps, il tournait la tête pour s'assurer que j'étais toujours là. Je me demandai si je n'étais pas en train de tomber dans un piège. Elle s'assit sur son banc habituel, l'homme se tenant derrière elle. Je m'arrêtai plus loin. Il se pencha et lui chuchota quelque chose à l'oreille. Elle hocha la tête sans détourner les yeux de l'eau.

Il se retourna, me regarda et commença à marcher dans ma direction. En quinze secondes, mes yeux parcoururent son visage – où se dessinait un sourire en coin que je percevais comme menaçant – jusqu'à sa main qu'il avait plongée dans la poche de son imperméable. Mon cœur battait à tout rompre. Allait-il sortir une arme ? Allait-il *vraiment* me tirer dessus, ici, dans ce silence lugubre interrompu seulement par quelques joggeurs qui, avec leurs Walkmans sur les oreilles, n'entendraient probablement rien ?

Je restai sur place. Sa voix était posée, lourde et humide, comme une extrémité de cigare entre des lèvres closes. Son sourire narquois ne changea pas, bien que, à quelques centimètres de mes yeux désormais, il semblait statique, ni menaçant ni amical, comme si elle lui avait transmis le sien à la façon d'une maladie contagieuse.

« Homer[1] ? » demanda-t-il avec un accent gréco-américain à couper au couteau. Sans attendre ma réponse à sa question rhétorique, il sortit un morceau de papier plié de sa poche.

« C'est pour vous. »

Il me le tendit et retourna vers elle, posant la main sur le banc à côté de son épaule. Elle se leva et, en moins d'une minute, ils disparurent tous deux de ma vue, sans se retourner vers moi.

Je dépliai le papier et lus une adresse sur la 5e Avenue, entre la 51e et la 52e Rue, rédigée d'une écriture serrée, ferme et sèche. En dessous, il y avait une date – dans trois jours – un horaire, et le nom d'un homme.

Et juste en dessous encore, comme un post-scriptum, d'une écriture différente, plus ronde et aérienne : « Joyeux 25e anniversaire. »

1. En grec dans le texte original : *Όμηρε*.

74

J'arrivai à l'adresse, un gratte-ciel à côté de la cathédrale St. Patrick, à la date et à l'heure fixées. Je donnai au portier le nom grec figurant sur la note et fus accompagné au *penthouse* situé au 51e étage. Je fus invité dans un bureau qui avait connu des jours meilleurs – il y a une bonne dizaine d'années au moins voire plus. Ni la lumière radieuse que filtraient les grandes fenêtres d'angle, ni la vue impressionnante sur la *skyline* ne venaient compenser la décadence de sa gloire passée. Bien que tout fût d'une propreté impeccable, la fraîcheur factice d'une bombe aérosol ne masquait pas l'odeur nauséabonde d'un lieu clos depuis trop longtemps.

Un homme était assis, paraissant tout petit derrière son vaste bureau en acajou ornementé de fines dorures. Il avait un visage épais et jaunâtre, une bouche large et sévère et des cernes foncés sous des yeux bruns.

« Entrez, entrez, asseyez-vous je vous prie… asseyez-vous là », dit-il sans se lever, et sans rien bouger d'autre que sa bouche et ses yeux agités qui me suivaient.

Sa voix était grave comparée à la minceur de son corps. Il était habillé d'un costume de tweed bleu, certainement la chose la plus récente de la pièce. Quand je m'assis sur la chaise des visiteurs, il se leva enfin, s'étira de tout son long au-dessus du bureau vide pour me serrer la main. Je dus me lever à mon tour et me pencher vers lui pour obtenir une poignée de main ferme.

Il avait environ soixante-quinze ans. Il me regardait sans prétention. La lumière dans laquelle baignait la pièce et le léger sourire sur son visage créaient une atmosphère tout à fait différente de la rencontre avec mon Père derrière un bureau similaire, à Glyfada. Après une forte inspiration, il s'exclama, en grec cette fois : « Tu as les yeux, la bouche et la corpulence de ta mère – sans parler de ces doigts ! – mais tu ressembles tellement, *tellement* à ton père. Et à ton pauvre frère, encore plus. »

Je n'avais rien à répondre. Je ne savais pas qui était cet homme, mais c'était la première fois que quelqu'un appelait Icare mon « frère ». Je l'avais toujours vu comme mon demi-frère tout au plus, le premier fils de mon Père. Entendre ce mot de « frère[1] » toucha une corde sensible en moi.

1. En grec dans le texte original : *αδελφός*.

Le vieil homme continua : « C'est extraordinaire ! Te voilà ici ! Enfin bon, j'ai vu ces photos récentes de tes petites... expéditions » – il sortit une enveloppe d'un tiroir et l'ouvrit pour montrer quelques photos de moi – « et j'ai vu tellement de photos et de films de toi enfant, adolescent... »

Il accompagna sa phrase d'une inclinaison de tête vers la droite. Là, contre l'une des gigantesques baies vitrées, se trouvaient plus d'une douzaine de boîtes en carton, sur lesquelles étaient inscrites des dates allant de 1960 jusqu'au début des années 1970.

Je pris conscience que toute ma vie était là-dedans.

« ... mais te voir ici, en chair et en os, c'est... bouleversant. »

Puis, regardant sa montre, il dit : « J'espère que tu as du temps devant toi, jeune homme, car il y a beaucoup de choses dont nous devons parler, et nous avons pris du retard. »

75

Il me dit que tout le 51e étage de l'immeuble était la propriété de mon Père, ainsi que le 6e étage. Une partie du bâtiment était à l'origine prévue pour y établir le siège de son empire, qui avait déjà à l'époque commencé à s'effondrer ; mon Père était décédé au moment où sa construction se finalisait. Maintenant, ces deux étages étaient la propriété de *ma sœur*, c'est le mot qu'employa cet homme.

Je regardai les boîtes et intuitivement, il répondit que ma sœur était au courant de leur existence. Elle en avait vu le contenu. Comme s'il lisait dans mes pensées, il ajouta : « Il est trop tôt pour la rencontrer, mon garçon. Donne-lui du temps. Elle vient d'avoir un bébé, tu sais. C'est trop tôt. »

Trop tôt pour quoi ? Cela faisait dix ans que mon Père était mort, dix ans depuis la première et dernière fois qu'elle m'avait vu. Elle savait qui j'étais avant même que je le sache.

« Elle est rarement ici, poursuivit-il. Elle supervise les affaires à distance. Mais dans ses bons moments, elle est vraiment la fille de son père – de *ton* père. »

Je n'osai pas l'interroger sur les « mauvais moments », mais j'en avais déjà eu quelques échos, que ce soit dans les chroniques mondaines ou de ce que m'en avait dit l'assistante.

Celle-ci, malgré la proximité qu'elle avait eue avec l'univers de mon Père grâce à ma Mère, n'avait aucune idée de l'identité de l'homme assis face à moi. Il était le bras droit de mon Père, celui qui gérait ses affaires aux États-Unis et qui travaillait à présent pour le compte de sa fille. Il était le responsable de mon bien-être, et devait veiller à ce que je sois *pris en charge*. J'avais détesté cette expression pendant si longtemps, mais la rencontre de cet homme, qui m'appelait « mon garçon », lui donnait tout à coup une saveur différente. Cela signifiait beaucoup. En tout cas, plus que ce que certains n'auraient jamais dans leur vie. Moi, c'était tout ce que j'avais, et je devais à présent le chérir.

Je me sentis submergé par le nombre de questions que j'avais à lui poser. Il me rassura en me disant qu'on avait tout notre temps. Ma première question était simple : « Pourquoi maintenant ? » Pourquoi avait-il choisi de me convoquer ? Pourquoi pas plus tôt, pourquoi pas jamais ? Cela avait-il à voir avec mon 25e anniversaire ? Il répondit que mon âge n'y était pour rien.

« Quand ton père est mort, je lui ai promis que je prendrais soin de sa fille. Et c'est ce que je fais. Elle ne voulait pas que je te contacte. Tu comprends, n'est-ce pas ? » Je ne comprenais pas, mais je restais silencieux.

« Il a fallu que je fasse ça derrière son dos à cause de… de tes activités récentes envers la veuve de ton père. Tu lui fais peur, tu sais. Et elle n'est pas la fautive dans l'histoire. Du moins, pas plus que les autres », m'expliqua-t-il.

J'allai protester en disant qu'elle avait volé mon Père, qu'elle avait brisé le cœur de ma Mère, qu'elle n'était intéressée que par l'argent, mais avant que mes pensées n'aient le temps de sortir de ma bouche, il ajouta : « Ta mère désapprouverait que tu fasses cela. Ce n'est pas à elle qu'elle en voulait. Elle lui en voulait à lui ! Elle disait que leur mariage était une erreur, mais que c'était son erreur *à lui*, pas celle de sa femme. »

Il ne pouvait pas voir que je serrais les poings sur mes genoux sous son bureau, alors il évacua le sujet avec désinvolture : « Parlons-en plus tard. Je parie que tu veux fouiller dans ces boîtes. »

Il se leva et, feignant une robustesse que trahissait sa démarche hésitante, se dirigea vers les cartons. « Je ne les ai pas explorées depuis un moment, mais j'ai déjà vu la quasi-totalité de leur contenu. Quoi qu'il en soit, il était fier de toi. N'oublie jamais cela. »

Alors que je l'aidai à soulever la boîte de mon année de naissance, enfouie sous d'autres plus récentes, je me demandai comment mon Père avait pu être fier de quelqu'un qu'il connaissait à peine, qu'il n'avait vu qu'une fois pour le jeter hors de son bureau, quelqu'un dont la vie avait été amputée de sa vérité, par sa faute ?

Certaines de ces questions trouvèrent des réponses grâce à ce qu'il y avait dans les cartons. Et je découvris à cette occasion qu'il en savait beaucoup plus sur moi que je ne pouvais l'imaginer.

76

Ces derniers jours avant de partir pour l'Italie furent consacrés à me plonger dans ces cartons et à contempler ma vie. Pas seulement en fragments mais en images complètes, figées ou animées, et en lettres – des rapports, plutôt – restituant chaque aspect de mon existence. C'était comme lire ma propre biographie.

Dans chaque boîte, il y avait des dizaines voire des centaines de photos. Je pouvais me voir dormir dans mon berceau âgé de quelques semaines seulement, comme l'indiquait la date au dos (je reconnus l'écriture soignée de *mamma*), sur ses genoux avec un sourire sur mes lèvres barbouillées, ou étendant ma main potelée pour attraper quelque chose. Une caméra avait suivi chacun de mes pas depuis mes tout premiers, et les avait gravés sur pellicule. J'entendis même mon premier mot sur une bobine. À chaque nouvelle boîte, je me voyais grandir, devenir un garçon puis un adolescent. Il y avait aussi *mamma* et *papà*, Renata, notre femme de chambre et le majordome, ainsi que chaque coin de la maison et du jardin, comme si on avait voulu en faire la brochure d'une agence immobilière.

Néanmoins, dans les photos et les films, on ne percevait pas tellement ce sentiment de bonheur qu'on retrouve souvent dans de tels souvenirs de famille. Que celui-ci ait été sincère ou mis en scène pour la caméra n'y changeait rien. J'avais le sourire, l'air heureux – et je l'étais ! –, tout comme Renata, mais *mamma* et *papà* avaient toujours l'air raides et mal à l'aise, comme s'ils jouaient un rôle. Toujours dans leurs plus beaux vêtements, même quand les images étaient censées être spontanées, et toujours dans la retenue, même quand on était pris en train de s'amuser.

Ils savaient qu'ils étaient sous les projecteurs, qu'ils restaient des employés à qui l'on avait confié une seule et énorme responsabilité : moi. Comprends-moi bien : je sais qu'ils me chérissaient, et qu'avec le temps ils avaient réussi à m'aimer. Mais ces photos et ces films n'en étaient pas la preuve flagrante.

Chaque année, autour de mon anniversaire, une photo en particulier était toujours mise en scène de la même manière : *papà*, *mamma* et moi au milieu, devant notre porte d'entrée. Les premières me montrent dans les bras de *mamma*, puis quelques années plus tard, je me tiens entre eux.

Nous regardons tous les trois l'appareil photo, nous sourions, mais il n'y a aucun contact physique entre nous. *Mamma* rôde derrière mon dos et *papà*, quant à lui, a simplement les bras le long du corps, comme un soldat prêt pour l'inspection. Disposées en séquences sur le grand bureau, ces photos d'anniversaire étaient comme une démonstration en accéléré de mon évolution. Je me voyais grandir, devenant de plus en plus semblable à Icare, ainsi qu'à ma Mère sur ses photos d'enfance à elle. Je n'ai jamais vu de photos de l'enfance de mon Père – je suppose qu'elles furent détruites quand les Turcs incendièrent Smyrne et massacrèrent les chrétiens de la ville.

Mais mon évolution pouvait être suivie à un degré encore plus fin. Il y avait par exemple des cahiers remplis de rapports sur mes repas quotidiens, comprenant des annotations détaillées de la main de *mamma* (apparemment j'aimais le chocolat, mais je préférais « mourir de faim plutôt que de manger des haricots »). À mesure que je grandissais, ces rapports commencèrent à décrire non seulement mes habitudes alimentaires, mais aussi mes préférences et mes aversions, mes jouets préférés parmi ceux que j'avais reçus, mon vocabulaire qui s'étendait en italien et plus tard en grec, ainsi que mes crises de colère.

L'épisode de mon explosion chantante n'était mentionné nulle part, du moins pas dans les lettres et les rapports que j'ai vus, mais on y assurait en revanche qu'aucune musique classique n'était écoutée dans la maison. Je vis également les noms des quelques enfants avec qui j'avais sympathisé au fil des ans, à côté des professions et des adresses de leurs parents.

Comme si ça ne suffisait pas, il y avait aussi des évaluations de mes attributs et caractéristiques, du genre « *un garçon fougueux et intelligent* » ou « *grand et plein d'énergie* ». Mes poumons solides avaient fait l'objet d'une remarque, tout comme mon amour pour la mythologie et tout ce qui avait un rapport avec la Grèce, donnée qui était constamment rappelée au fil des ans.

Toute ma vie jusqu'en 1973 se trouvait dans ces cartons. Les rapports prenaient fin une semaine avant ma funeste visite chez mon Père. Après ça, la documentation se faisait plus éparse. Le nombre de photos diminuait largement et les notes étaient plus succinctes.

Au terme du premier jour de mon inventaire, je demandai au bras droit de mon Père si je pouvais prendre les cartons avec moi. Il répondit : « Pas encore », mais il m'assura qu'ils resteraient dans le bureau. Chaque fois que je voudrais les voir, il me suffisait de lui passer un coup de fil. Il me permit toutefois de récupérer un seul objet de la deuxième boîte.

C'était une photo datée du 20 janvier 1961, l'anniversaire de mon Père. Il était assis sur un canapé dans notre salon. Tout sourire, en costume sombre, cravate et lunettes à monture en corne, il tenait une cigarette dans sa main droite et, de la main gauche, un bébé enjoué sur ses genoux. Moi.

77

Cette photo était la seule preuve que mon Père m'avait bien tenu un jour dans ses bras, chose que ma Mère n'avait jamais pu faire. Elle est devenue l'une des quatre photos-totems que je porte toujours avec moi : le Polaroid de ma Mère morte dans son lit, ses longs cheveux auburn encadrant son visage pâle, ses lèvres légèrement entrouvertes, une croix et une rose posées sur son buste ; la photo en noir et blanc, devant laquelle elle faisait toujours brûler une bougie, d'elle en maillot de bain la montrant en train de poser la tête sur l'épaule nue de mon Père ; et une photocopie du cliché du paparazzi qui m'avait capturé en arrière-plan sur l'avenue Georges-Mandel. Ces quatre photos sont désormais à toi, dans un dossier de la boîte que tu as reçue.

J'étais reconnaissant d'avoir la photo de moi et de mon Père, mais déterminé aussi à obtenir des réponses. L'homme de confiance de mon Père, qui avait supervisé l'exécution de son plan, était la dernière personne vivante qui pouvait me les fournir.

Je commençai par le questionner sur ma naissance et ma « mort », en lui demandant si j'étais vraiment le garçon sur la photo remise à ma Mère. Et puis, qu'en était-il du petit cercueil enterré au cimetière de Bruzzano : était-il vide ou y avait-il un autre bébé malchanceux dedans ?

Il m'assura que la photo de moi que ma Mère avait gardée avec elle toute sa vie était authentique. Selon lui, c'est l'assistante qui avait pris cette photo avant qu'ils ne m'emmènent dans la précipitation. Je restai pour le moins sceptique : l'assistante était certaine de n'avoir pas pris la photo, parce qu'elle n'avait pas été autorisée à entrer dans la pièce. Même aujourd'hui, quand il me prend l'envie d'utiliser un logiciel qui permettrait de déterminer si le bébé sur la photo (une photocopie de la photo pour être précis, je raconterai plus tard ce qu'il est advenu de l'original) est vraiment moi, je résiste. Cela ne ferait qu'aggraver les choses si je découvrais que ma Mère, en plus d'avoir pleuré sur une fausse tombe, avait possédé et chéri une fausse photo !

Quant au contenu de ma tombe, mon Père avait tout préparé. Il avait soudoyé le médecin et deux infirmières pour récupérer un bébé de substitution, le mort-né d'une autre malheureuse mère, et le conserver dans le réfrigérateur de la clinique à partir du septième mois de grossesse de ma Mère. N'est-ce pas horrible ? Ne pourrait-on pas en faire le scénario d'un film glauque ?

Quand ma Mère était allée à l'hôpital au huitième mois et qu'on lui avait dit, de façon purement fictive, qu'elle allait devoir me mettre au monde ici et maintenant, ils avaient sorti le bébé du réfrigérateur. On me fit naître par césarienne, je fus emmené hors de la clinique sous prétexte de problèmes respiratoires, et je « mourus » dans l'ambulance. Religieuse comme elle était, ma Mère s'était inquiétée du fait que, comme je n'avais pas été baptisé, je parte en enfer. Ils lui dirent qu'une infirmière m'avait donné un « baptême d'air », une brève cérémonie pouvant être pratiquée par un laïc selon le rituel de l'Église orthodoxe grecque, mais sans immersion dans l'eau, dans le cas où un bébé était sur le point de mourir avant qu'un prêtre n'ait pu être appelé.

Ne s'était-elle jamais demandé comment une infirmière italienne, donc catholique, aurait pu connaître une telle cérémonie, et savoir comment la pratiquer ? Ou avait-elle préféré ne pas trop se poser de questions, afin de se convaincre du fait que son Omero l'attendait bien au paradis ?

Le cercueil n'aurait donc pas été vide si elle avait demandé à voir son garçon décédé. Mon Père avait dû se dire que, tous les bébés se ressemblant – ou du moins ne ressemblant pas encore à leurs parents –, elle n'aurait eu aucune raison de douter que c'était moi. Je ne suis pas d'accord. Si elle avait demandé à ouvrir le petit cercueil, je suis sûr qu'elle aurait senti dans son cœur que ce n'était pas *son* bébé. Même si ça n'avait été qu'une vague suspicion, le doute se serait installé en elle ; et elle aurait commencé à poser des questions tôt ou tard.

Cela dit, même si elle avait commencé à mener ses recherches, il lui aurait été difficile de découvrir où j'étais. Mon existence cloîtrée à la maison n'était pas tellement due à la peur de mon Père que quelqu'un découvre qui j'étais en reconnaissant les traits de mes parents. Cela aurait été assez peu probable. Non, la raison pour laquelle j'étais prisonnier dans ma cage dorée était sa crainte que je sois kidnappé contre rançon, comme cela arrivait souvent à d'autres enfants de familles riches du nord de l'Italie à cette époque-là.

Il ne pouvait pas risquer la vie de son seul « remplaçant », celui de son héritier légitime.

Plus tard, sa conviction que la mort d'Icare était un coup monté renforça sa détermination à me maintenir dans l'ombre. Mon Père était convaincu que le crash de l'avion avait été planifié soit par la CIA, soit par son principal rival commercial – que son ex-femme avait épousé, rappelle-toi – ou par la junte militaire grecque au pouvoir dans une tentative de le détruire. Il passa les deux dernières années de sa vie à rechercher le coupable, faisant fi de toutes les preuves et de tous les rapports d'enquête. L'ayant déjà privé d'un fils, que feraient ces forces obscures si l'existence d'un second fils était révélée ?

L'adjoint de mon Père admit que la Veuve, motivée par des desseins personnels, avait renforcé cette paranoïa. Non seulement j'allais être en danger si mon identité était révélée, disait-elle, mais elle ajoutait à l'équation, pour son bénéfice exclusif, l'histoire de dépression et les tentatives de suicide de la fille de mon Père pour me garder caché.

Outre cette histoire de famille, la Veuve avait également mis sur la table une autre considération : le business. À l'époque, mon Père essayait de conclure une affaire de première importance aux États-Unis, et elle l'avait averti que la révélation d'un *bâtard* caché depuis si longtemps scandaliserait les Américains conservateurs.

Pour finir, trahissant la nature de son véritable objectif, elle avait fait valoir que s'il voulait un autre fils, alors il avait *son* fils à elle. Le garçon l'adorait et l'admirait ; il pourrait le modeler à sa guise pour qu'il prenne un jour sa place (mon Dieu comme je détestais ce garçon, poussé dans les bras de mon Père !).

À tout cela, ce dernier opposait un refus catégorique : « Le sang est le sang. Tu ne comprends pas ça. Tout ce qui t'importe, toi, ce sont *tes* enfants – et l'argent. »

À ce moment-là, leur mariage était déjà en train de s'effondrer, et il avait commencé à l'appeler *la* « jinx », le « chat noir », même en sa présence.

78

Il y avait apparemment une autre raison pour laquelle mon Père avait choisi de ne pas révéler mon identité, ni au monde, ni à ma Mère, ni à moi. Il avait pourtant hésité au moment où, pleurant dans ses bras la perte de son Icare, elle avait chuchoté : « Oh, si seulement *notre* fils était vivant ! »

Je me demande si à ce moment-là, il prit conscience de l'ironie tragique de ses petits arrangements. Il avait « tué » le fils bâtard pour ne pas mettre en péril l'intronisation de son héritier. Et maintenant que ce dernier était parti, il ne savait pas comment ressusciter le premier sans le mettre en danger à son tour, et sans perdre en plus la seule personne qui l'aimait aveuglément.

Même si, bien entendu, aucune cabale ne m'aurait jamais poursuivi, sa peur de la réaction de ma Mère était somme toute plutôt raisonnable. Mon Père savait qu'il la perdrait pour de bon si elle découvrait que la disparition de son fils avait été le fruit d'un sombre stratagème. Il la perdrait non seulement à cause de la vérité, mais aussi à cause de moi : je prendrais aussitôt sa place dans son cœur. C'était ce que nous méritions tous les deux, mais il ne pouvait pas accepter cette éventualité.

Je demandai à son bras droit si la volonté farouche de mon Père de protéger la seule relation solide qu'il entretenait pouvait expliquer son comportement lorsque nous nous étions rencontrés en Grèce. Il reconnut que cela avait pu jouer un rôle, mais affirma qu'un autre facteur avait été beaucoup plus décisif.

Rien, pas même les photos les plus récentes envoyées d'Italie, ne l'avait préparé à se trouver nez à nez avec le fantôme incarné de son fils défunt. Il s'attendait à voir un enfant de quatorze ans. Au lieu de ça, il s'était retrouvé confronté à un jeune homme qui ressemblait beaucoup à Icare, habillé comme lui, coiffé comme lui (c'était l'œuvre de sa sœur !), et portant des lunettes comme lui. Dans sa douleur aveuglante, il avait confondu l'application que *mamma* avait mise à me présenter comme un garçon soigné (comme l'aurait fait tout employé consciencieux) avec une tentative de manipulation consistant à vouloir remplacer l'irremplaçable.

« A-t-il fini par présenter des excuses à *mamma* ? », demandai-je. Après tout, j'étais sûr que la réaction de mon Père avait déclenché sa maladie terminale.

« Demander pardon n'était pas dans les habitudes de ton père », répondit le bras droit.

Il ne demanda pas non plus pardon à ma Mère, bien qu'elle prétendît fermement le contraire au moment de raconter sa visite fictive sur son lit de mort. Le bras droit était affirmatif, comme l'assistante avant lui : ma Mère ne lui avait jamais rendu visite à l'hôpital de Neuilly-sur-Seine. Non pas qu'elle n'ait pas essayé. Mais les trois Furies avaient donné des ordres très clairs pour l'en empêcher.

Si elle avait réussi à le voir et qu'il était encore capable de formuler quelques mots, il lui aurait certainement révélé la vérité. Pendant ces longues semaines de maladie sans échappatoire possible, il avait compris qu'il devait enfin cracher le morceau. Il savait aussi que sa mort imminente aurait pu inciter ma Mère à lui pardonner de l'avoir privée de son fils, et que je serais devenu du même coup sa seule raison de vivre. Il lui devait au moins ça. Mais tous ses appels étaient sous surveillance, et quand il comprit que malgré ses préparatifs secrets et ses manigances, elle ne serait jamais autorisée à le voir, il fit tout ce qui était en son pouvoir pour lui laisser un message.

79

Dans le dernier carton, une surprise nous attendait tous les deux, une preuve que jusqu'à son dernier souffle, mon Père avait essayé d'arranger les choses. Il y avait un petit morceau de papier, la demi-page d'un cahier, avec l'adresse de l'hôpital inscrite sur la partie inférieure.

Son bras droit me jura qu'il ne l'avait jamais vu. Mais comme cela faisait des années qu'il n'avait pas regardé dans les boîtes, la déduction la plus logique était qu'elle avait été mise là par ma sœur. Dans une écriture à peine lisible, griffonnée au crayon, mon Père avait écrit en grec : « Dis-lui Omero toujours vivan » [sic]. Sous le message se trouvait un numéro de téléphone américain, que le bras droit reconnut comme sa ligne personnelle.

De toute évidence, la note n'était jamais parvenue à ma Mère. Pourquoi ? Et comment s'était-elle retrouvée dans ces boîtes ? À qui mon Père l'avait-il remise ? J'ai une théorie à ce sujet, que je n'ai jamais prouvée mais qui tient la route (la seule personne qui pourrait la confirmer ou la démentir a refusé de le faire).

Si tu te souviens bien, l'assistante m'avait confié que ma Mère était tenue informée de l'état de santé de mon Père au cours de ses dernières semaines par l'une de ses meilleures amies, une pianiste dont la propre mère était alitée dans une chambre voisine. Elle se montrait amicale avec la fille de mon Père, et prenait même parfois des pauses cigarette avec la Veuve. Mon Père la connaissait déjà sans aucun doute, et avait dû la voir là-bas. Je présume donc qu'il avait griffonné la note et l'avait remise à une infirmière pour que celle-ci la donne à l'amie de ma Mère. Mais l'infirmière, incapable de déchiffrer ses grognements, ou soudoyée par les Furies, la remit à la fille de mon Père à la place.

Fin de l'histoire.

Aujourd'hui encore, je me demande si mon Père est mort soulagé d'avoir informé ma Mère au dernier moment. Ou si, juste avant de fermer les yeux pour toujours, il a découvert que cette ultime tentative serait elle aussi un échec.

80

Quand je partis en Italie pour célébrer mes vingt-cinq ans, beaucoup de mes questions avaient fini par trouver des réponses. Le mystère embrouillé qu'était ma vie avait été partiellement démêlé. Mais il restait des sujets auxquels personne n'avait encore répondu, comme ce qui était advenu de la photo du bébé après le décès de ma Mère – elle n'était dans aucun des cartons – ou ce qui s'était réellement passé avec l'ultime message de mon Père. Pour ce dernier, comme tu le sais, je n'ai jamais résolu l'affaire. En revanche, j'ai découvert le sort de la photo du bébé mort, quelques années avant mes quarante ans.

Malgré les interrogations persistantes, je quittai le bras droit de mon Père avec une certitude définitive : quoi que je fasse, quelle que soit la vie extravagante que je choisirais de mener, il y aurait toujours assez d'argent non seulement pour moi, mais aussi pour mes enfants, si je décidais un jour de fonder une famille. Cela m'amena à me poser la question de mon patronyme. Je lui demandai s'il y avait un espoir, une chance que je puisse utiliser mon *vrai* nom.

Sa réponse laissa peu d'espoir : tant que la fille de mon Père vivrait, ce serait impossible. Et s'il me venait l'idée de me lancer dans une campagne tapageuse pour revendiquer ce qui me revenait de droit, mes moyens financiers seraient coupés et je serais combattu sans merci. Il m'avertit que c'était une clause explicite dans le testament de mon Père. Chose que je n'ai jamais crue, à juste titre.

Ce ne fut pas la seule mise en garde qu'il me fit. L'autre me fut présentée sous la forme d'une promesse : je recevrais de l'aide pour obtenir ma carte verte à condition que j'arrête de harceler la Veuve. Il me dit que ses nerfs étaient fragiles et que ni mon Père ni ma Mère n'auraient voulu qu'elle souffre. Peu importait que mon Père ait voulu divorcer avant sa mort, qu'il ne la supportait plus et qu'il la traitait sans ménagement, surtout quand elle dépensait son argent sans scrupule. Peu importait aussi qu'elle ait utilisé mon existence comme levier pour rester mariée avec lui et obtenir un meilleur arrangement financier après sa mort, comme me l'annonça le partenaire de mon Père. Non, malgré tout cela, jamais mon Père n'aurait accepté que quiconque lui fasse du mal – c'était un droit qu'il s'était réservé à lui seul.

On me conseilla donc de cesser de la coller de trop près, avec l'assurance que l'équipe juridique s'occuperait de mon statut migratoire. Ce que le bras droit laissait entendre, c'est que si je continuais, on me refuserait définitivement ma carte verte.

« Comment savez-vous que j'ai des problèmes de carte verte ? » demandai-je.

« Nous savons tout », dit-il d'un ton formel.

Et c'était vrai : la somme que j'avais dépensée pour acheter un appartement dans la rue Patissíon, en face de celui où ma Mère avait passé son adolescence (si tu te souviens bien, j'avais commencé à collectionner les appartements dans différentes villes, cherchant désespérément un endroit que j'aurais appelé « ma maison »), combien de verres j'avais pris au club L'Aviron à Buenos Aires, de quel montant était la pension mensuelle que je versais à l'assistante de ma Mère… En suivant l'argent, c'était moi qu'ils suivaient.

Cette omniscience me rappela la présence invisible et divine de mon Père pendant mon enfance. Je n'en tirai aucun réconfort pour autant ; cela semblait même plus menaçant qu'autre chose, et mon humeur subitement paranoïaque me poussa à poser une autre question. Les associés, les affidés ou la fille de mon Père avaient-ils quelque chose à voir avec le meurtre du réalisateur italien, après qu'il avait reconnu *mamma* et noté ma ressemblance avec ma Mère ?

Le bras droit répondit catégoriquement par la négative, avant de moquer mon imagination débordante digne de scénarios de film. Je rétorquai que toute ma vie s'était déroulée comme un mauvais scénario. Il acquiesça comme pour dire : « Pas faux », mais insista sur le fait que même si mon Père avait été encore en vie, et même si P. P. P. avait effectivement fait le rapprochement – hypothèse que je n'étais pas en mesure de prouver –, personne ne l'aurait fait tuer. De plus, le fait qu'il ait essayé de contacter ma Mère le jour de son meurtre ne signifiait pas nécessairement qu'il m'avait reconnu : ma Mère et lui se parlaient tout le temps.

« Son meurtre était lié à ses goûts pervers et n'a rien à voir avec toi ou ta mère ; c'était une simple coïncidence », insista-t-il, avant de conclure que mon existence était déjà assez compliquée comme ça – et qu'il ne servait à rien de chercher un drame là où il n'y en avait pas.

Mais devais-je le croire ?

81

J'en suis arrivé à penser que la paix intérieure est quelque chose que l'on a ou que l'on n'a pas, que ce soit en raison de nos gènes ou de notre éducation. Et que si on ne l'a pas, alors rien ne permet de l'atteindre, peu importe ce que les psychologues ou les gourous de la méditation peuvent prétendre, peu importe à quel point on est désespéré, comme je l'étais.

Même si les informations du bras droit de mon père avaient éclairci certaines zones d'ombre qui entouraient mes parents, elles ne m'apportaient aucune paix intérieure, aucun soulagement. Pour moi, le dossier n'était pas clos.

Néanmoins, à mon retour d'Italie, j'arrêtai de surgir devant la Veuve comme un diable à ressort de sa boîte. Je passais plus de temps à travailler – j'avais obtenu ma carte verte sans difficulté, comme promis – et pendant mon temps libre, je retournais au bureau dans la tour de mon Père regarder les photos et lire (puis relire) les rapports quotidiens, tous les détails prosaïques de mon comportement et de mon évolution. Au fil des mois, le processus de pardon envers mes parents adoptifs s'enclencha.

« Leur pardonner quoi ? », me demanderais-tu sans doute. Je n'en étais pas tout à fait sûr moi-même. Après tout, ils n'avaient été que des marionnettes dans le scénario de mon Père, les serviteurs jetables d'un pouvoir bien plus grand. Pouvais-je leur en vouloir d'avoir été si consciencieux, d'avoir fait leur travail du mieux possible ? Était-ce *leur* faute s'ils n'avaient jamais pu se laisser emporter, s'investir dans l'amour pour quelqu'un qui à tout moment pouvait être appelé par son père afin d'accomplir le destin qui lui avait été refusé à la naissance ? Ils n'avaient pas eu la vie facile, eux qui enduraient la crainte que mon secret – un secret qui n'était même pas le leur, mais dont ils étaient les gardiens – ne soit un jour révélé, entraînant une visite de ma Mère, furieuse, ou Dieu sait quel châtiment de mon Père. Non seulement ça, mais ils devaient vivre aussi avec leur propre culpabilité et la probabilité que le garçon auquel ils s'attachaient de plus en plus leur soit un jour retiré.

Parfois, je me demande si le choix des vêtements de *mamma* pour ma rencontre avec mon Père était vraiment un accident, ou s'il s'agissait d'une tentative plus ou moins inconsciente de créer un esclandre afin de garder encore un peu pour elle le garçon qu'elle avait élevé. Je n'oublierai jamais à quel point elle se sentit libérée quand mon Père mourut, comment sa santé déclinante connut un regain de vigueur, même s'il fut temporaire. Pensait-elle, maintenant qu'il n'était plus là, qu'il y avait une chance qu'elle garde *son* fils ? Si seulement je l'avais su plus tôt… Je lui aurais posé la question. Si seulement elle avait laissé des lettres décrivant ses sentiments à mon égard et la façon dont elle vivait la situation…

Mais elle n'a laissé que ces comptes-rendus, et il n'y avait aucun réconfort à trouver dans ses phrases laconiques : « Il a grandi de 2 centimètres depuis le mois dernier » (juillet 1965) ; « Il sera un grand garçon. Robuste. Il a adoré son nouvel avion miniature – il a dormi avec lui dans ses bras » (avril 1968) ; « Ulysse est toujours son héros préféré » (février 1969) ; « C'est un bon garçon (malgré quelques crises de colère, qui sont plus rares maintenant) » (mars 1970).

J'étais un bon garçon. Et *mamma* en était fière.

82

Quelques mois plus tard, le portier de la tour de mon Père s'était habitué à mes allées et venues. Même quand le bras droit était absent, j'étais autorisé à venir fouiller dans les cartons ou à m'asseoir simplement dans le bureau.

La secrétaire me réservait toujours un bon accueil, que le vieil homme ait été présent ou non, elle savait qu'elle pouvait me faire confiance. Il lui avait assuré que je ne prendrais jamais rien qui ne m'appartienne pas (bien que tout m'appartînt). De temps en temps, j'avais le droit de récupérer une photo ou un objet – une mèche de cheveux de mon jour de baptême, par exemple – mais c'était toujours lui qui les distribuait.

Je passais des heures assis sur la chaise que mon Père utilisait autrefois derrière le volumineux bureau Louis XV de son yacht. Quand sa fille s'était débarrassée du navire, la chaise et le bureau avaient été transférés à New York. Je m'appuyais sur le dossier en osier de la chaise, caressais ses accoudoirs arrondis, bougeais mes pieds autour de la jambe centrale et me sentais comme un garçon sur les genoux de son père – ou comme l'héritier de son empire, assis sur son trône.

Un jour d'octobre chaud et doux, si caractéristique de New York, je décidai de retourner au bureau une nouvelle fois. Je savais que le bras droit ne serait pas là. Il s'échappait aussi souvent que possible, au Honduras, en Suisse ou à Monaco, pour le travail ou simplement pour s'éloigner d'une ville qu'il méprisait.

En entrant dans l'ascenseur, je savais déjà quel était le but de ma visite : récupérer la petite croix dorée que mon « parrain » m'avait donnée le jour de mon baptême, comme le veut la tradition grecque orthodoxe. Je m'étais vu la porter dans de nombreux films et photos de mon enfance, brillante contre le soleil italien, mais pendant ma période de rébellion, je l'avais enlevée et jetée par terre. Je ne m'étais rappelé cet épisode qu'au moment où j'avais lu le rapport de *mamma* qui datait du 26 avril 1972 : « Il a choisi de ne plus porter de croix ». Pas un mot sur mes cris, mes hurlements ou mes gestes violents. Après tout, j'étais un « bon garçon ». La croix avait fini par se retrouver dans ces boîtes, et je m'étais dit qu'il était temps qu'elle retrouve sa place autour de mon cou.

Pour être clair, il ne s'agissait que d'un souvenir. Je ne croyais plus en Dieu et n'y crois toujours pas. Plus j'en apprenais sur la foi de mon Père et de ma

Mère, moins j'étais amené à L'apprécier (mais ne pas L'apprécier n'implique-t-il pas qu'on admet au préalable Son existence ?). La foi ne les avait pas sauvés de leurs mauvais choix et de leurs destins tristes.

Quand j'entrai dans le bureau, la secrétaire ne me sourit pas comme d'habitude. Plus étrange encore : la porte du bureau était fermée. Habituellement, que le vieil homme soit présent ou absent, que je sois attendu ou non, je l'avais toujours trouvée ouverte. « Je déteste les portes fermées, m'avait dit un jour le bras droit de mon Père, ça rend l'air et les gens stagnants. Je veux que l'air et la lumière circulent, bougent, comme l'eau de la mer. Le mouvement, c'est la vie ».

La secrétaire se leva et me dit calmement que je devais partir. Je n'eus pas le temps de demander pourquoi. Elle commença à me reconduire vers l'ascenseur. C'est là que j'entendis la porte du bureau s'ouvrir et une voix de femme derrière moi.

« Est-ce que j'ai un rendez-vous ? J'ai entendu la sonnette. »

Je me retournai et elle se tenait là, ses grands yeux marron accentués par un mascara noir regardant vers moi. Presque immédiatement, son visage fut saisi par la même expression de stupéfaction que celle qu'elle avait eue à Neuilly-sur-Seine environ dix ans auparavant.

Bonjour, *ma sœur*…

83

Silence.

Nous étions assis face à face, dans le calme, depuis un moment. La secrétaire avait reçu l'ordre de partir, nous laissant seuls au 51e étage. J'avais oublié que c'était *son* bureau désormais, que la chaise sur laquelle j'avais fantasmé les embrassades de mon Père était maintenant la sienne. C'était elle qui avait décidé de se débarrasser du bateau, qui portait son nom, et d'en faire don à l'État grec. Tout était à elle : *son* bateau, *sa* fortune, *son* entreprise, *son penthouse*. Même mes cartons étaient à elle.

La seule chose que nous partagions était notre ADN. Et le silence.

Quand elle prit enfin la parole pour lancer la partie, le premier coup qu'elle joua fut si banal qu'il me fit presque rire.

« Souhaitez-vous un Coca light ? », demanda-t-elle, indiquant les bouteilles d'un pack à moitié vide sur le sol, à côté de mes cartons.

Puis elle ajouta : « Sans sucre. J'essaie de réduire. »

Je remarquai que sa silhouette, sous une chemise bleu clair et une veste plus foncée, était plus ronde que quand je l'avais vue à Paris.

Je fis un signe de la tête. Elle prit une bouteille dans un petit réfrigérateur à côté d'un tiroir et me l'offrit.

Je la remerciai, tenant la bouteille dans ma main sans pouvoir l'ouvrir. Je n'avais pas de décapsuleur mais elle ne semblait pas le remarquer. Elle ne faisait que me regarder fixement.

J'ai rencontré des gens tristes tout au long de ma vie, mais je n'ai jamais vu des yeux aussi malheureux que les siens. Même quand je la vis enfin sourire, ses yeux gardaient un fond de chagrin, de déception et d'angoisse. Je compris alors que nous tenions, elle et moi, les rôles les plus tragiques de cette pièce. Maudits soient celles et ceux qu'on abandonne à leur sort, quand les drames de leurs proches pèsent lourd sur leurs épaules pour le restant de leurs jours.

Je ne pouvais plus supporter le silence. Je devais dire quelque chose.

« Je viens ici de temps en temps. Pour les cartons. »

Ses yeux ne bougèrent pas, son expression non plus. Je me demandais si elle était au courant de mes visites, si elle savait que j'avais espionné sa belle-mère. Moi, je savais qu'elle connaissait le contenu des boîtes.

Elle haussa les épaules. « Vous pouvez les prendre si vous voulez. »

« Merci », murmurai-je.

Puis tout à coup, elle sortit une photo de son sac à main. On la voyait sur un bateau, avec un grand sourire, tenant un bébé contre sa chemise rose clair. Ses yeux étaient cachés derrière de volumineuses lunettes de soleil mais j'étais sûr que la joie apparente masquait de l'inquiétude et ce fond de tristesse qui l'habitait. Le bébé, en blanc, avait les bras tendus et gonflait ses joues.

« Je suis mère », dit-elle en grec, d'un ton à la fois assuré et donnant l'impression de s'excuser.

Elle laissa la photo sur le bureau. Je la pris délicatement entre mes doigts. « Elle est très belle », dis-je de la manière dont on se sent obligé de le faire, même si je n'ai jamais compris qu'on puisse qualifier un bébé de « beau ».

« C'est ma *koukla*[1] », s'exclama-t-elle avec fierté, sans perdre la gravité de sa voix.

En lui rendant la photo, je trouvai le courage de dire : « J'espère que personne ne vous la volera. »

Dès l'instant où je fermai la bouche, je compris que ce que je venais de dire si abruptement aurait pu être perçu comme une menace. Mais elle ne le prit pas comme ça.

1. « Poupée » en grec.

Ses yeux s'élargirent et devinrent plus tristes encore. En caressant doucement le petit bébé sur la photo avec le dos de son index, elle répondit : « Ça vaut ce que ça vaut, mais je suis désolée. »

84

Aussi désolée qu'elle pût être, et malgré nos conversations, devenues chaleureuses avec le temps, il y avait toujours entre nous une certaine tension latente. Nous étions comme deux danseurs pieds nus sur des bris de verre, attentifs à ne pas dire quoi que ce soit qui pût nuire à notre relation nouvelle.

Nous nous rencontrions à New York chaque fois qu'elle était de passage, pour partager un repas ou discuter dans son bureau. C'était elle qui parlait la plupart du temps, car elle connaissait déjà quasiment tout de ma vie, jusqu'à un certain point. Elle me raconta son enfance comme si j'étais son psychanalyste, chargé d'écouter ses histoires de chagrin d'amour, de trahison et de solitude.

Cela dit, elle parlait rarement de ma Mère et de notre Père ensemble, comme si ces années où elle avait « fait intrusion dans la vie de papa » (selon ses mots) étaient hors de son champ de vision. Je l'avais interrogée plusieurs fois là-dessus, et elle avait seulement répondu qu'à l'époque, son frère et elle n'avaient rien pu faire d'autre que d'accuser une tierce personne pour l'échec du mariage de leurs parents, et qu'ils l'avaient fait sentir à ma Mère sur le bateau en lui jouant des mauvais tours : en mettant de la musique très fort ou en criant à côté de sa cabine quand elle voulait se reposer, en déposant des épingles sur sa chaise ou en cachant ses chaussures. Moi, je savais qu'ils avaient fait bien pire que ça. L'assistante m'avait dit qu'ils l'appelaient « le laideron », la « chanteuse de pacotille[1] » et « culasse[2] », ce dernier mot sonnant comme son nom de famille en grec, surnoms qu'ils lui donnaient même face à elle. Ma Mère ne s'en était jamais plainte auprès de mon Père. Elle savait que sa doctrine : « Mes enfants passent en premier » ne changerait jamais.

Je compris bientôt que par « enfants », mon Père ne parlait en fait que de son fils. Icare était littéralement son alpha et son oméga. Il devenait évident à partir des confessions de ma sœur que nous avions une chose en commun : elle aussi était une indésirable. Elle n'était peut-être pas un bâtard caché comme moi, mais elle n'avait jamais été vraiment aimée non plus, seulement *prise en charge*.

Mon Père idolâtrait son fils aîné, l'empereur en devenir. Leur mère l'adorait aussi. Qu'il ait été mince,

1. En grec dans le texte original : *τραγουδιάρα*.
2. En grec dans le texte original : *κώλος*, prononcé *kólos*, qui signifie « cul ».

beau et extraverti avait aidé, sans aucun doute ; elle était la petite fille laide, mal dans sa peau et silencieuse. Elle ressemblait trop à son père pour que sa mère, une vraie beauté elle-même, puisse l'aimer.

Il ne lui manquait en fait qu'une chose pour que son père la respecte : un pénis. Qu'elle fût intelligente ne faisait aucune différence, pas plus que le fait qu'elle l'adorait, d'une façon malsaine qu'elle avait fini par confondre avec l'amour. Dans le monde de mon Père, les femmes représentaient au mieux des trophées, des objets à posséder et à utiliser pour susciter l'envie. Au moins, j'avais eu la chance pour ma part de grandir avec une *mamma* qui se souciait réellement de moi et un *papà* qui avait prouvé qu'il pouvait être à mes côtés.

Désespérant de gagner l'affection de mon Père, ma sœur devint elle-même possessive, et se mit à haïr toutes les autres femmes de sa vie. Dans son esprit, ma Mère avait détruit sa famille, que mon Père et sa première femme aient été heureux ou non. Et après la Chanteuse vint la Veuve. Avant même leur mariage, ma sœur en parlait comme de « la malheureuse pulsion de papa ». Lorsque le mariage fut annoncé, elle et Icare étaient furieux. Non seulement parce que c'était *elle*, mais aussi parce que leur plan consistant à remettre ensemble leur mère et leur père échouait pour de bon.

« Nous n'avons assisté à cette farce que parce qu'il nous a menacés de nous enlever de son testament », admit-elle volontiers.

Au début, ils ne lui adressaient pas un mot, ne prenaient même pas acte de sa présence quand ils étaient tous assis à table. Et quand, un jour, la Veuve osa faire un commentaire sur leur impolitesse, mon Père lui répondit de se soucier de ses propres enfants, et non des siens.

« La Veuve n'aimait que l'argent. Dieu merci, grâce à ça, je savais comment la manipuler, et j'ai réussi à m'en débarrasser après la mort de papa. Ta mère l'aimait vraiment, elle, au moins », murmura-t-elle un jour.

« Pourquoi ne l'as-tu pas laissée le voir à l'hôpital alors ? », demandai-je.

« Ça m'aurait privée de moments avec lui. Des derniers moments si précieux. Je n'étais pas prête à accepter ça », répondit-elle avec franchise.

Avec le temps, je compris qu'elle éprouvait à la fois de la fascination et de la répulsion pour ma Mère, à cause de la compétition qu'elle avait instaurée entre elles. Ma Mère était la seule femme que mon Père aimait sur un pied d'égalité. Et étant sa propre fille – et je ne peux pas le lui reprocher –, elle avait le sentiment qu'il aimait une étrangère davantage qu'elle.

Malgré tout cela, elle ne mentionna jamais le fait qu'elle avait engagé le majordome de ma Mère pendant deux ans. Peut-être avait-elle voulu marcher dans ses pas, être comme elle, essayer de comprendre pourquoi mon Père l'avait tant aimée.

Éventuellement, sa jalousie aurait pu excuser les blagues puériles et les provocations envers ma Mère, et même, dans une certaine mesure, sa conspiration pour empêcher ma Mère de voir mon Père sur son lit de mort.

Mais pourquoi ne s'était-elle jamais rapprochée de moi ? Jusqu'à la naissance de sa fille, j'étais son parent le plus proche encore en vie. « Je n'étais pas prête », répondit-elle. « Je ne suis pas sûre que je l'aurais été un jour, si tu n'étais pas apparu de nulle part[1], comme ça, devant moi. »

« Et qu'en est-il de la note qu'il a écrite pour ma Mère lui disant que j'étais vivant ? Pourquoi ne la lui as-tu pas donnée ? Ou ne l'as-tu pas au moins donnée à quelqu'un d'autre pour qu'il la lui remette ensuite ? »

Elle se contenta de me regarder avec un air de défiance mêlé de confusion. Puis, en me demandant si je voulais un autre Coca light, elle éluda ma question et n'y revint plus jamais.

1. En grec dans le texte original : *φάντης μπαστούνι*.

85

La note de mon Père n'était pas le seul sujet tabou entre nous. Un an environ après notre première rencontre, nous étions au restaurant pour déjeuner et elle n'arrêtait pas de parler de son mariage raté (le dernier des quatre). Elle était obsédée par son ex-mari. Mais malgré le jugement impitoyable qu'elle portait sur son caractère, le moindre début de reproche qui venait de moi entraînait une volte-face immédiate de sa part, et elle le défendait soudain avec l'énergie de quelqu'un protégeant un membre de la famille que lui seul est autorisé à critiquer.

Elle me dit qu'elle voulait un autre enfant, afin que sa fille ne grandisse pas « seule » comme elle, et qu'elle était prête à payer une somme exorbitante à son mari pour qu'il la mette enceinte. Elle soulignait souvent sa solitude auprès de moi – de *moi*, qui avais quand même passé toute mon enfance privé d'autres enfants ! Lorsque je lui fis remarquer l'ironie de la chose, elle répondit avec ce narcissisme bien à elle : « Tu as tellement raison, nous sommes si semblables ! »

Et puis, avec l'un de ces grands sourires qui signifiait qu'elle était de bonne humeur, elle prit ma main et dit : « Je suis si heureuse de nos discussions ! J'ai l'impression d'avoir un bon ami avec moi… »

« Je ne suis pas ton ami », objectai-je.

Devant son regard meurtri, j'ajoutai : « Je veux dire que je ne suis pas *seulement* ton ami. Je suis ton *frère*… »

Elle retira sa main, se leva et dit d'une voix furieuse et étouffée : « Je n'avais qu'un seul frère. Et il est mort ! » avant de sortir du restaurant avec fracas.

Tant pis pour mon espoir inavoué et patiemment entretenu qu'elle serait celle qui me redonnerait ma place légitime dans l'arbre généalogique familial, celle qui me sortirait de l'ombre et dirait enfin au monde qui j'étais. S'il y avait bien une personne qui pouvait le faire, c'était elle. Elle avait toujours nagé à contre-courant. Elle avait même épousé un fonctionnaire soviétique, contre l'avis de tous, excusez du peu !

Mais tout à coup je pris conscience que ces années passées à la tête d'un empire l'avaient transformée en impératrice elle-même, une impératrice qui avait désormais une héritière à son tour.

Et moi, j'étais encore et toujours un corps étranger.

86

Après cet échange, elle ne me passa aucun coup de fil pendant trois mois. Et puis un jour, laissant un message sur mon répondeur comme si de rien n'était, elle m'informa qu'elle serait à New York pour quelques jours et qu'elle serait heureuse de me voir. « Nos conversations me manquent », m'avait-elle dit.

Nous avons repris comme avant, cette fois sans allusion à notre lien de parenté. Chaque fois qu'elle parlait de mon Père, elle parlait de *son* papa. Les rares occasions où moi, j'en parlais, il était *mon* Père. Comme si nous parlions de deux personnes différentes. Nous avons maintenu cet étrange statu quo pendant les mois suivants.

Nous nous fréquentions plus souvent que jamais ; elle me présenta même à certains de ses amis proches en qualité d'« ami gréco-italien ». Je la voyais perdre puis reprendre du poids, suivant un cercle vicieux où elle était malheureuse parce qu'elle était grosse et grosse parce qu'elle était malheureuse. Je la rencontrais dans ses moments de haut, en train de planifier l'avenir et de parler *business* avec enthousiasme ; puis je la découvrais dans ses moments de bas, submergée par l'apparente futilité des choses, endossant le rôle de victime, de la *pauvre petite fille riche*. Pourtant, il y avait une constante, quelle que soit son humeur : chaque fois qu'elle parlait de sa fille, son visage s'illuminait.

Je n'eus jamais l'occasion de voir ma nièce, du moins pas quand elle était enfant, excepté sur les photos que ma sœur avait dans son sac à main. Sur chacune d'entre elles, que ce soit en tenue de ski, en train de monter un poney ou au milieu d'un jardin en fleurs, mère et fille souriaient toutes deux. Et sur la plupart d'entre elles, leurs corps et leurs joues étaient unis dans une intimité touchante. Plus tard, quand les rumeurs sur le suicide commencèrent à circuler, je sus qu'elles ne pouvaient pas être vraies. Même dans ses moments les plus sombres, elle m'avait dit à plusieurs occasions qu'elle ne se ferait plus jamais de mal comme elle avait pu le faire dans le passé, parce qu'elle n'abandonnerait sa fille pour rien au monde.

Même son obsession pour son mari s'était calmée, alors qu'approchait la finalisation du divorce. Quand le divorce fut enfin prononcé, elle m'appela pour me dire qu'elle était une femme libre et que nous devions fêter ça ensemble. Elle avait l'air sincèrement heureuse. « Ce n'est pas un chapitre que je viens de refermer, c'est tout un livre ! », proclama-t-elle en levant son verre lors de notre dîner de célébration en tête-à-tête.

J'étais heureux pour elle, mais ne pouvais pas m'empêcher de penser à une autre candidate au divorce qui n'avait jamais réussi, elle, à l'officialiser : ma Mère, quand elle avait annoncé qu'elle renonçait à sa citoyenneté américaine et reprenait sa citoyenneté grecque. « Je suis une femme libre », avait-elle expliqué à un journaliste, « parce que, selon la loi grecque, quiconque n'est pas marié après 1946 dans une église n'est pas marié. Alors, vous comprenez… »

Lorsque le journaliste lui demanda si elle prévoyait d'épouser mon Père, ses yeux brillèrent et son sourire s'élargit, mais elle resta évasive : « Oh, ce ne sont pas des questions à… Pour l'instant, je suis une femme libre, et très heureuse de l'être. »

J'espérais vraiment que la liberté accorderait un meilleur traitement à la nouvelle divorcée qu'à ma Mère.

Et le peu de temps pendant lequel elle l'eut, cela sembla très bien lui convenir.

Nous avons parlé pour la dernière fois au téléphone fin octobre 1988. Elle envisageait un nouveau départ, une nouvelle vie pour elle et sa fille : « Je pense déménager en Argentine ! Acheter une *estancia* de 1 000 hectares et vivre là-bas en toute tranquillité, tu vois le genre… » Elle me dit qu'elle prévoyait de rendre visite à l'une de ses meilleures amies à Buenos Aires en novembre et de commencer à chercher son endroit de rêve. Elle était convaincue de le trouver, et ensuite : « Tu pourras venir me voir quand tu voudras. Tu verras, ce sera marrant ! »

Au cours de cet ultime appel, pour la première fois, ce terrible « mon » disparut, même si ce ne fut que pour une phrase brève : « Oh, tu sais combien *Papa* aimait l'Argentine ! » Pas *son* Papa. Seulement « Papa ». *Notre* Papa.

« Je pense à me teindre les cheveux en blond. Tu ne trouves pas que ça m'irait bien ? »

Avant les salutations finales, ce fut la dernière chose que je l'entendis jamais prononcer.

87

20 novembre 1988.

Sa photo, tout sourire, à côté d'un article de deux colonnes et demie dans le *New York Times.*

Le titre : « La reine du transport maritime décède à 37 ans. »

Elle me considérait comme un ami.

Je la pleurai comme ma sœur.

88

Je n'avais plus de famille biologique à part ma petite nièce, avec qui je partageais à la fois le sang et le deuil. Je n'étais pas certain qu'elle sût que j'existais, mais à trois ans, ça n'aurait pas vraiment compté pour elle de toute façon. Elle avait très certainement senti, de manière plus viscérale encore que ne le peuvent les adultes, qu'elle venait de perdre sa mère. Au moins, elle avait encore son père – et un oncle qu'elle ne rencontrerait que trente ans plus tard.

Quant à moi, il me restait *papà* et l'assistante, qui se languissaient toujours de mes brefs séjours en Italie. Ils étaient devenus reclus dans leurs propres logis : *papà* dans notre immense maison vide, n'utilisant qu'une chambre et le salon, passant ses journées à jardiner ; l'assistante, dans son petit appartement, entretenant le sanctuaire de ma Mère ; tous les deux s'occupant de fantômes autant que moi. La seule différence était que je poursuivais toujours les miens, tandis que les leurs étaient à portée de leurs mains.

Je me remis à voyager, mais ne limitai plus mes excursions aux endroits où ma Mère et mon Père avaient vécu, aimé, réussi ou connu des déceptions. Je vécus les années suivantes en trimbalant mes valises d'appartement en appartement, que j'achetais ou que je louais simultanément dans des villes différentes, essayant de trouver enfin celui qui serait mon « chez moi ». En vain : les endroits liés à ma famille nourrissaient des souvenirs et des fantasmes, mais charriaient aussi une odeur de mort ; inversement, ceux où ni mon Père, ni ma Mère, ni ma sœur – maintenant qu'elle était morte elle aussi – n'avaient vécu, étaient écrasants de vide, sans rien pour m'y retenir. Oh, je sais bien que cela n'a pas de sens, mais après tout, les sentiments en ont rarement.

Pendant ces quelques années, *papà* insistait pour que je laisse les morts reposer en paix et que je fasse ma vie de mon côté, que je trouve une femme, que je fonde une famille, que je m'installe en Italie ou en Grèce. Mais en réalité, je n'ai jamais eu l'intention de me poser quelque part. Ni d'avoir une famille. Ça aurait été comme demander aux Labdacides ou aux Atrides de continuer à se reproduire, afin que chaque nouveau membre de la lignée soit torturé par les mêmes péchés héréditaires.

Papà se faisait du souci pour moi ; il ne voulait pas que je reste seul. Dans les derniers mois avant sa mort, il devint de plus en plus insistant.

Je mentais à chaque fois : « Je ne suis pas seul, j'ai des amis. »

J'avais bien rencontré des gens lors de mes voyages, mais je peux le dire honnêtement, la main sur le cœur : tu étais mon seul ami.

Même dans sa dernière lettre, datée de septembre 1991, celle qu'il laissa à côté de mon lit dans notre maison italienne, *papà* insistait pour que je trouve une compagne, « *comme ta maman et moi* ».

C'est sa femme de ménage qui le trouva, assis dans son canapé préféré, avec un journal sur les genoux. Il avait l'air de faire une sieste. Il avait soixante-quatre ans et aucun souci de santé particulier. Sa mort ne fut pas douloureuse : son cœur avait simplement cessé de battre.

Quand un jour je mourrai à mon tour, s'il y a une vie après la mort et que je ne suis pas damné pour n'avoir pas cru en Dieu, j'aurai deux paires de parents qui m'attendent. C'est plus que la plupart des gens.

En tout cas, c'est plus que ce que j'aurai jamais eu dans cette vie.

89

À ce moment-là, je m'étais tellement habitué à l'ombre de la mort autour de moi qu'elle était devenue une partie naturelle de mon existence. Dans un état de tourment permanent, j'essayais de pleurer tout le monde que j'avais perdu. Aujourd'hui seulement, je comprends que pendant des décennies, j'étais resté coincé à une étape intermédiaire du deuil, la colère. J'étais toujours en colère contre quelqu'un : mon Père, ses proches, Dieu, le monde…

Je pensais que les années m'aideraient à guérir. C'était la devise de ma Mère : « le temps guérit toutes les blessures ». Elle croyait aussi qu'il révélait la vérité, car la vérité est fille du temps. Elle n'en eut pas assez pour guérir les siennes, mais quarante-cinq ans après sa mort prématurée, sa vérité est enfin là.

En ce qui me concerne, le temps a bel et bien apporté la vérité, mais même connue complètement, elle ne s'est accompagnée d'aucune guérison.

Après la mort de *papà*, l'assistante était la dernière figure parentale qu'il me restait. Je l'appelais tous les jours, où que je sois – je continuais à voyager –, simplement pour lui faire savoir que j'allais bien.

Je n'appelais personne d'autre, et personne d'autre ne m'appelait. Peu importe à quel point on est riche, on peut toujours être invisible, sans personne pour nous dire au revoir ou nous accueillir à l'aéroport, sans personne à retrouver quand on est en ville ou pour nous souhaiter un joyeux anniversaire. Je ne recevais qu'une carte d'anniversaire chaque année, qui m'attendait dans l'un des appartements que je possédais ou louais, comme pour me rappeler qu'il n'existait aucune cachette pour *leur* échapper. C'était toujours un « Joyeux anniversaire » écrit à la main sur du papier coloré uni, signé par la Veuve.

La dernière carte que je reçus de sa part avait été expédiée à la fin de mars 1994, quelques jours avant mon anniversaire. Cette fois, elle contenait également une demande : « Venez me voir à New York dès que possible. C'est important. Je vous appellerai. »

On m'appela effectivement deux jours plus tard, mais ce n'était pas elle à l'autre bout du fil. À la place, j'entendis la voix grave d'un homme âgé.

Il me dit qu'elle voulait me voir et me demanda dans combien de temps je pourrais faire le voyage.

« Pourquoi ? », répondis-je.

« Vous saurez quand vous la rencontrerez », dit la voix, ne laissant place à aucune autre question.

Ma curiosité était éveillée. Je proposai quelques dates fin avril, mais il me dit que ce serait peut-être *trop tard*. Je n'eus pas besoin d'en demander davantage. Nous convînmes finalement d'un rendez-vous une semaine plus tard, quelques jours après la Pâques catholique. Il me donna une adresse sur la 89e Rue.

Ce n'était pas l'adresse de l'appartement de la Veuve, mais il ne me fallut pas longtemps pour me rappeler à quoi elle correspondait. À l'époque où je la surveillais, je l'avais vue se rendre là-bas une demi-douzaine de fois, mais je ne l'avais jamais suivie à l'intérieur.

Même les gens que l'on déteste – et je la haïssais au plus haut point à ce moment-là – méritent de passer du temps seuls avec leur Dieu.

90

La grille de métal qui protégeait l'église de St. Thomas More du monde extérieur était fermée, mais pas verrouillée. Je la poussai puis gravis les quelques marches jusqu'à la porte en bois intérieure. « *Nous l'aimons parce qu'il nous a aimés le premier* », pouvait-on lire au-dessus de l'entrée de l'église, ce qui me fit me demander si nous aimons quelqu'un simplement parce qu'il nous aime, ou si nous l'aimons parfois même s'il ne nous aime pas.

Je m'arrêtai sur le seuil et regardai à l'intérieur. Il était tôt dans la soirée et une partie de la lumière du jour était encore visible à travers les vitraux derrière l'autel, mais les lustres au-dessus de l'allée étaient déjà allumés. Les bancs de chaque côté semblaient vides.

J'entrai et vis un homme assis sur une chaise en velours rouge à côté de la fontaine d'eau bénite. Il sortit les mains de son pardessus beige – c'était une fraîche journée de printemps et l'intérieur de l'église était encore plus froid qu'à l'extérieur – et se leva. Il devait avoir environ soixante-dix ans, des yeux gentils et un petit sourire amical qui brillaient sous les lumières, comme son crâne chauve. Il me serra la main fermement et me remercia d'être venu. Je reconnus la voix que j'avais entendue au téléphone une semaine plus tôt.

« Elle vous attend. » Il fit un signe de tête en direction de la première rangée, devant l'imposant crucifix.

C'est alors que j'aperçus quelqu'un effectivement assis là. Un foulard multicolore était la seule chose que je pouvais distinguer.

« Soyez gentil, voulez-vous ? », dit-il alors que je commençais à marcher vers elle.

Alors que je m'approchais, elle tendit l'oreille mais ne se retourna pas, fit juste le signe de croix et attendit que je m'assoie à ses côtés. Elle aussi portait un épais manteau beige ; ses gants étaient sur ses genoux. Quand elle se tourna pour me saluer, son visage, encadré par un foulard noué sur ce que j'identifiai être une perruque, et à moitié caché derrière de larges lunettes de soleil, me sembla boursouflé. Son sourire grimaçant la faisait paraître encore plus défigurée.

La peau terne et enflée de ses joues contrastait nettement avec la beauté raffinée et juvénile qui avait été capturée tant de fois par les caméras. Rien à voir avec le visage dur, déterminé mais encore délicat que j'avais croisé moins de dix ans auparavant. Et il était évident que l'âge n'était pas la seule cause de ce changement : quelque chose n'allait pas.

J'avais entendu des rumeurs sur sa maladie. Et la première chose qu'elle fit, après m'avoir chuchoté « Merci d'être venu », fut de me les confirmer.

« J'ai le cancer », me dit-elle d'une voix calme et feutrée. « D'abord un lymphome non hodgkinien, mais le cancer s'est maintenant propagé aux membranes autour de mon cerveau et de ma colonne vertébrale. Je n'en ai plus pour longtemps. »

Essayer de sourire lui faisait mal. Bouger la tête aussi. Elle posa doucement sa paume sur le dos de ma main. Je la laissai reposer là, alors que je sentais le sang affluer à mon visage.

« Je suis désolée… si j'ai fait des choses… qui vous ont blessé. » Chacune de ses paroles, entrecoupées de respirations profondes et de silences abrupts, lui demandait un effort.

« Je devais tout simplement m'occuper de mes enfants. Ils n'avaient personne d'autre que moi, vous comprenez ? »

Je fis un signe de tête en silence, essayant de garder mon calme.

Je me demande encore aujourd'hui s'il est possible de haïr quelqu'un qui souffre physiquement et mentalement d'une maladie en phase terminale. Quoi qu'il en soit, je me montrai *gentil* envers la Veuve ce jour-là. Je ne lui demandai pas comment elle osait accompagner ses excuses d'un « si » alors qu'elle avait convaincu mon Père de me garder caché, qu'elle avait utilisé mon existence soi-disant honteuse comme moyen de chantage pour obtenir plus d'argent. Tout ça pour ses enfants, qui n'avaient personne d'autre qu'elle.

Mais moi, je n'avais personne *du tout* ! À cause d'elle, je n'avais jamais pu rencontrer ma Mère *à moi*, ni eu l'occasion de me réconcilier avec mon Père dans ses derniers instants. Et elle avait fait ça à cause de *ses* enfants, issus d'une autre relation, qui plus est ! Je regardai le crucifix et m'efforçai de ne pas lui crier qu'elle se moquait de moi.

Je laissai ma main là où elle était. Elle devait paraître brûlante à sa petite poigne mourante et faible.

Quelques secondes plus tard, elle sembla prendre conscience qu'il n'y aurait pas de réponse verbale de ma part (comprit-elle au moins que je restais silencieux pour son bien ?). Elle retira sa main de la mienne et, d'un mouvement raide, se tourna vers la gauche. Il y avait une petite boîte en bois qu'elle eut du mal à soulever. Elle la posa finalement sur ses genoux et en sortit un bouddha vert serti de bijoux, dont la tête et les mains articulées remuaient dans ses doigts tremblants comme ces chiens en plastique qui bougent la tête sur le tableau de bord d'une voiture.

Elle posa la statuette couleur jade entre nous sur le banc, où nos mains s'étaient rapprochées quelques secondes plus tôt.

« C'est un bouddha Fabergé que votre père avait sur son yacht. Il est fait de bowénite, une pierre qui protège son propriétaire contre les mauvaises énergies. Il vous revient. »

Je le pris dans ma main et ses petits membres commencèrent à trembler de nouveau. Je l'imaginai voyageant dans le monde entier avec mon Père. Je ne pus m'empêcher de penser que même si ce bouddha l'avait protégé contre les forces malfaisantes pendant un certain temps, la malchance de la Veuve, causant le désespoir et la mort de tous ceux qui l'entouraient – c'était maintenant son tour – était trop puissante pour être conjurée.

Je la remerciai et remis le bouddha dans sa boîte tapissée de velours.

« Je suppose que je ne vous reverrai plus. Prenez soin de vous », dit-elle, visiblement épuisée.

Et alors qu'elle saisissait ma main une dernière fois, elle chuchota : « Et s'il vous plaît, par-dessus tout, ne vous approchez pas de mes enfants. »

91

Elle mourut le 19 mai, un mois et demi après notre rencontre. Je ne ressentis aucun chagrin. Comme ma Mère l'avait confié à une amie peu après le mariage de mon Père avec la Veuve : « Le christianisme dit que vous devez pardonner, que vous ne devez avoir aucun ressentiment. Je n'ai pas de ressentiment. Mais j'ai mal. Comment puis-je m'en libérer ? »

Je ne sais toujours pas si l'on peut se débarrasser de la douleur, ou si l'on apprend simplement à vivre avec. Ce dont je me suis débarrassé, en revanche, c'est de ce bouddha orné de bijoux.

Je me dirigeai vers la sortie avec la boîte dans la main. Le vieil homme se leva pour me dire au revoir et je lui donnai la boîte, secouant la tête de gauche à droite, sans dire un mot. Il regarda dans la direction de la Veuve, s'assurant qu'elle ne regardait pas derrière elle, me fit un signe de tête pour montrer qu'il comprenait, puis s'en saisit.

Je ne sais pas s'il lui parla du bouddha, ni ce qu'il en fit ensuite. Ce que je sais, c'est que quinze ans plus tard, il fut vendu aux enchères à un collectionneur russe de Fabergé pour plus d'un million de livres. Est-ce que je regrette de le lui avoir rendu ? Pas du tout.

Parce que, quelques années plus tard, alors que le bouddha était exposé au musée Fabergé de Baden-Baden, la vitre de protection se brisa et cassa l'un de ses bras mobiles. La cause de l'accident reste un mystère. Tu vois bien que j'ai eu raison de ne pas garder avec moi cet objet maudit, malgré les certitudes de la Veuve sur ses pouvoirs protecteurs.

Qu'en était-il de sa demande de rester loin de ses enfants ?

Eh bien, je garde ça pour plus tard.

92

J'avais trouvé une routine apaisante dans mon perpétuel mouvement, trompant l'ennui en cherchant des informations supplémentaires ou des endroits inédits, de nouvelles excitations. Entre-temps, je travaillais pendant de courtes périodes comme consultant pour des compagnies aériennes, principalement en France et aux États-Unis, ou dans des équipes de maintenance de petits aéroports. Malgré mon tempérament réservé, j'étais apprécié, je travaillais dur et bien, et ne me plaignais jamais des salaires. La sécurité était beaucoup moins stricte avant le 11 septembre 2001, si bien que je n'avais pas à subir de contrôles spécifiques ni de suspicions chaque fois que je partais à la hâte pour assister à la vente aux enchères d'un objet rare de ma Mère ou pour satisfaire mon désir de visiter un lieu particulier.

Je retournais fréquemment en Cappadoce à la fin des années 1990 pour respirer la même poussière qu'elle quand elle avait tourné *Médée*. Si mon métier était trop contraignant en matière de congés, je démissionnais et en trouvais un autre après mon retour.

L'appel quotidien avec l'assistante faisait partie de ma routine, même si je ne faisais que lui raconter mon emploi du temps et entendre ses complaintes sur ses os douloureux. De temps en temps, elle partageait un souvenir de sa vie avec ma Mère que je ne connaissais pas, avec le même recueillement que si elle me lisait la Bible. Contrairement à *papà* quand il était en vie, elle n'insistait jamais pour que je m'établisse quelque part et que je fonde une famille. Comment pouvait-on clouer au sol le descendant d'un marin – voire d'un pirate – et d'un oiseau rebelle ?

C'était vers la fin de 1998. J'étais à New York, nourrissant ma nouvelle obsession (dont je parlerai bientôt) lorsque l'assistante m'appela, paniquée. Je ne l'avais jamais entendue comme ça. Elle avait toujours été la force tranquille sur laquelle ma Mère d'abord, puis moi, avions compté. D'une voix proche du chuchotement, mais nette, comme si elle avait peur d'être espionnée, elle me dit qu'elle avait reçu la visite de quelqu'un qui voulait écrire un livre sur la relation entre ma Mère et mon Père.

Elle n'avait jamais accepté de telles demandes auparavant, et n'avait jamais donné d'interviews ni pensé à écrire un livre. Sa *Madame* était sacrée, et sûrement pas à vendre. Pourtant, le prétendu biographe était persévérant. Il lui avait dit qu'il était un journaliste gréco-américain avec plusieurs livres d'histoire à son actif. Il avait trouvé son numéro grâce à la descendante d'une amie de ma Mère à Athènes – la nièce de la pianiste qui venait fréquemment voir sa mère à l'hôpital à Paris. La pianiste était morte sans enfants en 1987, faisant de sa nièce sa seule héritière.

Quand le journaliste avait dit à l'assistante qu'il était déjà sur place, elle avait accepté un rendez-vous à contrecœur.

Elle était toujours consciente de ce que les autres voulaient tirer de ma Mère, et que rien de tout ça n'était bon : les scandales, les intrigues, l'image d'une tigresse ou d'une femme mourant d'un cœur brisé. Personne ne se souciait *vraiment* d'elle ; ils voulaient seulement quelque chose de sensationnel, d'inédit, qui serviraient leurs propres desseins. Mais cet homme était particulièrement bien préparé. Il avait un calepin plein de gribouillages en anglais et en grec et semblait connaître des choses que seuls les proches de ma Mère et de mon Père pouvaient savoir. Manifestement, il avait mené des recherches approfondies. L'assistante l'avait écouté sans rien nier ni confirmer, ne faisant que des commentaires ordinaires sur des faits qui auraient pu être facilement glanés à partir de photos ou de sources déjà interrogées.

Ils avaient passé une heure ensemble au cours de laquelle il ne s'était pas passé grand-chose. Quand il avait demandé des lettres ou des photos inédites, elle avait menti en disant qu'elle n'avait rien. Il était souriant et gentil, trop peut-être, alors qu'il était évident qu'elle ne lui disait pas toute la vérité. Pourtant, il n'avait exercé aucune pression sur elle et elle avait seulement compris pourquoi à la fin de leur rencontre.

Comme tout bon interrogateur, il savait quand insister et quand laisser tomber. Feindre de l'intérêt pour les réponses toutes faites n'était qu'une préparation pour la question essentielle. Il voulait obtenir la confirmation d'une information extraordinaire qu'il avait récemment découverte à Athènes, et qui l'avait conduit à d'anciennes archives à Milan.

Il lui avait demandé si ma Mère avait avorté en 1966, un incident mentionné dans certaines biographies et intégré dans une pièce de théâtre récente sur les *masterclass* que ma Mère avait données à Juilliard. L'assistante s'était montrée catégorique : « Madame n'a *jamais* avorté. »

Après cette réponse négative, le journaliste avait hoché la tête avec compréhension. Et puis, avec un visage impassible, il avait abattu ses cartes, qui auraient remporté n'importe quelle mise : des copies de mon acte de naissance et de décès, ainsi qu'une photo originale.

La photo du bébé mort. La photo que ma Mère avait portée dans son sac en permanence. La photo qui avait disparu après sa mort.

« Et qu'en est-il d'Omero ? », avait-il demandé d'une voix douce.

Prenant la panique de l'assistante pour de l'émerveillement, il avait ajouté : « Son bébé mort à la naissance. »

93

Il savait. Le secret bien gardé de l'enfant bâtard avait été révélé, trente-huit ans après ma naissance. La pianiste avait tout raconté à sa nièce avant de mourir et lui avait donné la photo qu'elle avait récupérée dans l'appartement de l'avenue Georges-Mandel, où elle avait été autorisée à aller et venir les jours suivant la mort de ma Mère. La nièce était la source du journaliste à Athènes.

La photo avait un prénom, un mois et une année inscrits au dos. Le journaliste avait recherché la clinique milanaise, consulté les archives municipales et trouvé mon acte de naissance. Ce n'est pas comme si on m'avait appelé Paolo ou Antonio. Il n'y avait pas beaucoup de garçons nés le même jour avec le prénom Omero, un nom que le journaliste savait être celui de l'oncle préféré de mon Père.

L'assistante de ma Mère était terrifiée. Elle avait refusé de lui donner toute autre information, mais sa seule réaction était une preuve suffisante. Avec la publication de son livre, ma naissance ferait bientôt partie de leur mythe. La version officielle, bien sûr : celle du bébé mort quelques instants après sa naissance d'une insuffisance respiratoire, comme indiqué sur le certificat de décès et conformément à ce qu'avaient cru ma Mère et son cercle proche (à l'exception de ceux directement impliqués dans la dissimulation). Le journaliste avait découvert *un* secret, mais pas *le* secret dans son intégralité, et il n'était pas surprenant qu'il ait pensé que l'affaire était close – qui aurait pu imaginer une histoire aussi tordue que la mienne ?

Donc, ma naissance allait bientôt être rendue publique, mais pas mon existence.

Pressé par la détresse de l'assistante, je cherchai un côté positif à tout ça.

« Peut-être est-il temps que les gens sachent qui je suis, et ça ouvrira la voie à ce que mon histoire soit mieux acceptée », lui dis-je.

En effet, plus j'y pensais, plus le moment me paraissait opportun. Quelqu'un en dehors de ce cercle du mensonge était enfin au courant de mon existence, quelqu'un qui n'avait aucun lien de sang, de loyauté ou d'intérêt. De plus, tous les acteurs clés, ceux qui avaient le plus de raisons de me garder caché, étaient morts à présent. Quant à l'argent, je savais à ce moment-là qu'il n'y avait aucune clause dans mon fonds fiduciaire m'ordonnant de tenir ma langue. Mon Père, en fin de compte, avait *voulu* que je sois réuni avec ma Mère, et si tout s'était déroulé selon son plan ultime, tout aurait été révélé au grand jour depuis longtemps.

Pourtant, la réponse de l'assistante fut d'une fermeté absolue : « Non ! »

Avant que je puisse objecter quoi que ce soit, elle se lança dans une diatribe d'une violence surprenante.

« Cela ne fera qu'ajouter aux commérages sur une partie de son existence qu'elle n'a jamais voulu partager ! Un fils mort – bon, ce serait mieux si personne n'était au courant, mais son héritage restera intact. Mais imagine ce qui se passerait si tout le monde découvrait qu'elle a été trompée par ton père en tant que femme, mais aussi dupée en tant que mère – prise pour une idiote, comme quelqu'un qui ne mérite aucun respect ? On la prendra en pitié, elle sera rabaissée, elle… elle sera éclipsée par le scandale que *tu* représentes ! Elle ne sera plus *La Divina*, elle ne sera plus l'artiste ; elle sera la proie de commérages salaces alors que de ton côté tu seras couronné – et rapidement dévoré – par les médias. Je ne peux pas… tu… *nous* ne pouvons pas laisser faire ça. »

« Et moi, dans tout ça ? », répondis-je, frappé par le ton de sa voix. « Et ce que *je* veux, ce que *je* mérite ? Je ne devrais pas pouvoir partager ma vérité ? »

« Ce n'est pas *toi* le sujet ; c'est *elle*. C'est elle que je dois protéger. »

Il n'y avait plus de doute sur la personne à qui revenait sa loyauté.

Une fois de plus, je me rendais compte que je n'avais personne en qui avoir confiance. Je n'avais personne qui m'aimait assez pour mettre mon bien-être au-dessus du sien, ou de celui des fantômes qu'ils protégeaient.

Une fois de plus, j'étais complètement seul.

94

Pouvais-je reprocher à l'assistante d'être fidèle aux morts qu'elle chérissait plutôt qu'aux vivants ? Pouvais-je lui reprocher de se préoccuper de *Madame* de la seule façon qu'elle connaissait : entière et absolue ?

Quoi qu'il en soit, sa réaction me blessa profondément, renforçant chez moi l'impression que le sens de ma propre identité était ce qu'il y avait de moins important dans cette saga.

Ma Mère avait raison de dire que seuls ses chiens et son assistante personnelle ne la trahiraient jamais. J'étais une fois de plus maintenu dans l'ombre. Je n'avais pas la force d'émerger seul, en m'opposant à la personne qui avait été la plus proche de ma Mère.

Ainsi, l'assistante ne divulgua rien à mon sujet. Elle confirma seulement ma naissance et ma « mort », qui devint un fait communément admis après la publication du livre sur la relation de mes parents. C'était un bon livre. Il était objectif, même si l'on y percevait la sympathie du journaliste pour ma Mère.

La photo du bébé mort (je me demande encore s'il s'agit bien de moi ou non) était reproduite dans le livre, tout comme mes certificats de naissance et de décès. Comme l'assistante l'avait prédit, ce garçon mort ne devint rien de plus qu'un petit fragment de leur histoire légendaire et tragique, une triste note de bas de page insérée dans leurs destins fascinants. Elle n'éclipsait personne.

Même au majordome de ma Mère, l'assistante n'avait jamais révélé que j'étais encore en vie. Jusqu'au bout, elle resta le seul et unique membre loyal d'un culte personnel.

À la suite de son refus, nos échanges téléphoniques se raréfièrent, passant d'une fois par semaine à une fois par mois, puis seulement à l'occasion des fêtes ou des anniversaires. Au bout d'un moment, ils s'arrêtèrent simplement. Je ne la contactai pas pendant les dix dernières années de sa vie, et elle non plus.

Je me suis rendu à l'église de Travagola un jour d'août 2017 pour ses funérailles. Je suis sûr qu'elle est morte fière d'avoir vénéré et protégé la mémoire de ma Mère pendant quarante ans. Je suis sûr qu'elle aurait également été heureuse de me voir là, le visage triste parmi le cortège clairsemé.

Et je suis sûr qu'elle était encore plus heureuse de revoir enfin *Madame*.

95

Je termine cette longue digression pour revenir à 1998, quand l'auteur de ce livre fouinait encore dans les parages. Comme je l'ai mentionné plus tôt, au moment où je reçus l'appel de l'assistante, j'étais à New York, consacrant de plus en plus de temps à ma nouvelle obsession. Même à l'époque, je savais que ce n'était pas sain, mais malgré toute l'énergie que j'aurais pu mettre à vouloir construire une vie « normale » – quel que soit le sens de ce mot – le passé ne cessait de me rattraper.

« *Ne vous approchez pas de mes enfants* » était la dernière chose que la Veuve m'avait dite. Je fis exactement le contraire, comme un acte de défiance envers sa mémoire, et je choisis de me concentrer sur son fils. Tu pourrais te demander : « et pourquoi pas sa fille ? » La réponse est simple : *il* était tout ce que je n'étais pas et ne serais jamais. *Il* avait eu tout ce que je n'avais jamais eu.

Alors certes, j'avais été compatissant envers lui car son père avait été assassiné mais, comme il l'avait reconnu lui-même, il était à peine assez vieux à l'époque pour s'en souvenir. En fait, ce fut *mon* Père qui devint sa figure paternelle. Alors que sa sœur, assez âgée pour se souvenir de son papa, ne parvint jamais à éprouver de tendresse chaleureuse pour mon Père, le garçon devint très vite attaché à lui. Et apparemment, ce fut réciproque. Il y avait eu tellement de tapage autour de ce fils si célèbre dans les années 1980 et 1990 que je pus me faire une idée assez complète de lui et de sa relation avec *mon* Père.

Né seulement neuf mois après moi, il était devenu orphelin à trois ans et le beau-fils de mon Père à huit. Le nouveau beau-père n'avait aucune intention de l'usurper à quiconque ; il voulait simplement être l'ami des enfants de sa nouvelle épouse. Leur *meilleur* ami. Et en effet, les étés sur son île étaient un paradis pour eux, remplis de promenades à poney, de sports nautiques et de trampolines. Le jeune garçon était autorisé à inviter des amis sur l'île pour ne pas se sentir seul ; mon Père avait même fait venir son lapin de compagnie depuis New York sur l'un de ses avions pour la seule raison qu'il lui manquait. L'unique fois où, moi, on m'avait fait venir chez mon Père par avion, on m'avait jeté sans délai comme un malpropre.

Cela étant, je ne peux pas dire que mon Père n'avait pas été généreux avec moi. J'avais reçu de nombreux cadeaux de sa part, et je ne peux m'empêcher de me demander si à l'époque l'autre garçon recevait les mêmes que moi, et en même quantité. Récemment, j'ai vu des photos de lui dans un bateau à moteur rouge et blanc, presque identique au mien, qu'il avait nommé d'après son prénom, tout comme le mien avait été baptisé *Omero*. De plus, les deux beaux-enfants de mon Père avaient des fonds de placement à leur nom – même s'il faut dire que le mien était beaucoup plus conséquent.

Non, ce n'était pas tant une histoire de jouets et d'argent qui me mettait hors de moi. C'était la présence physique de mon Père : toutes ces photos de lui avec ce garçon, tenant sa main, lui tapotant le dos, regardant un match de baseball avec lui, les deux marchant côte à côte, discutant, cassant un œuf rouge à Pâques. Tout ce dont j'avais été privé dans mon isolement, il l'avait eu en abondance.

Ce qui empirait les choses, c'est que le garçon avait même conquis le cœur d'Icare. Le fils de mon Père n'adressait presque jamais la parole à la Veuve, mais avait accueilli ses enfants à bras ouverts. Le garçon avait trouvé en Icare un modèle, un grand frère, ce qui m'avait toujours été interdit. Ils s'étaient amusés ensemble aux sports nautiques et avaient même fait plusieurs vols de loisirs à l'insu de la Veuve. La mort d'Icare bouleversa le jeune garçon bien davantage que l'assassinat de son père, un homme dont il ne se souvenait pas, ou de son oncle, qu'il avait à peine connu.

Ce garçon avait vécu la vie que *j'aurais* dû avoir, une vie qui me revenait de droit. J'étais du même sang que mon Père ; lui était un étranger ; et pourtant, ils furent beaucoup plus proches que je ne pus l'être de lui. Je suis sûr qu'il aimait mon Père plus que la Veuve elle-même – sur les photos de ses funérailles, la tristesse du jeune garçon semble sincère, contrairement à elle et à son éternel demi-sourire. Il avait fait ses adieux à son beau-père bien-aimé sur l'île où il avait passé ses six derniers étés, alors qu'un mois auparavant, à Paris, je m'étais vu refuser un seul entretien avec mon Père mourant.

Je finis par détester cet enfant prodige qu'on avait élevé pour en faire le prince héritier de l'Amérique.

96

Les gens utilisent le terme de « malédiction » quand ils parlent des malheurs qui ont frappé la famille de ce garçon ainsi que la mienne. Moi, je suis convaincu que de tels malheurs sont la conséquence de mauvais choix ou de mauvais modes de vie. Téméraire depuis sa petite enfance, le garçon était connu pour son esprit libre. Jeune homme, il pratiquait assidûment le kayak, le roller (torse nu comme par hasard, pour bien s'assurer que les flashs crépitent – si tu veux mon avis, il était tout aussi accro à l'attention qu'aux sensations fortes), le ski, le parachutisme et le slalom à vélo entre les voitures dans les rues bondées de Manhattan.

Sa vie personnelle était aussi une montagne russe. Avant de se poser, il passait d'une petite amie belle et célèbre à une autre. L'opinion d'Icare sur le mariage de son père avec la Veuve aurait pu s'appliquer tout aussi bien aux relations du fils : « Il aime les grands noms, et elle aime l'argent ; ils sont faits l'un pour l'autre. »

Il quitta son poste de procureur adjoint à New York, préambule à la carrière politique qui était son destin, qu'il le voulût ou non, et se lança dans une nouvelle aventure : créer son propre magazine politique, bien qu'il n'eût aucune connaissance de l'édition. Mais il avait besoin d'excitation, d'adrénaline. Comme dans la vie de chacun, certaines de ses entreprises furent des réussites, d'autres des échecs. Pourtant, en tant que rouage de l'illustre machine familiale – une famille qu'il voulait fuir à tout prix pour se faire un nom, mais dont la réputation lui était en même temps plus précieuse que tout –, chacune de ses réussites était considérée comme un simple héritage dû à son patronyme, de la même manière que ses échecs étaient interprétés comme les manifestations de la « malédiction ».

Au début, je suivais sa progression de loin, à travers des magazines plus ou moins trash. Mais assez vite, je commençai à l'attendre à Tribeca, devant son appartement de North Moore Street, ou aux bureaux de son magazine, au 1633 Broadway. Je le suivais chez Bubby's pour le petit-déjeuner, chez San Domenico pour le déjeuner, à l'Odeon ou au Nobu pour le dîner ; je marchais dix pas derrière lui dans le Whitney Museum quand il voulait passer un moment solitaire, ou quand il promenait son chien autour de

Washington Square Park ou de Central Park avec sa dernière petite amie, qui devint plus tard sa femme. J'étais là quand une de leurs disputes dégénéra en insultes et en violences physiques sans savoir qu'un paparazzi était en train de les filmer à leur insu – première fois que le public eut connaissance du côté sombre de ce couple glamour et célébré.

Était-ce ses problèmes conjugaux, les soucis financiers de son magazine, ou simplement une profonde envie de liberté et d'excitation qui le poussèrent à prendre des cours de pilotage ? Probablement un mélange des trois. En tout cas, il le fit malgré la promesse faite à sa mère, sur son lit de mort, qu'il ne piloterait jamais son propre avion.

Et pourtant, il en était bien là, pris du désir de déployer ses ailes plus haut, plus loin. Il commença à se former pour obtenir sa licence de pilotage privé en Floride, fin 1997. En avril 1998, il valida la formation et choisit l'aéroport de Caldwell dans le New Jersey comme base de ses opérations.

Le jour suivant son premier vol qualifié, j'occupai un emploi là-bas.

97

Je pus l'observer à distance, et même lui adresser un rapide bonjour puisque nous nous croisions parfois à l'aéroport. Mais personne ne nous présenta jamais l'un à l'autre ; j'étais simplement un membre du personnel au sol, un visage parmi une douzaine d'autres. On m'avait souvent chargé de vérifier son Cessna Skylane avant un vol. J'avais toujours effectué mon travail méticuleusement.

Je sais déjà ce que tu imagines, mais *non*, je n'ai jamais envisagé de saboter l'avion, même dans mes pires moments. Quant à ce qui s'est passé cette fameuse nuit de juillet, le fait que je travaillais au même endroit n'a aucun lien avec l'événement. J'ai peut-être été impliqué de façon marginale, mais le résultat fut bien la conséquence de *ses* propres choix.

Il volait rarement seul, même après avoir obtenu sa qualification d'avion hautes performances deux mois après sa licence. Il choisissait le plus souvent comme copilote l'un des deux instructeurs de vol locaux avec qui je m'étais rapidement lié d'amitié. Nous avions pris l'habitude de boire une ou deux bières tous les trois après le travail dans un bar à proximité, et notre amour partagé pour les avions, ainsi que mon savoir-faire et mon calme, avaient rapidement fait de moi une personne de confiance. En un mois, mes deux collègues s'étaient détendus et parlaient désormais de tout, y compris de *lui*.

Il arrivait dans la conversation généralement après un commentaire en apparence innocent de ma part. Même s'ils l'appréciaient tous deux, le décrivant comme un gars correct et terre à terre, ils avaient des points de vue très différents sur ses capacités aéronautiques. Le plus âgé, peut-être épris de son patronyme et de son attitude volontaire, affirmait qu'il était plus que compétent pour son niveau. L'autre estimait ses aptitudes plutôt médiocres.

Même le fait qu'il volât rarement seul, que ses heures de vol sans instructeur étaient minimes comparées au volume horaire total, était sujet à des interprétations différentes : pour l'aîné, c'était un signe de responsabilité, pour le plus jeune, la preuve de sa négligence. Néanmoins, tous deux étaient d'accord pour dire qu'il était facilement distrait et bien trop confiant.

En l'espace de quelques mois, alors qu'il avait accumulé plus d'heures de vol, les débats sur ses compétences de pilotage furent remplacés par des commentaires sur sa vie personnelle.

« Sa femme déteste voler avec lui – elle ne montera jamais à bord sans un copilote ! », affirma le plus jeune.

« Ça va, tu connais les femmes : elles ont peur de tout ! », minimisa l'autre, avant de nous parler de ses disputes avec sa propre femme.

Ils me racontèrent ensuite les rares fois où la femme du *golden boy* avait accepté de monter dans l'avion : elle avait serré les poings et poussé des cris terrifiés à chaque turbulence, ou adressé des commentaires désapprobateurs dès qu'il posait une question à l'instructeur. Le manque de concentration de son mari, dans un moment où la mobilisation de toutes ses capacités cognitives était une question de survie, semblait la perturber. Et il était vrai, d'après ce qu'ils disaient, qu'à de nombreuses occasions, le copilote avait dû prendre le contrôle de l'avion, ou le sortir d'un état de confusion qui aurait pu compromettre leur sécurité.

Les commentaires acerbes qu'ils s'échangeaient dégénéraient souvent en altercations. Oubliant qu'ils n'étaient pas seuls dans l'avion, agissant comme si l'instructeur était invisible ou une simple pièce d'équipement, ils aboyaient l'un sur l'autre comme des chiens enragés, se jetant à la figure des reproches personnels trop longtemps restés sous le tapis.

Elle l'accusait de ne pas prêter attention à elle ni aux autres, d'être arrogant et têtu même quand il savait qu'il avait tort. Elle affirmait que quand il considérait que quelque chose devait être fait, il y allait sans réfléchir, même si toutes les circonstances étaient contre lui, sans prendre en compte les avis ou les sentiments des autres.

À partir du moment où les gants de boxe étaient enfilés, le couple ne s'interdisait plus aucun sujet, de son refus de devenir mère jusqu'à leurs aventures extraconjugales, réelles ou imaginaires ; de son choix d'associés ou des problèmes financiers de son magazine jusqu'à sa famille trop intrusive ; du manque de soutien dont elle faisait preuve à ses addictions à l'alcool et à la cocaïne. Les deux personnes de cet avion, d'une égale cruauté, qui se dépeignaient l'un et l'autre sous les traits d'un mari égoïste, arrogant et narcissique, et d'une épouse abusive, dépressive et accro, étaient loin du couple parfait et amoureux que le reste du monde imaginait. Les disputes semblaient empirer avec le temps, jusqu'à dégénérer en violences physiques, même en plein vol.

C'était lors d'un de leurs derniers vols en Cessna, à Martha's Vineyard : après une brève dispute au sujet de leur chien, il lui dit que c'était finalement préférable qu'elle ne veuille pas d'enfants car elle aurait fait une mère affreuse. Après quelques secondes de tension silencieuse, dans un accès de rage soudain, elle commença à donner des coups de pied dans le siège de son mari, puis des coups de poing derrière la tête. Il abandonna les commandes, se retourna et la repoussa violemment dans son siège, puis ils commencèrent à se crier dessus sérieusement. Choqué, l'instructeur dut prendre le contrôle de l'avion pour atterrir en sécurité.

Quand elle descendit de l'avion, encore tremblante de colère, elle le regarda avec des yeux noirs comme du charbon et lui lança, dans un grognement sourd, qu'elle préférait devoir ramper jusqu'au Massachusetts plutôt que de voler avec lui à nouveau.

98

En mai 1999, le prince des Américains était tout content d'avoir à disposition son nouveau jouet : un Piper PA-32 Saratoga de 1995. Mais peu de temps après avoir acheté l'avion monomoteur, il se fractura la cheville gauche dans un accident de parachutisme pendant le week-end de la fête du Memorial Day.

Il fut opéré et les deux mois suivants, se rendit à l'aéroport avec un plâtre et des béquilles. Que ce soit pour le travail ou le loisir, il était contraint de s'asseoir sur le siège du copilote. Regarder quelqu'un d'autre maîtriser son jouet flambant neuf intensifiait son désir de le piloter lui-même. Seulement, encore secoué par l'accident qui lui avait coûté l'utilisation de sa cheville pendant quelque temps, il semblait plus prudent. Il dit à l'instructeur plus âgé qu'il aurait besoin d'un copilote après l'enlèvement du plâtre, car il n'était pas sûr que sa cheville affaiblie serait capable de gérer les pédales de commande. De plus, avant l'accident, il n'avait effectué que trois heures de vol en solo, dont moins d'une heure de nuit, dans le nouveau Piper.

Il avait un vol prévu pour le 16 juillet (un jour après l'enlèvement de son plâtre) à Hyannis Port pour le mariage d'un cousin. Il devait partir avec sa femme et sa belle-sœur à dix-huit heures – il y aurait encore la lumière du jour à ce moment-là et les prévisions météorologiques étaient bonnes, si bien qu'on l'autoriserait à piloter selon les règles de vol à vue, n'étant pas encore qualifié pour se fier uniquement aux instruments. Le jeune instructeur avait été désigné pour servir de copilote.

Je venais tout juste de finir le travail et tenais compagnie à l'instructeur avant que le groupe n'arrive. Il était déjà 18 h 30 et personne n'était là. Quand il commença à perdre patience, je jetai de l'huile sur le feu.

« Non mais il se prend pour qui ? dis-je en secouant la tête d'un air désapprobateur. C'est *lui* qui a besoin de *toi*, et non seulement il est en retard, mais en plus il n'a même pas appelé pour te prévenir. »

Une cigarette plus tard, et après avoir regardé ostensiblement ma montre à trois reprises, je dis à l'instructeur qu'à sa place, je partirais : « Juste parce qu'il a de l'argent et un nom ne lui donne pas le droit de traiter les gens comme ça… »

Avant même d'avoir fini ma phrase, l'instructeur hocha la tête et affirma que j'avais raison. Il s'en irait ! Étant donné qu'il était déjà 18 h 40 et qu'il ferait bientôt trop sombre, le *golden boy* allait devoir attendre le lendemain matin pour avoir un autre copilote.

« Tu peux y aller, je resterai par là et lui dirai que tu es parti. Ça lui apprendra ! », dis-je.

Cinq minutes après le départ de l'instructeur, le prince arriva avec sa femme. Il marcha en boitant vers l'avion, une petite valise dans chaque main, cherchant l'instructeur du regard. Puis il me fit signe de le rejoindre.

Il avait l'air stressé et une grimace défigurait son beau visage lisse chaque fois qu'il mettait du poids sur son pied gauche. Il m'annonça qu'ils prévoyaient de voler vers Martha's Vineyard puis vers Hyannis Port. Ils avaient pris du retard à cause de la circulation, et sa belle-sœur devait arriver d'une minute à l'autre. Il me demanda si je savais où se trouvait l'instructeur. Je lui répondis que non et proposai d'aller le chercher. Il me remercia et commença à charger les valises dans l'avion.

Je n'avais évidemment aucune intention de chercher son copilote. Je comptais le faire attendre en vain pendant un moment, pour ensuite lui faire savoir que l'instructeur était parti, ce qui rendrait le vol impossible à cause de l'obscurité. Il serait alors obligé de retourner en ville et de voler le lendemain. Étant donné qu'il détestait renoncer à ses projets, je savais que ce contre-temps créerait de la tension entre sa femme et lui. L'ambiance était déjà sinistre : le couple avait à peine échangé un mot en attendant la belle-sœur, qui arriva une heure plus tard. Elle ne l'aida même pas à charger leurs bagages malgré ses grimaces de douleur chaque fois qu'il s'appuyait sur sa cheville.

Quinze minutes après l'arrivée de sa belle-sœur, je leur fis savoir que « malheureusement », l'instructeur était parti.

J'eus du mal à dissimuler ma satisfaction quand, de rage, il frappa l'aile gauche de l'avion.

99

Quelques jours plus tard, les médias parleraient à nouveau de « malédiction ». Si quelqu'un avait eu connaissance de ma petite participation à tout cela, on aurait peut-être aussi parlé de « vengeance ». Mais ce qui s'était passé n'était ni une malédiction ni une vengeance : seulement le résultat de mauvais choix découlant d'une combinaison de facteurs qui, dans des circonstances normales, n'auraient jamais dû avoir un tel effet.

Mon but avait été de le contrarier, en l'obligeant à retourner en ville et à revenir le lendemain. J'étais convaincu, comme n'importe quelle personne raisonnable l'aurait été, que jamais il ne volerait sans instructeur. De toute évidence, sa cheville était encore douloureuse ; il avait lui-même déclaré qu'il lui faudrait du temps pour que son pied soit pleinement fonctionnel ; il n'avait pas assez d'expérience avec le Piper ; il avait déjà presque deux heures de retard, ce qui signifiait que la nuit serait bientôt tombée, et il n'avait pas les compétences pour voler dans l'obscurité.

De plus, avec son mariage déjà sous pression, il semblait évident qu'aussi borné puisse-t-il être, il ne contrarierait pas la demande de sa femme – tout à fait sensée dans cette situation – de ne pas voler sans copilote à ses côtés.

Non, les choses n'auraient pas dû se terminer de cette façon. Le résultat fut la conséquence de mauvaises décisions défiant toute logique.

Tu peux donc imaginer ma surprise quand, à 20 h 40, alors que j'étais sur le point de quitter l'aéroport, je vis son avion rouge et blanc décoller dans le ciel crépusculaire. Rendu sensible à leur détection par celles de ma propre vie, je sentis une nouvelle catastrophe arriver. Comme une alarme qui se déclenchait dans ma tête, j'entendis la voix de sa mère, douce et faible comme je l'avais entendue à l'église St. Thomas More, demandant à son fils de lui promettre qu'il ne volerait jamais.

J'essayai de chasser cette pensée, mais je décidai quand même de rester prendre un café avec le contrôleur de la tour, qui, en cas de problème, serait le premier à en être alerté.

Quelques minutes après mon arrivée à la tour de contrôle, un pilote annulait le vol qu'il avait programmé vers la même direction, en raison d'un brouillard dense. Il expliqua que la visibilité était réduite à six ou huit miles. Cependant, contrairement au Piper, l'avion de ce pilote-là n'avait pas de pilotage automatique. Je me rassurai donc en me disant que le *golden boy*, même s'il volait sans instructeur et avec une visibilité limitée, activerait à coup sûr son pilotage automatique.

À ce jour, je ne comprends toujours pas pourquoi il ne l'a pas fait.

Pendant une heure et demie, il n'y eut aucune communication avec le contrôle aérien, ni aucun appel d'urgence en provenance de l'avion. J'entretenais l'espoir que ma prémonition soit erronée, car il n'avait besoin, en théorie, que d'une heure et dix minutes pour arriver à destination.

Je m'apprêtais à partir de la tour de contrôle, vers 22 h 15, quand quelqu'un du bureau de la Federal Aviation Administration à Bridgeport prit contact avec la tour et demanda l'heure exacte du départ du Piper. Un employé de l'aéroport de Martha's Vineyard venait tout juste d'appeler pour signaler qu'il n'était pas arrivé…

Je n'eus pas besoin d'attendre le rapport officiel de sa famille auprès de la station aérienne de la garde côtière de Cape Cod, à 2 h 15 du matin, ni le lancement d'une recherche de l'appareil par les autorités, ni la découverte de débris flottant en surface, puis enfin de lui et de son avion échoué au fond de l'océan, à moins de dix miles à l'ouest de son aéroport de destination.

Dès que l'appel radio de la FAA avait retenti, je sus qu'un autre Icare venait de tomber du ciel.

100

Je ne me suis jamais senti coupable de ce qui s'est passé. Pas de regrets, pas de « et si », juste de la tristesse contrebalancée par quelques maigres reproches, comme quand on se sent désolé pour quelqu'un qui, ayant trop bu, se tue dans un accident de voiture.

L'instructeur qui était censé voler avec lui, en revanche, se sentit coupable. Il ne fit jamais le lien avec moi, ni ne m'accusa jamais de quoi que ce soit. Il fut même reconnaissant quand je lui avais assuré que je dirais aux enquêteurs fédéraux que j'avais entendu le *golden boy* affirmer avec dédain : « Je préfère encore voler seul. »

Ma fausse déclaration fut incluse dans le rapport final du National Transportation Safety Board sur l'accident et l'instructeur ne fut jamais mis en cause. Moi non plus. Ce refus d'attendre un copilote contribua à forger le mythe du prince insouciant qui avait tout, qui aurait même pu devenir président un jour, mais qui avait tout fichu en l'air, sa vie comme celles de deux autres personnes avec lui.

Quand ses cendres furent dispersées dans l'océan quelques jours plus tard, une grande partie de mon passé fut emportée avec elles. Il n'y avait plus personne à mépriser, à concurrencer, à qui me comparer. Quand on a autant de colère et de chagrin en soi, on a besoin de quelqu'un sur qui les déverser.

L'assistante de ma Mère m'appela une semaine plus tard pour me demander comment j'allais. Elle perçut le vide qui était en moi, un vide que j'avais rempli de jalousie et de haine, alors que je ne lui en avais jamais parlé. Et ce n'était pas maintenant que j'allais le faire, car dans mon esprit, elle m'avait trahi comme les autres. Lors d'un de nos rares appels téléphoniques, je lui avais dit un jour que je travaillais à l'aéroport de Caldwell. En entendant les nouvelles, elle avait fait le lien.

Elle me demanda sans détour si j'avais quelque chose à voir avec l'accident. Je répondis : « Non, je n'ai rien à voir avec ça. »

C'est vrai, je n'ai rien fait.

Rien du tout.

101

Je dus apporter des changements dans ma vie, pour enfin l'orienter vers l'avenir. J'avais quarante ans, et pourtant toute mon existence avait été préoccupée par les mêmes personnes, mortes désormais, et que j'avais à peine connues personnellement, voire pas du tout, pour la grande majorité. Mon addiction aux fantômes devait cesser. Et j'ai tout essayé, tu peux me croire. J'avais arrêté de travailler avec des avions et m'étais trouvé des passe-temps, du golf à la lecture, que j'abandonnais un mois après m'y être adonné sans relâche. Je m'impliquais également dans la philanthropie – donner de l'argent est un moyen tout trouvé pour apaiser sa conscience sans se salir les mains. Je songeais même à commencer une psychothérapie, mais j'avais grandi dans une culture où ce n'était pas quelque chose à envisager, à moins d'être fou. Ce que je ne suis pas.

J'achetais des appartements à rénover, non pas tant pour me faire de l'argent que pour avoir la satisfaction de contrôler et de modifier un espace comme j'aurais voulu pouvoir le faire avec ma propre vie. Après avoir pourchassé les étés et m'en être lassé, je courrais après les hivers. J'avais même passé six mois en Alaska. Je recherchais la paix, mais rien n'est pire pour un homme que le silence absolu qui pousse nos pensées à se déployer dans toute leur étendue, ou que cette toile blanche sans limite sur laquelle nous projetons notre propre obscurité. Mes souvenirs, mes pertes et mes traumatismes ne cessaient de me poursuivre, peu importe à quelle vitesse, ou à quelle distance, je fuyais.

J'avais pensé un moment à rédiger mes mémoires, à révéler mon identité, mais la culpabilité que l'assistante avait implantée dans mon esprit m'en empêcha. J'avais peur de salir la légende de ma Mère en le faisant. Je la voyais presque ouvrir les yeux sur le Polaroid de son lit de mort, pour me demander si le fait de n'avoir jamais senti que j'étais encore en vie, de ne pas m'avoir attendu le jour de son décès, faisait d'elle une mauvaise mère à mes yeux.

Et donc, je permis aux fantômes de triompher de moi. À l'époque, en tout cas.

Aujourd'hui, alors que je t'écris ces lignes, il n'y a plus de fantômes. Rien que de simples souvenirs.

Le cercle s'est refermé. Et la seule personne à qui je pouvais raconter tout ce qui s'y trouve, c'est toi.

Toi, mon cher ami.

102

Je pourrais en fait t'appeler « mon *vieil* ami », même si notre première rencontre est assez récente. Ma Mère aurait appelé cela le destin.

Ce *destin* comprenait ta page écrite sur un enfant à la recherche de ses parents, en plus de tes commentaires en grec ; le cadre aussi, un café parisien près du Palais-Royal où ma Mère avait l'habitude de s'asseoir après ses longues promenades ; et le moment, une période de ma vie où je désespérais de me trouver de nouvelles distractions.

Il y avait aussi quelque chose qui nous unissait : un sentiment de *non-appartenance*. Une des premières choses que tu m'as dites, avec l'aisance des écrivains qui parlent d'eux-mêmes, c'est que tu ne te sentais appartenir ni au pays qui t'avait vu naître puis éduqué, ni au pays qui avait fait de toi ce que tu es et que tu appelles désormais ton chez-toi, avec ses manières courtoises mais palpables de te faire sentir que tu n'es pas d'ici. Tu es un Grec qui as fait de Paris sa maison. Tu es un étranger pour ton pays d'adoption et un inconnu pour ta propre patrie.

Moi non plus, je ne sais pas à quel pays, langue ou culture j'appartiens, bien que dans mon cas il faille ajouter la famille. Je ne sais pas si je suis lié à l'espoir ou à la vengeance, à mon enfance falsifiée ou à ma vie d'adulte que j'ai passée à poursuivre la mémoire d'autres que moi.

Toi, tu essayes de comprendre qui tu es à travers l'écriture. J'ai fait la même chose, mais en faisant des voyages autour du monde.

Pardonne mon silence de ces dernières années, mais je pense que les pages que tu tiens entre tes mains, ainsi que le contenu de la boîte, le compenseront. Quand tu les recevras – beaucoup plus tard, je l'espère, qu'à l'instant où j'écris ces lignes – je n'aurai plus l'occasion de rattraper le temps perdu. Mais je te dois au moins une explication.

Tu m'as rapidement laissé entrer dans ta vie, pénétrer dans l'intimité de ton travail et de ton cercle d'amis. Et pendant trois, quatre ans, je suis venu à Paris de plus en plus souvent, pour déposer une fleur dans la niche funéraire de ma Mère, mais aussi pour te voir. Tu avais senti mon hésitation à me confier à toi au sujet de mon passé – maintenant tu sais pourquoi – mais tu n'as jamais insisté pour me faire avouer plus que ce que j'étais prêt à dire.

Surtout, tu m'appelais « mon ami[1] », et aussi banal que cela puisse paraître à la plupart des gens, ces mots sonnaient à mes oreilles comme une mélodie extraordinaire.

Notre amitié était précieuse, mais un autre tour du destin (ou un choix ?) m'a poussé à me retirer. Dans une ville de plus de deux millions de personnes, c'était comme si les dieux s'étaient mis à tirer de nouveau les ficelles de ma psyché. En 2016, lors de la soirée de Noël que tu organisais, tu m'as présenté à l'un de tes nouveaux amis. Tu as commencé en disant : « Je sais que tu n'aimes pas l'opéra, mais… »

Je savais déjà ce que tu allais dire car j'avais reconnu son visage, aperçu dans un article de journal. Il avait à peu près ton âge et était considéré comme l'un des plus éminents spécialistes de ma Mère. Il préparait une exposition qui lui serait dédiée et s'apprêtait à publier et à sortir, respectivement, un livre et un documentaire sur elle, pour les faire coïncider avec le quarantième anniversaire de sa mort.

Il s'était lié d'amitié avec l'assistante qui, sentant sa fin approcher, lui avait permis d'accéder aux lettres et aux photos que personne d'autre que moi n'avait vues. Mais elle n'était pas allée jusqu'à partager avec lui la vérité sur mon existence. J'étais toujours le garçon mort sur la photo.

1. En grec dans le texte original : *Φίλε μου.*

C'est à cause de cet homme que j'ai choisi de ne plus te voir. Ce n'est pas toi ni lui qui êtes en tort. Le cadeau de Noël qu'il t'avait offert était une photo en noir et blanc iconique de ma Mère, surexposée à la lumière, où son visage semble disparaître dans le fond blanc, ne laissant voir que ses yeux immenses, ses cheveux sombres et ses lèvres charnues. Tu as posé la photo encadrée sur la cheminée, et tout le monde est venu la regarder.

Tu t'es tourné et as demandé au compagnon du spécialiste s'il partageait la même passion pour *La Divina*. Avec un soupir, il a répondu : « Pas tant que ça », avant de se plaindre du fait que dans leur maison, ils vivaient tous les trois ensemble ; lui, son partenaire et la défunte diva. Sa présence était palpable.

Ils pouvaient *sentir* sa présence.

Et moi... ?

Il m'est soudainement apparu à ce moment-là que malgré toutes les photos, les lettres manuscrites et les objets personnels dispersés dans mes appartements ; malgré le fait d'avoir poursuivi son aura parfumée jusqu'aux endroits où elle avait vécu, aimé, chanté, pleuré ; malgré les gens – *ses* gens – que j'avais fréquentés ; malgré son propre sang qui coulait dans mes veines, je ne l'avais jamais sentie avec moi. J'ai poursuivi sa mémoire, mais je ne l'ai jamais sentie à mes côtés. Je n'ai jamais rêvé d'elle. Je n'ai jamais ressenti viscéralement ce que ses caresses auraient pu me faire. Je serais privé de la présence de ma mère[1] pour toujours, peu importe à quel point j'essayais de me connecter à elle.

Dans un murmure, j'ai glissé un au revoir et suis parti sans m'attarder.

1. Le choix d'écrire *m*ère au lieu de l'habituel *M*ère est bien celui de l'auteur.

103

Comme je te l'ai dit, il existe un moment décisif où un événement déclencheur se produit et tout devient clair. Pour moi, ce fut ta fête de Noël. Une phrase anodine, prononcée par quelqu'un que je ne connaissais pas et dont la vie quotidienne était habitée par ma Mère, m'a fait comprendre que pendant des décennies, c'était moi qui hantais son fantôme, et non l'inverse.

Elle ne m'a jamais hanté. Elle existait simplement dans ma mémoire de la même manière que dans la mémoire collective de tous les fans anonymes qui, comme moi, ne l'avaient jamais rencontrée. Son sang qui coule dans mes veines ne me rendait pas spécial – elle l'avait dit elle-même. Il ne m'avait donné qu'un bon prétexte, une excuse pour mon comportement obsessionnel.

Les vérités sont difficiles à accepter. Rétrospectivement, je ne suis pas sûr d'avoir eu raison de vouloir connaître mes origines. Personne n'est, ou ne devrait être, simplement le fils ou la fille de quelqu'un, n'est-ce pas ? Pourquoi ai-je passé ma vie à courir derrière un nom étranger, à vivre par procuration au lieu de revendiquer mon identité propre ? D'un autre côté, nos parents ne sont-ils pas ceux grâce à qui, à cause de qui, en dépit de qui nous devenons ce que nous sommes ?

J'ai donc décidé d'arrêter de traquer sa mémoire. Pour être honnête, dès l'instant où j'ai renoncé à elle, j'ai secrètement souhaité qu'elle apparaisse et me prouve que j'avais tort. Un simple rêve aurait très bien fait l'affaire – qu'elle s'immisce dans mon sommeil et me transmette un mot, une vision, une sensation. Cela aurait été suffisant. Et pourtant, comme pour enfoncer le clou, elle n'a jamais fait ça non plus.

Pendant l'année suivante, je me suis comporté avec l'inconséquence d'un toxicomane, décidant tous les jours d'arrêter net, pour recommencer à « consommer » dès le lendemain. Les circonstances ne m'ont pas aidé à renoncer à ma dépendance : il y avait toujours de nouveaux livres, des pièces de théâtre ou des installations artistiques, même des tournées avec son hologramme. Pour ces dernières, j'ai dû acheter des billets au moins cinq fois, car je les jetais à chaque fois à la poubelle avant d'y aller. Un « vrai » fantôme de ma Mère, à partager avec tout le monde, était trop bizarre même pour moi, qui savais très bien que ce que je faisais n'était pourtant pas beaucoup plus sain.

Si je voulais arrêter, il me fallait un électrochoc.

Et il est survenu grâce aux paroles de la dernière personne avec qui je partageais des liens de sang.

Qu'elle soit bénie.

104

Chaque 31 décembre, je reçois un rapport. Au début, il m'était envoyé par courrier – peu importe où je me trouvais, il finissait toujours par arriver jusqu'à moi – puis par e-mail au cours des quinze dernières années environ. Il m'informait de l'état de ma richesse : investissements, capital et gains ; crédit et débit ; chaque dépense, grande ou petite.

À la dernière page de chaque rapport, depuis mon dix-huitième anniversaire, je lis l'avis assuré de l'expert-comptable s'occupant de tout cela, selon lequel je ne manquerai jamais d'argent tant que je continuerai à vivre *raisonnablement* (« raisonnablement », bien sûr, étant une notion très subjective, eu égard à mon capital).

Dans tous les cas, mon style de vie qui consiste à voyager beaucoup, acheter et vendre des appartements, faire des dons à des causes philanthropiques et collectionner des objets souvenirs de la vie de ma Mère, ne me laissera jamais sur la paille.

Le rapport de fin d'année 2017 comportait une autre pièce jointe. En trois lignes, on me disait que ma présence était requise une semaine plus tard en Belgique. Un billet de train en première classe était fourni, partant de la gare du Nord à Paris pour arriver à la gare d'Anvers-Central, ainsi que les détails de mon départ, mais sans date de retour.

Même s'il n'y avait aucune indication sur le but de ce voyage, ni aucun nom qui y était lié, je savais qui j'allais rencontrer là-bas.

Je savais que j'étais convoqué à une réunion de famille, avec trente-trois ans de retard.

105

Il fallut moins d'une heure à la voiture qui me récupéra à la gare pour arriver dans la commune d'Oud-Turnhout.

Je savais où j'allais. Je savais qu'elle avait acheté une maison là-bas quelques années auparavant, pour être près d'une ferme équestre dont elle avait fait l'acquisition. Avec son mariage qui s'effondrait, ce n'était pas surprenant qu'elle ait choisi cet endroit, loin du monde et loin de chez elle, en Floride, pour passer des moments calmes. Ma seule question était : pourquoi voulait-elle me rencontrer maintenant ? Mais après tout, pourquoi pas ? J'étais l'un de ses plus proches parents, et avec sa vie d'avant qui tombait en ruines – un sentiment que je ne connaissais que trop bien – elle aspirait peut-être à prendre un nouveau départ. Un départ qui incluait ma personne.

Alors que nous arrivions devant le portail métallique, le soleil se montra soudain dans toute sa splendeur entre les nuages, faisant briller la villa en briques rouges. Je ne pris pas cela pour le signe d'une révélation divine, bien que nous fussions le 6 janvier, jour de l'Épiphanie – littéralement « apparition divine » – dans la tradition orthodoxe grecque. Il s'avéra pourtant que c'était exactement ça.

Le chauffeur gara la voiture dans la cour et m'ouvrit la portière. Il me demanda de laisser mon chapeau et mon manteau à l'intérieur, et je sentis ses yeux m'épier, peut-être à la recherche d'une arme. Je pliai mon manteau et le mis sur le siège arrière, avec mon chapeau dessus. Il hocha la tête et me dit de ne pas utiliser la porte d'entrée, mais de me diriger vers l'arrière de la maison. Je marchai autour de la villa à deux étages, qui était entourée d'un calme absolu : aucun bruit, aucune voix, pas un signe de vie ; seules des caméras de sécurité fixées en haut de poteaux métalliques m'accueillirent alors que je me dirigeais vers l'arrière.

Malgré la lumière du jour, le rez-de-chaussée était allumé. En passant sur le côté de la maison, je regardai par une fenêtre cintrée et ne vis personne à l'intérieur. La pièce lambrissée de bois et parquetée que j'observai était totalement vide, à l'exception d'une applique en forme de lanterne au plafond qui dispersait sa lumière sur l'espace désert.

Je continuai de marcher le long du mur, et chaque pièce que je voyais – il n'y avait pas de rideaux aux fenêtres – était également vide.

« *Kalispera* », dit alors une voix venant de derrière moi, sans que je puisse déterminer à quelle distance.

Je me retournai et la vis assise à côté du pavillon de la piscine. Sa chaise était orientée vers la piscine, recouverte d'une bâche en plastique gris-bleu. Le soleil illuminait son visage. Alors que je commençai à m'approcher, elle se leva et se mit à marcher dans ma direction. Même à une cinquantaine de mètres, je pouvais voir qu'elle était plus grande que je ne l'avais imaginée. Son allure était assurée, ni trop lente ni précipitée, dans ses bottes vertes en plastique. Elle portait un pull à col roulé marron et gardait les mains dans les poches de son jean. Ses cheveux châtain clair étaient attachés en queue-de-cheval et elle me regardait droit dans les yeux.

La ressemblance avec sa mère était frappante. À cette époque-là, elle n'avait que trois ans de moins que l'âge de sa mère lorsqu'on l'avait retrouvée morte dans sa baignoire. Et pourtant, on ne décelait pas du tout la même anxiété dans le comportement de cette jeune femme. Elle était calme, avait l'air de garder le contrôle ; même son sourire semblait méticuleux. Ses yeux verts, plus clairs que ceux de sa mère, ne montrèrent aucun signe de la surprise qu'avait eue cette dernière quand elle m'avait rencontré pour la première fois, à l'hôpital, il y a presque quarante-trois ans.

Pourtant, il y avait une chose dans ce regard que la mère et la fille partageaient de toute évidence : une tristesse profonde.

106

Nous avions pris place sur le banc, sous la fenêtre de la cuisine vide, sirotant de l'eau dans de petites bouteilles en plastique. Elle s'excusa de n'avoir rien d'autre à m'offrir ; c'était son dernier jour dans la maison. Elle avait décidé de la vendre. Je savais qu'elle ne buvait jamais d'alcool. Sa vie était saine, loin de celle que sa mère avait vécue.

Elle posa des questions anodines – sur mon voyage en train, sur ma prochaine destination – tout en me regardant à peine, dirigeant plutôt son regard fixe sur la vaste pelouse extérieure. C'est finalement moi qui lançai une *vraie* conversation, par la même phrase que l'on m'avait dite plusieurs fois : « Vous ressemblez beaucoup à votre mère. »

Elle acquiesça, avec une solennité dans le regard et en gardant un visage impassible. Pas de sourire, juste une expiration. « Je ne me souviens pas d'elle du tout. Je n'ai que des photos, des vidéos et les descriptions des autres. »

Comme je la comprenais ! Avant que je puisse lui dire que j'avais vécu la même chose, elle me regarda et me dit que construire sa vie sur le souvenir des autres créait un danger – plus d'un, en réalité.

« On vit dans le passé, dans le passé de quelqu'un d'autre, forgé par des questions sans réponse et des fantasmes. Pendant ce temps, notre vie nous échappe et s'écoule sans qu'on s'en rende compte. »

Cette remarque était-elle seulement destinée à elle-même ? Je savais que depuis son enfance, elle voulait n'avoir aucun lien avec le pays de son grand-père. Elle avait vendu la plupart des bijoux de sa mère ainsi que leur île, et ne brandissait pas son nom aux événements ni aux fêtes.

Ou bien cette remarque était-elle dirigée vers moi ? Savait-elle que toute ma vie n'avait été qu'une perpétuelle chasse aux fantômes ? Je restai silencieux ; ses yeux étaient maintenant fixés sur moi. Elle avait vingt-cinq ans de moins, mais je me sentais comme un enfant sur le point d'être sermonné par un adulte. C'était la sobriété de ses manières, la gravité de sa voix, la sagesse empreinte de chagrin dans ses yeux d'enfant qui avait grandi plus vite que les autres, y compris moi, qui faisaient cet effet-là.

« Vous savez que la Fondation surveille tous vos mouvements, n'est-ce pas ? », demanda-t-elle.

Je répondis que oui. Donc, elle savait que je vivais dans le passé.

« J'ai appris votre existence, votre histoire, quand j'ai eu dix-huit ans et que j'ai été chargée de superviser leur fortune. »

C'était clairement *leur* fortune ; elle n'avait pas dit « *la mienne* ». Ce qui était compréhensible : elle avait passé ses années d'adolescence à accompagner son père devant les tribunaux pour les litiges de succession, alors qu'il cherchait à prendre le contrôle de l'argent de sa famille. Il l'avait contrainte à renoncer à la Grèce, puisque les personnes qui cherchaient à protéger la fortune de sa mère étaient grecques. Elle avait même dû écrire une lettre déclarant qu'elle détestait tout ce que représentait ce pays. J'avais passé mon enfance à ce qu'on m'apprenne à embrasser ma grécité dans un environnement étranger, tandis qu'elle avait passé la sienne à s'en distancier.

Mais aujourd'hui, elle parlait la langue de ses ancêtres (nous avions conversé en grec avec nos accents bizarres, moi avec mon accent chantant et elle avec une version plus dense et roulant les « r ») et concourait dans des événements équestres sous le drapeau grec. L'enchantement de son père, qui avait gardé sa mère sous son emprise pendant des années, avait disparu à mesure qu'elle avait grandi. Cela faisait des années qu'ils ne se parlaient plus.

« Alors pourquoi me voir maintenant ? », demandai-je.

Elle haussa les épaules et prit une gorgée d'eau. Elle se leva, sortit de sa poche arrière une photo Polaroid légèrement froissée et délavée, et me la tendit.

Je vis sa mère et moi souriant dans le bureau de son building new-yorkais. Elle était assise derrière le bureau Louis XV et moi sur le siège des invités, avec quatre bouteilles vides de Coca light entre nous. Je ne pouvais pas me souvenir du moment où fut prise la photo, ni par qui – probablement la secrétaire, qui ignorait ma véritable identité. Je regardai au verso et lus : « *Omero, NY, 1986.* »

« J'ai trouvé ça dans un album photo et j'ai voulu vous rencontrer. »

Voulait-elle des informations sur sa mère venant d'une source inédite ? Je savais qu'elle vivait une séparation (qui conduisit finalement au divorce) – était-elle à la recherche de quelque chose qui lui servirait de point d'ancrage ? Malgré ce qu'elle venait de me dire au sujet de ne pas vivre dans le passé, je savais mieux que quiconque que le passé pouvait être un refuge séduisant et rassurant.

« Elle vous aimait plus que tout, dis-je. Elle... »

Elle leva la main pour me faire taire et répéta qu'elle n'était pas intéressée par les souvenirs.

« C'était une femme bien, votre mère... », murmurai-je, contraint de résumer mon propos.

« Mais faible », conclut-elle sans la moindre expression sur son visage, tout en se saisissant de la bouteille vide dans ma main pour la poser par terre à côté d'elle.

107

Si elle n'était pas intéressée par le passé, ni par celui de sa mère ni par celui du reste de sa famille, quel était le but de ma visite ? Que pouvait offrir quelqu'un qui s'accrochait désespérément à des souvenirs, réels ou fantasmés, à quelqu'un qui les détestait ?

Elle continuait à regarder dehors ; il faisait maintenant plus sombre et personne n'avait allumé les lumières dans le jardin.

Je lui demandai comment elle allait et elle répondit qu'elle allait bien, au vu des circonstances. Je ne lui posai aucune question sur ces « circonstances » – je savais déjà tout, comme le monde entier. Elle avait tout fait pour protéger sa vie privée, mais les magazines people trouvaient toujours un moyen de s'y infiltrer. Je lui demandai quels seraient ses projets « *pour après* » ; elle dit qu'elle devait régler certaines choses, mais qu'elle reviendrait à l'équitation. Je lui demandai alors si elle prévoyait d'aller en

Grèce bientôt, mais elle répondit par un haussement d'épaules.

Je n'osai pas lui dire que j'aurais été ravi d'y aller un jour avec elle, pour lui montrer *ma* Grèce. Je n'osai pas le lui dire, car *ma* Grèce, comme *mon* Italie et *mon* New York, étaient des endroits qui n'étaient pas vraiment à moi ; ils n'étaient que des terrains de chasse différents où je poursuivais les mêmes fantômes. Je n'aurais rien eu à lui montrer dans ce pays qui ne respire l'odeur de mon père[1], son grand-père, et tout ce qu'elle avait banni de sa vie.

« Et vous, alors ? », demanda-t-elle. « Que ferez-vous *après* ? »

Après *quoi* ? Je me demandai bien. Après notre rencontre ? Ou savait-elle déjà que j'avais du mal à quitter le passé et à aller de l'avant ?

« Je suppose que je continuerai à vivre », répondis-je.

C'est drôle comme je me sentais encore comme un élève devant un professeur. *Que feras-tu quand tu seras grand ?* l'imaginai-je me demander.

Elle tourna les yeux vers moi ; ils semblaient avoir absorbé l'obscurité extérieure. « Vous avez passé votre vie à chasser l'héritage de vos parents. Est-ce que ça vous a aidé ? »

---

1. Une nouvelle fois, le « p » au lieu du « P » habituel du *père* est le choix de l'auteur.

Était-ce une question honnête ? Doutait-elle de sa décision d'avoir coupé avec le passé ? Ou bien sous-entendait-elle que j'avais gaspillé mon temps ?

« Je ne sais pas », admis-je brutalement.

Puis, comme pour me défendre contre l'accusation d'avoir raté ma vie, j'ajoutai : « Je pensais que cela m'aiderait à comprendre qui je suis. Qui je suis *vraiment*. J'ai passé toutes ces années à essayer de me réapproprier mon identité. Revendiquer mon nom, la vie dont j'avais été privé… »

Elle renifla un grand coup. Un son bref et violent. Elle détourna les yeux de mon visage et reprit la parole, d'une voix légèrement plus forte que jusqu'à présent.

« Qu'est-ce que votre nom a à voir avec qui vous êtes *vraiment* ? Ne voyez-vous donc pas que *ne pas* avoir porté le nom de votre père a été la meilleure chose qui vous soit arrivée ? Vous auriez pu vivre, faire vos propres choix ; vous aviez – vous *avez* – de l'argent et aucune responsabilité dans l'affaire. Vous n'avez pas compris que toutes ces personnes, tout ce petit monde que vous enviez, faisaient tout pour échapper à *leur* nom, pour obtenir ce que vous, vous aviez toujours eu : l'anonymat et la liberté ? Vous êtes *vous*, ou du moins vous auriez pu l'être, si vous n'aviez pas passé quoi, quarante ans ? – à essayer d'attraper quelque chose qui ne vous aurait causé que de la douleur, comme ça a été le cas pour tant d'autres. »

Elle se leva et me regarda d'en haut, la lumière blanche du plafond projetant des ombres sur son visage.

« Vous savez quoi ? Vous voulez le nom ? Prenez-le ! Prenez-le, et prenez aussi la pression, la malédiction qui vont avec. Prenez-le et laissez les gens qui ne vous connaissent pas vous juger, écrire des commentaires haineux et se réjouir de chacun de vos malheurs, tout ça à cause de votre nom. *Sa mère meurt* – oh, elle n'a pas besoin de mère, elle a des millions ! *Elle divorce* – oh, elle trouvera quelqu'un d'autre attiré par son argent, puisqu'elle est laide, brutale et ennuyeuse. Prenez donc ce nom, prenez-le, et débarrassez-en moi ! »

Je restai silencieux, sous le choc.

« Vous aviez tout ce qu'il vous fallait pour être heureux. Vous aviez l'ignorance, vous aviez des gens qui étaient présents, qui vous protégeaient et vous aimaient – de *vrais* parents, pas une simple combinaison de deux ensembles de gènes différents. Croyez-vous vraiment que les choses se seraient mieux passées si vous étiez resté avec vos parents biologiques ? Vraiment ? Êtes-vous si… si naïf pour croire que s'ils s'étaient mariés, vous auriez grandi dans une petite famille heureuse ? Vous n'avez pas vu ce qui est arrivé à ses autres enfants ? Vous pensez *vraiment* qu'il aurait été un bon père pour vous ? Il ne savait pas comment faire ! »

« Et vous pensez que *ma* mère et son frère vous auraient accueilli à bras ouverts ? Ils vous auraient haï comme ils ont haï votre mère ; ils ne vous auraient jamais pardonné d'avoir brisé *leur* famille, car évidemment c'est ce qu'ils auraient cru. Vous auriez *toujours* été le bâtard, une honte pour eux, et votre père aurait très vite été intoxiqué par leur poison et aurait essayé de vous éloigner, et il aurait fini par comprendre que tout était *votre* faute.

« Et votre mère, alors, me direz-vous ? Oh, bien sûr, elle disait qu'elle voulait une famille, pas une carrière, pas les applaudissements ou l'adoration du public qui avait fait d'elle une déesse couronnée. Mais, quelques années – voire quelques mois ! – après, votre père aurait commencé à chercher un nouveau trophée, et *elle*, se souvenant de leurs premiers jours où la passion les unissait, aurait pensé que la vie était plus belle sans vous.

« Alors elle vous aurait couvert de reproches à son tour. Elle vous aurait reproché la carrière qu'elle n'avait plus ; elle vous aurait reproché le départ de votre père – elle aurait dit que leur enfant avait mis une pression trop forte sur lui, sur leur amour.

« Et donc, vous auriez grandi furieux contre tout ce que vous avez tant désiré. Non seulement ça mais vous auriez eu tellement plus à prouver. Vous auriez été connu comme le fils de l'homme le plus malin du monde et d'une femme divinement talentueuse ; peu importent les efforts déployés, peu importe dans quel domaine vous auriez choisi de vous lancer, tout ce que vous auriez fait aurait été vu comme un échec, comparé à eux. Vous n'auriez été qu'un nom, rien de plus qu'un *fils*, et une fois votre mort survenue, à cause de vos mauvaises décisions ou par simple malchance, personne ne vous aurait jamais pleuré autrement que comme une nouvelle victime de la lignée maudite. C'est ça, l'identité que vous cherchiez ? C'est ça, la vie dont vous rêviez ? »

Elle s'arrêta de parler tout d'un coup, comme une voiture qui aurait freiné à un millimètre de la falaise.

Je n'avais rien à dire. Non seulement parce que j'étais abasourdi, mais aussi parce que je savais qu'elle avait raison.

Mes yeux étaient rivés sur son visage. Je la suivis du regard alors qu'elle se dirigeait vers l'îlot central de la cuisine pour y récupérer une boîte de mouchoirs.

Quand elle revint, elle mit une main sur mon épaule et m'offrit un mouchoir de l'autre. C'est à ce moment-là seulement que je compris que je pleurais.

108

Je partis plus tard dans la soirée. Elle resta dans sa maison vide. Tout en revenait de nouveau à une question de choix.

« Vous êtes plus qu'un simple nom. Et vous êtes libre de faire ce que vous voulez – chanceux que vous êtes. »

Ses paroles avaient sonné comme une claque en plein visage, me réveillant d'un coup après quatre décennies pendant lesquelles j'avais perdu l'usage de mes sens. Il avait fallu la fermeté de sa main, la même que lorsqu'elle guidait ses chevaux, pour me montrer la réalité de ce qu'au fond de moi, je savais déjà : j'avais fait toute une série de choix terribles, les uns après les autres.

« Ne me soyez pas une étrangère », chuchotai-je à la porte.

Je l'embrassai sur le front, puis, dans un mouvement impulsif, je pris sa main et la portai à mes lèvres. Elle était molle. Je la serrai et caressai les callosités de ces doigts qui connaissaient le labeur bien qu'ils n'aient jamais travaillé.

Elle ne répondit pas et se contenta de sourire.

Cela fait un moment que je n'ai pas eu de nouvelles de sa part. Mais un divorce n'est jamais facile à vivre. J'espère la voir bientôt, mais cette fois ce ne sera pas pour parler du passé. Je veux qu'elle soit présente dans ma vie future. Peut-être que son courage et sa détermination seront contagieux. Elle m'apprendra à avancer, à être moi et non le fils ou le secret de quelqu'un.

Simplement moi. Car, dès que j'étais descendu du train à Paris, j'avais senti que j'étais un homme différent. J'avais l'impression que le cercle s'était refermé, pour de bon cette fois, avec moi à l'extérieur.

Par *mon* choix, et celui de personne d'autre.

109

Je me demande s'il est trop tard, à presque soixante ans, pour changer mes habitudes. Avec un peu de chance, j'ai suffisamment de temps devant moi pour y réfléchir, malgré un cœur faible – un rappel, là aussi, de mes gènes, comme mon insomnie, mon nez, mes lèvres, ma taille et mes yeux myopes et byzantins. Et même mon argent.

Je viens tout juste de découvrir mon problème cardiaque, comme si mon corps attendait que ma quête se termine pour me montrer sa vraie nature, sa faiblesse. Les médecins m'ont dit qu'il n'y avait pas de quoi s'inquiéter ; je dois simplement ne pas trop forcer et me reposer, mieux manger et éviter le stress. Je ne forcerai pas trop, en effet.

Tu sais, j'ai déjà vécu plus longtemps que tous les autres ou presque. Ma Mère est décédée à cinquante-trois ans ; mon frère a eu son accident à vingt-quatre ans ; le cœur de ma sœur a cessé de battre à trente-huit ans. Je vivrai probablement plus longtemps que la Veuve, morte à soixante-quatre ans. J'ai vécu plus longtemps que son fils, né la même année que moi et mort à trente-neuf ans. Mon Père est décédé à soixante-neuf ou soixante-douze ans, selon la date de naissance à laquelle on croit. Je pourrais vivre plus longtemps que lui aussi.

Je pense à eux sans les envier désormais, tous ces gens tragiquement écrasés sous le poids de leur patronyme. J'ai la liberté de me faire un nom ; il n'est jamais trop tard. Mais avant cela, je me permettrai pour une seule et unique fois, comme la dernière bouffée de cigarette avant d'arrêter, de signer de mon nom *légitime*.

Leur nom, devrais-je dire, car il me semble tout à coup inventé, étranger.

Et ensuite ? Je trouverai des passe-temps. Qui sait, peut-être que je me mettrai au jardinage ou à la cuisine. Je n'ai pas encore décidé. Je lirai davantage. J'irai acheter ton nouveau livre – je sais que je ne t'appelle plus, mais je continue à suivre ta carrière avec attention.

C'est une de tes histoires, la page sur une enfant cherchant ses parents, qui nous a réunis. J'espère qu'elle les a retrouvés. Plus important encore, j'espère qu'elle s'est trouvée *elle-même*, avec ou sans eux.

Je continuerai de lire tes histoires, mon ami. Et tu viens juste de finir de lire la mienne. Ou du moins, l'histoire de mon *ancien moi*.

L'histoire d'un garçon mort à la naissance. Et qui, mort, a continué de vivre.

Amitiés,

Omero O.

Malheureusement, il n'a pas vécu plus longtemps que la Veuve, encore moins que son père. J'ai reçu cette boîte six mois après son soixante et unième anniversaire.

Après mon étonnement initial, j'ai entrepris de rechercher la véracité des événements décrits dans son texte avec la diligence dont je fais preuve lorsque j'écris une histoire de crime. La plupart sont avérés ; je n'ai pas été en mesure de vérifier ou de réfuter certains autres, tandis que quelques-uns peuvent être contestés.

La grande majorité des personnes dépeintes dans son texte sont mortes. J'ai donc envoyé, via *le notaire, le manuscrit à sa seule parente encore en vie, sa nièce, en lui demandant si elle pouvait confirmer leur rencontre.*

Une semaine avant l'envoi de ce livre à l'imprimeur, j'ai reçu une lettre d'un cabinet d'avocats n'infirmant ni ne confirmant leur rendez-vous, mais indiquant qu'après une analyse ADN, l'auteur du texte n'avait absolument aucun lien génétique avec la femme qu'il appelait « sa nièce ».

Je me suis alors demandé comment les tests ADN avaient pu être effectués, et puis j'ai pensé au manuscrit lui-même : la salive, les cheveux ou même les larmes auraient pu être facilement collectés lors de leur rencontre, comme relaté dans ce chapitre-là.

Néanmoins, mes doutes quant à l'exactitude, voire la sincérité, de ces résultats demeurent.

En ce qui concerne son argent, le test ADN n'a pas d'importance, car – à part une somme qu'il avait placée sur un compte destiné à permettre la création d'un musée où tous les souvenirs de sa mère seraient exposés – son fonds fiduciaire ne peut être légué qu'à un descendant direct.

Je me demande si on l'avait informé du résultat présumé de ce test, et dans ce cas, s'il l'avait pris comme une ultime stratégie pour le priver de ce qu'il considérait comme son identité (reniée). Un rejet d'une telle violence n'aurait certainement pas été bénéfique pour son cœur affaibli.

Mais même si les résultats du test ADN étaient vrais, cette histoire d'un homme qui a dédié sa vie à poursuivre les promesses d'un passé perdu n'est pas nécessairement fausse.

En tout cas, je fais le choix de le croire.

Je fais le choix de croire l'histoire de ce « garçon mort à la naissance », racontée par lui-même.

Je fais le choix de croire l'histoire d'Omero, le fils caché.

Remerciements

Merci à Lise Boëll, Estelle Cerutti et toute l'équipe des Éditions Plon qui ont accueilli à bras ouverts ce roman si différent de mes récits habituels, et qui m'ont convaincu de ne pas le publier sous pseudonyme. Merci à Maxime DesGranges pour la traduction si proche de l'esprit du texte anglais.

Mille mercis à Tom Volf pour son aide, ses connaissances infinies sur le sujet et son amitié initiée par notre passion commune pour *la Divina* mais surtout la *femme* derrière la diva. Mes remerciements à Paolo Nadalini et Antonio Trotto pour avoir partagé leurs souvenirs d'enfance de l'Italie des années 1960 et 1970. Omero a « vécu » une enfance heureuse dans ce livre grâce à eux.

Merci à Vanessa et Vivi pour leur première lecture, leurs observations et suggestions. Leur émotion quand elles ont lu le manuscrit m'a rassuré sur le fait que j'avais créé quelque chose de *vrai*.

Merci à Stéphane, Nikos, Mareva, Marie-Madeleine, Maria, Konstantinos Aghi, Katerina, Iason, Fotis, Mika, Laurent, David, Loris, Alexia, Fay, Eleftheria, Philippe et Gildas, Hubert et Thierry, Dimitris et Katerina, Demi, Kym, mon frère Alexandros et sa famille pour ne citer qu'eux.

Ma reconnaissance éternelle à mon « parrain littéraire », le prince Michel de Grèce, qui m'a donné le goût du partage des mots il y a presque dix ans déjà.

Mon plus grand merci à Camille De Lorean pour son soutien inconditionnel, sa foi en moi et mes travaux, la liberté de poursuivre mes rêves et sa patience avec les aires de bel canto, chantées par *la Divina*, qui ne cessent jamais.

Enfin ma reconnaissance aux libraires, journalistes, bloggeurs, et surtout à vous, lectrices et lecteurs en France et dans le monde francophone.

Ma vie ne serait pas la même sans vous.

CET OUVRAGE
A ÉTÉ ACHEVÉ D'IMPRIMER
SUR ROTO-PAGE
PAR L'IMPRIMERIE FLOCH
À MAYENNE EN AOÛT 2023

N° d'impression : 103127
N° d'édition : P31698/01
Imprimé en France